DÖRLEMANN

Penelope Mortimer

Lieben und lügen

Roman

Aus dem Englischen
von F. G. U. Glass

DÖRLEMANN

Die englische Originalausgabe »The Pumpkin Eater«
erschien 1962 bei Hutchinson.

Trotz intensiver Nachforschung konnte der Verlag keinen Kontakt zum Übersetzer herstellen. Wir bitten, berechtigte Ansprüche dem Verlag zu melden.

Dieses Buch ist auch als Dörlemann eBook erhältlich.
eBook ISBN 978-3-03820-889-1

Umschlaggestaltung: Mike Bierwolf unter Verwendung
einer Grafik von Art Kovalenco/Shutterstock
Porträt von Penelope Mortimer auf Seite 5: © Ida Kar,
National Portrait Gallery, London
Satz: Dörlemann Satz, Lemförde
Druck und Bindung: Print Best, Viljandi
ISBN 978-3-03820-141-0
www.doerlemann.ch

Penelope Mortimer

Peter kann sein Weib nicht zähmen,
Peter lutscht nur Kürbis aus,
Muss sein Weib gefangen setzen
In dem leeren Kürbishaus.

I

»Also gut«, sagte ich. »Ich will es versuchen. Ich will ehrlich versuchen, ehrlich zu Ihnen zu sein, obwohl ich glaube, Sie sind gerade daran interessiert, dass ich nicht ehrlich bin. Sie verstehen wohl, was ich meine.«

Der Doktor lächelte leichthin.

»Als ich ein Kind war, hatte meine Mutter eine Schublade für ihre Wolle. Es war die unterste Schublade in einer Kommode im Esszimmer, und in die tat sie jedes Wollendchen, das sie besaß. Wissen Sie, Reste, die uralt waren, von Pullis, die sie mir gestrickt hatte, als ich zwei war. Manche dieser Reste waren nur ein paar Zentimeter lang. Also diese Schublade war ganz voller Wolle, in allen Farben, und an jedem regnerischen Nachmittag ließ sie mich ihre Wollschublade aufräumen. Sie verstehen gewiss, warum ich Ihnen das alles erzähle. Es hatte gar keinen Sinn, die Schublade aufzuräumen. Die Wolle war ganz nutzlos. Man hätte aus der ganzen Wolle noch nicht einmal einen Teewärmer stricken können – jedenfalls nicht, ohne eine Engelsgeduld dabei zu haben. Sie ließ mich nur aussortieren, damit ich etwas zu tun hätte. So wie man Gefangene Löcher graben lässt, die sie dann wieder zuschütten müssen. Sie verstehen doch, was ich meine?«

»Sie möchten irgendwie von Nutzen sein«, sagte er ernsthaft, »so wie ein Teewärmer nützlich ist.«

»So einfach ist das aber nicht.«

»O nein. Es ist gar nicht einfach. Aber es gibt doch noch andere Sachen, die Sie aus Wolle machen können.«

»Zum Beispiel?«

»Überzüge für Wärmflaschen«, sagte er ohne Zögern.

»Wir benutzen keine Wärmflaschen. Bälle könnte man machen für Babys. Oder kleine Stofftiere.«

»Worauf Sie hinauswollen, ist also, dass es eine nutzlose und vielleicht sogar unmögliche Beschäftigung ist, Wolle auszusortieren?«

»Ja.«

»Aber Sie sind ein menschliches Wesen. Die Folgen Ihrer – Verwirrung sind schwerwiegender. Der Vergleich, sehen Sie, stimmt nicht.«

»Möglich, aber ich fühle es so«, sagte ich.

»Wenn Sie weinen – fühlen Sie es dann so? Hoffnungslos?«

»Ich möchte nur einfach meinen Mund aufmachen und weinen. Weinen möchte ich und nicht denken.«

»Sie können nicht bis ans Ende Ihres Lebens weinen.«

»Nein.«

»Und Sie können sich auch nicht bis ans Ende Ihres Lebens quälen.«

»Nein.«

»Was quält Sie denn, Mrs. Armitage?«

»Der Staub«, sagte ich.

»Wie bitte?«

»Der Staub. Verstehen Sie? Der Staub.«

»Aha«, sagte er und schrieb eine Weile auf einen langen Streifen Papier. Dann lehnte er sich zurück, faltete die Hände und sagte: »Erzählen Sie mir davon.«

»Das ist ganz einfach. Jake ist reich. Er verdient fünfzigtausend Pfund im Jahr; ich nehme an, dass Sie das reich nennen würden. Aber alles ist voller Staub.«

»Bitte, fahren Sie fort.«

»Natürlich sind es zum Teil auch die Abbrucharbeiten. Überall um uns herum werden die Häuser abgerissen, da muss man sich schon mit etwas Staub abfinden. Mein Vater mietete das Haus für uns, als wir heirateten, das war vor dreizehn Jahren.«

»Sie sind seit dreizehn Jahren verheiratet«, sagte er und schrieb es auf.

»Mit Jake, ja. Der Mietvertrag lief noch dreizehn Jahre, als mein Vater ihn übernahm. Er bekam ihn für eintausendfünfhundert Pfund, und wir bezahlen nur eine lächerlich geringe Miete. Sie sehen, wir hatten da großes Glück. Na ja. Ich wollte Ihnen das mit dem Staub erzählen.«

»Ihr Mietvertrag läuft also in diesem Jahr ab.«

»Ich glaube. Wir bauen jetzt einen Turm auf dem Lande.«

»Einen Turm?«

»Ja.«

»Sie meinen ... ein Haus?«

»Nein, einen Turm. Na ja, vielleicht kann man es auch ein Haus nennen. Es ist aber doch ein Turm.«

Er legte vorsichtig seinen Federhalter hin, mit beiden Händen, so, als ob er zerbrechlich wäre. »Und wo ist dieser ... Turm?« fragte er.

»Auf dem Lande«, sagte ich.

»Das ist mir klar, aber ...«

»Er steht auf einem Hügel, und unten im Tal ist eine

Scheune, in der lebte ich, ehe ich Jake heiratete. Dort haben wir uns kennengelernt. Können wir jetzt wieder auf den Staub zurückkommen, denn –«

»Selbstverständlich«, sagte er und nahm wieder seinen Federhalter.

Ich versuchte zu denken. Ich starrte ihn an, seine Silhouette, die sich gegen den Netzvorhang vor dem Fenster des Sprechzimmers abhob. Ich hörte das Ticken der Uhr und das Zischen der Gasflamme.

»Ich habe vergessen, was ich sagen wollte.«

Er wartete. Die Uhr tickte. Ich starrte in das Feuer.

»Jake will keine Kinder mehr«, sagte ich.

»Haben Sie Kinder gern, Mrs. Armitage?«

»Was soll ich auf eine solche Frage antworten?«

»Ist es vielleicht eine Frage, die Sie nicht beantworten möchten?«

»Ich dachte, ich würde hier auf der Couch liegen und Sie würden kein Wort sagen. Aber es ist ja wie die Inquisition oder so was. Wollen Sie mir einreden, dass ich im Unrecht bin? Das tue ich doch schon selbst.«

»Glauben Sie, dass es unrecht wäre, Kinder nicht zu mögen?«

»Ich weiß nicht. Ja. Ich denke, ja.«

»Warum?«

»Weil Kinder einem kein Leid antun.«

»Vielleicht nicht direkt. Aber indirekt …«

»Wahrscheinlich haben Sie keine«, sagte ich.

»Aber ja. Drei. Zwei Jungen und ein Mädchen.«

»Wie alt sind sie denn?«

»Sechzehn, vierzehn und zehn.«

»Und Sie haben sie gern?«

»Meistens ja.«

»Gut. Das ist auch meine Antwort: Meistens habe ich sie gern.«

»Aber Sie haben …« Er sah auf den Streifen Papier und sagte nur: »… eine beträchtliche Anzahl. Sie scheinen bestürzt zu sein, weil Ihr Mann keine mehr will. Das klingt nicht nach jemandem, der seine Kinder ›meistens gernhat‹. Das klingt eher wie …«

»Eine fixe Idee –?«

»Das Wort würde ich nicht gebrauchen. Überzeugung, das träfe es besser.«

»Ich dachte, ich sollte auf einer Couch liegen und über alles reden, was mir gerade in den Sinn kommt.«

»Ich bin kein Psychoanalytiker, Mrs. Armitage. Ich möchte einfach herausfinden, wie ich Sie am besten behandeln kann.«

»Behandeln … wogegen?«

»Das wissen wir eben noch nicht, oder?«

»Weil ich noch ein Kind haben will? Hat mich Jake deshalb zu Ihnen geschickt? Will er, dass Sie mich dazu überreden, kein Kind mehr zu bekommen?«

»Ich bin nicht dazu da, um Sie zu irgendetwas zu überreden. Sie sind doch freiwillig zu mir gekommen.«

»Dann tue ich also alles ganz freiwillig. Weinen, mich über den Staub aufregen. Sogar Kinder bekommen. Aber das glauben Sie doch selbst nicht, oder?«

»Ich bin nicht dazu da, um Ihnen zu glauben, Mrs. Armitage. Darum geht es nicht.«

»Sie erklären immer wieder, Sie seien nicht dazu da, um dies oder das zu tun. Wozu sind Sie denn eigentlich da?«

»Vielleicht«, hier erschien wieder sein fahles Lächeln, »um herauszufinden, warum Sie, zumindest in diesem Augenblick, mich so sehr hassen. Oh, ich meine nicht mich persönlich, selbstverständlich. Aber Sie hassen doch irgendetwas – nicht nur den Staub, oder?«

»Tut das nicht jeder?«

»Was war das Erste, das Sie in Ihrem Leben gehasst haben – können Sie sich daran noch erinnern?«

»Es war nicht etwas, es war ein Mann. Mr. Simpkin …«

»Ja?«

»Und ein Mädchen namens … Ireen Douthwaite, als ich ein Kind war. Und eine Frau, die Philpot hieß. Ich erinnere mich nicht mehr …«

»Und Ihre früheren Ehemänner?«

»O nein. Nein. Die mochte ich.«

»Und Ihren jetzigen Mann? … Jake?«

»Nein!«

»Erzählen Sie mir von Jake.«

»Ihnen erzählen …?«

»Ja, natürlich. Erzählen Sie mir von Jake.« Es hörte sich so an, als wolle er mich herausfordern. Ich lachte, streckte meine Hände aus und betrachtete sie.

»Also, was … was wollen Sie wissen?«

»Alles, was Sie mir erzählen mögen.«

»Also, Jake … es ist unmöglich, Ihnen etwas über Jake zu erzählen.«

»Versuchen Sie es.«

Ich holte tief Atem. Mir war, als müsste ich nur einfach den Mund öffnen, und die Worte würden ungehemmt herausströmen. Mir war, als könnte ich mein Herz öffnen, es buchstäblich aufschließen und weit aufreißen. Nun würde die Wahrheit gesagt werden. Dann ging mir der Atem aus. Ich sagte nichts. Er wartete.

»Dieses Haus, in dem wir leben«, fing ich an, »das Wohnzimmer liegt nach Süden, es hat riesige Fenster, Schiebefenster. Immer, wenn die Sonne scheint, ist es da wie in einem Treibhaus, wirklich sehr heiß. Bei Sonne sieht man natürlich den Staub erst recht. Wenn Leute das erste Mal ins Wohnzimmer kommen, sagen sie immer, was für ein wundervoller Raum es ist, und dann, nach einer Weile, sehe ich, wie sie Einzelheiten bemerken. Natürlich meistens die Frauen, aber Männer auch. Jemand hat einmal einen Artikel über Jake geschrieben, in dem hieß es, er kaufe Bücher, keine Jachten. Nun, er kauft natürlich keins von beiden. Er kauft überhaupt nichts. Was die Leute bemerken, das sind die Brandlöcher im Teppich und die Flecken an den Wänden. Jake trank eine Zeit lang dieses Bier aus Blechdosen, Sie wissen ja, wie das herausspritzt, wenn man Löcher in die Dosen macht. Dann die Kinder. Ja, aus irgendeinem Grund sind die Wände nie abgewaschen worden, jedenfalls nicht in den zwei Jahren, seit sie zuletzt gestrichen wurden. Natürlich ist es ein wundervoller Raum. Ich bin da jetzt die meiste Zeit, ich lebe richtig darin. Ich kenne ihn sehr gut. Da hängt ein Bild an der Seitenwand, gerade wenn man zur Tür hineinkommt. Ein schreckliches, gelbes und grünes Ding, ein abstraktes. Es gehört Jake. Wir werden es nicht los, obwohl es das teuflischste Bild ist, das Sie je gesehen haben. Dann sind da auch noch Stöße von Illustrierten. Wir werden die Sachen nicht los. Es stehen immer noch Fahrräder im Schuppen, die wir vor Jahren vom Land mit hereingebracht haben. Völlig nutzlos. Und nirgends ist Platz für die neuen. Jedenfalls, Jake hat unten ein Studio, dort arbeitete er sehr viel, bis er sein Büro bekam. Sein Büro ist im Stadtzentrum, in St. James, dort arbeitet er jetzt. Ich bin lange nicht dort gewesen. Er hat nie gern daheim in seinem Studio gearbeitet, er fühlte sich jedes Mal einsam. Dann kam er immer herauf, um mit jemandem zu sprechen, mit den Kindern, mit mir oder sonst jemandem, der gerade im Haus war. Er kochte oft für sich, er war immer hungrig, er war gern in der Küche. Jake war ein einziges Kind. Ich auch. Wir haben acht Schlafzimmer, aber nur ein Badezimmer. Ich weiß nicht, was ich Ihnen sonst noch erzählen soll.«

Langes Schweigen. Ich dachte schon, er wäre eingeschlafen. Dieses Gasfeuer macht jeden schläfrig; er müsste eine Schale mit Wasser davorstellen.

»Soll ich weitermachen?«

»Bitte.«

»Ist es nicht Zeit, aufzuhören?«

»Nur, wenn Sie es wünschen.«

»Wissen Sie, Sie sollten eine Schale mit Wasser vor dem Gasfeuer haben.«

»Ist es Ihnen zu heiß?«

»Das Ärgerliche ist, dass die Leute ihre abgebrannten Streichhölzer hineinwerfen, die schwimmen dann tagelang drin herum. Dann verdunstet das Wasser.«

»Sie hassen alles … was Unordnung und Durcheinander ist, nicht wahr?«

»Ja, das ist etwas, was ich hasse.«

»Sie haben Angst davor.«

»War …«, er schaute auf sein Blatt Papier, »Mr. Simpkin so ein Stück Durcheinander?«

»Ja«, sagte ich. »Für mich war er das grässlichste Stück Durcheinander, das es überhaupt geben kann. Hilft Ihnen das weiter?«

Er stand auf, stützte sich auf den Tisch wie jemand, der nach dem Essen eine Rede halten will. »Ich denke«, sagte er, »wir werden Fortschritte machen.«

2

Jakes Vater sagte: »Ich nehme an, du weißt, was du tust. Was sagen die Kinder dazu?«

»Die …«

»Wir haben es nicht direkt mit ihnen *besprochen*«, sagte Jake, »es sind schließlich *Kinder*, weißt du. Wir müssen sie doch nicht um Erlaubnis fragen.«

»Ach wirklich?«, sagte sein Vater. »Ich hätte gedacht, das sei das Wichtigste.«

»Ich verstehe nicht, warum du Jake eigentlich heiraten willst«, fuhr er fort und biss dabei mit Wohlbehagen in eine Käsestange, »ich verstehe es einfach nicht.« Er lächelte mir zu und hielt die Käsestange für den nächsten Bissen bereit.

»Ich weiß, wir sind schrecklich viele, aber …«

»Oh, darüber mache ich mir keine Sorgen, nicht die geringsten. Ich nehme an, dass deine früheren Ehemänner etwas zum Unterhalt und dergleichen beitragen?«

»Ein bisschen«, log ich.

»Bis jetzt hast du es geschafft. Und so, wie du aussiehst, wirst du es auch weiter schaffen. Warum aber ausgerechnet Jake? Er wird ein fürchterlicher Ehemann sein.«

»Moment mal …«, sagte Jake.

»O ja, ein fürchterlicher Ehemann. Nimm mal an, du wirst krank. Von ihm kannst du nicht das geringste Mitgefühl erwarten, er hasst Krankheiten. Er hat kein Geld und ist stinkfaul. Außerdem trinkt er zu viel.« Er lächelte Jake zuckersüß und aufmunternd zu.

»Man könnte meinen, er hasst mich«, sagte Jake.

»Unsinn, mein Junge. Sie weiß genau Bescheid. Gib ihr noch einen Sherry, aber für dich keinen Scotch mehr, der muss mir bis Dienstag reichen. Also. Wo wollt ihr denn zum Beispiel leben?«

»Das wissen wir noch nicht …«

»Schön, das ist natürlich ganz und gar eure Angelegenheit. Wenn ich ein hübsch eingerichtetes Haus mit Möbeln auf dem Lande hätte – ich setze voraus, du hast Möbel –, mit allen Annehmlichkeiten, dann würde ich das ganz gewiss nicht für Jake aufgeben. Er ist völlig unzuverlässig – ist er immer gewesen. Mir ist auch nie aufgefallen, dass er Kinder mag. Hast du«, erkundigte er sich freundlich bei Jake, »Kinder gern?«

»Selbstverständlich. Ich bin verrückt nach Kindern. Bin ich schon immer gewesen.«

»Ach wirklich? Sehr merkwürdig. Mir kam es immer so vor, als ob sie dich entsetzlich langweilten. Hast du eigentlich viele Kinder *richtig* kennengelernt?«

»Siehst du«, sagte Jake, »ich habe es dir ja gesagt. Er ist unmöglich.«

»Du trinkst doch nicht etwa meinen ganzen Scotch aus?«

»Ich hole dir eine neue Flasche.«

»Woher denn? Heute ist Donnerstag, früher Ladenschluss.«

»Ich gehe vor dem Essen runter in die Kneipe und besorge dir eine neue, in Ordnung?«

»Du sorgst dafür, dass er es tut, ja?«, bat mich der alte

Herr. »Er plündert mich aus, weißt du. Beim letzten Besuch hat er sich mit meinem Rasierapparat davongemacht –«

»Du lieber Himmel«, sagte Jake, »du hattest *sechs* davon.«

»Ich brauche sechs Rasierapparate. Ich hoffe, du hast ihn wieder mitgebracht.«

»Nein, hab ich nicht.«

»Meine Liebe, könntest du ihn mir vielleicht schicken? Es ist so ein kleiner, den man aufschrauben kann. Ich glaube, er kostet ungefähr fünf bis sechs Schillinge.«

»Ich werde sehen, ob ich ihn finde. Wenn nicht, kaufen wir Ihnen natürlich einen neuen.«

»Das wäre nett. Es ist für mich ein absolut unentbehrlicher kleiner Apparat – um an die kniffligen Stellen zu kommen, du weißt schon. Jake, hör endlich auf, so herumzulungern. Gib ihr noch etwas Sherry. Seine Manieren sind nicht die besten, doch ich nehme an, dass du das schon herausgefunden hast.«

»Die Sache ist nämlich«, sagte ich mit verkrampften Zehen und leicht quiekender Stimme, »die Sache ist nämlich, ich liebe ihn.«

»Ich bin überzeugt davon. Das tue ich ja auch.«

Wir lächelten uns herzlich zu.

»Du bist ein tapferes Mädchen«, sagte er.

»O nein. Jake ist es ... der tapfer ist.«

»Blödsinn. Der nimmt sich, was er kriegen kann. Bildschöne Frau, die kochen kann, eine fix und fertige Familie, eine komplette Einrichtung. Er wird eine Menge von dir erwarten!«

Ich griff nach Jakes Hand: »Das macht mir nichts aus!«

»Er war viel zu früh selbstständig. Meine Frau konnte keine Kinder mehr bekommen, wir haben ihn verzogen. Weißt du schon, dass er es nicht leiden kann, wenn man seine Hemden in die Wäscherei gibt?«

»Großer Gott«, sagte Jake. »Ich bin neunundzwanzig Jahre alt und erwachsen.«

»Noch dazu ist er entsetzlich jähzornig. Wann habt ihr vor zu heiraten?«

»Nächsten Monat«, stammelte ich. »Wenn die Scheidung durch ist.«

»Ach ja, die Scheidung. Geht alles glatt?«

»Ich denke schon, es tut mir leid, dass Jake …«

»Er ist der Scheidungsgrund, natürlich. Ich muss schon sagen, mein Junge, ich hätte nie geglaubt, dass so was in dir steckt. Nun ja, das wäre alles, denke ich. Wir brauchen diese Erörterung wohl nicht weiter fortzusetzen, oder? Wie wäre es, wenn du mir jetzt meinen Scotch holtest?«

»Ich hoffe, Sie werden kommen«, sagte ich. »Ich meine, wir möchten Sie gerne dabeihaben, wenn Sie kommen mögen.«

»Oh, ich glaube kaum. Ich danke dir, meine Liebe, aber ich glaube kaum. Ich hasse Bahnfahrten, und wenn ich mir Williams nehme, um in die Stadt zu fahren, können wir nie irgendwo einen Parkplatz finden. Und außerdem ist da das Problem mit dem Mittagessen für Williams. Nein, das ist alles zu umständlich. Aber ihr habt selbstverständlich all meine Segenswünsche.«

»Was das Hochzeitsgeschenk betrifft –«, sagte Jake, »so hätten wir gerne einen Scheck.« Seine Gesichtsfarbe war ganz zart grünlich und seine Oberlippe zu einem versteinerten Grinsen verzogen.

»Einen Scheck«, sagte der alte Herr. Er erstarrte. Ein Sonnenstrahl spazierte durchs Zimmer, suchte sich etwas vom Silber und den Kristallgläsern aus, ließ die polierten Schuhkappen des alten Herrn aufblitzen und glitt über die Lederstühle. Er nahm sich noch eine Käsestange, wog sie zwischen den Fingern. »Wofür?« Das konnten wir nicht beantworten. Er wartete, dann biss er säuberlich in die Käsestange. »Ich werde euch einen Scheck geben. Nicht viel, verstanden, denn ich bin ein armer Mann. Ihr wollt sicher eine kleine Party geben, nach dem Ereignis, denke ich – mit ein paar Flaschen Champagner und so weiter. Ich werde euch fünfundzwanzig Pfund geben, unter der ausdrücklichen Bedingung, dass ihr das Geld dafür ausgebt. Habt ihr mich verstanden?«

»Aber wir können nicht –«, fing ich an.

Er sah mich zum ersten Mal scharf an. »Ich habe mir's überlegt«, sagte er, »bestellt alles in einem Delikatessenladen. Und schickt mir die Rechnung.«

Mein Vater sagte: »Da wären noch ein paar praktische Punkte, die ich gerne geklärt haben möchte. Setzen Sie sich, Armitage, soll ich Ihnen eine Zigarette drehen?«

»Danke, nein«, sagte Jake. Er ließ sich auf einem abgeschabten ledernen Sitzkissen mit dunkelblauen und roten Karos nieder. Mein Vater drehte sich mit dem Stuhl zum Schreibtisch und richtete den Schein der Lampe direkt auf die Tischplatte. »Gießt du uns den Tee ein, meine Liebe?«, fragte er.

»Tee?«, fragte ich Jake. Wir hatten gerade Würstchen mit Kartoffelbrei und Bananencreme zum Abendessen gehabt.

»Nein, nein, danke.«

»Es ist noch etwas Holunderwein in der Speisekammer«, sagte mein Vater. »Liebling, lauf und hol den Holunderwein.«

»Nein, danke«, sagte Jake. »Wirklich nicht.«

»Also gut – hiermit erkläre ich die Sitzung für eröffnet.« Er drehte sich uns wieder zu und lächelte Jake aufmunternd an. »Wir wollen jetzt nicht nach dem Warum, Wieso und Weshalb fragen. Ihr seid beide erwachsen und wisst, was ihr tut. Ich für mein Teil muss schon sagen, für einen jungen Mann, der sein Leben noch vor sich hat, scheint es mir der reine Wahnsinn, sich mit einer Horde von Kindern und einer Frau zu belasten, die so eindeutig hilflos ist wie diese meine Tochter da. Der reine Wahnsinn! Das einzige Gute dabei ist, dass sie sich endlich einen Mann ausgesucht hat und nicht irgend so einen ... Fiedler oder Schreiberling, wie es die anderen waren. Sie gefallen mir, Armitage. Ich finde, Sie sind ein Narr, aber ich möchte Ihnen gerne über den Anfang hinweghelfen. Was meinen Sie? In Ordnung?«

»Danke vielmals«, sagte Jake, »sehr fair von Ihnen.«

»Wenn ich euch Starthilfe gebe, glauben Sie, dass Sie dann allein weitermachen können?«

»Das hoffe ich.«

»Das hoffe ich auch. Zunächst müssen wir mal die Lasten etwas verteilen. Ich schlage vor, wir schicken die älteren Kinder ins Internat. Ich habe hier Auskünfte über einige Schulen, vielleicht schauen Sie sich das mal durch?«

Er reichte Jake zwei Prospekte, lehnte sich zurück und klopfte mit dem Bleistift auf die Schreibtischkante. »Sie liegen nur ein paar Kilometer voneinander entfernt«, sagte er, »beide an der See. Natürlich ist es nicht gerade Harrow oder Roedean, aber es wird den Kindern die Chance gegeben, ein Stipendium zu bekommen, wenn sie nur genug Grips haben. Was halten Sie davon?«

»Nein!«, sagte ich. »Auf keinen Fall. Wir können sie nicht wegschicken, sie sind zu jung. Außerdem können wir es uns nicht leisten – und überhaupt –«

»Halt den Mund, meine Liebe«, sagte mein Vater schroff. »Das ist Jakes Angelegenheit und nicht deine. Ich werde eine Schulversicherung aufnehmen, damit ist die Schule für die nächsten fünf Jahre bezahlt. Dann werden sie …«, er sah auf ein Blatt Papier auf dem Schreibtisch, »vierzehn, beziehungsweise zwölf und elf Jahre alt sein. Zu dem Zeitpunkt dürften wir wissen, ob sie befähigt sind, weiterzukommen. Und Jake wird bis dahin die Gelegenheit gehabt haben, sich auf eigene Füße zu stellen. Was meinen Sie dazu?«, fragte er Jake.

»Ich finde, das ist eine sehr gute Idee.«

»Nein«, sagte ich.

»Komm, sei vernünftig«, sagte Jake. »Sie werden davon begeistert sein, und es wird ihnen guttun.«

»Nein, das wird es nicht, und sie werden es hassen. Warum kannst du uns nicht einfach das Geld geben?«

»Weil das nicht der springende Punkt ist«, fuhr mich mein Vater an. »Ich will nicht, dass du diesen Jungen hier vom ersten Augenblick an durch Verantwortung erdrückst. Er trägt jetzt davon schon mehr, als er verdauen kann, und er wird wie ein Sklave schuften müssen, um es zu schaffen. Ich weiß so gut wie nichts über dieses … Filmgeschäft, und, um die Wahrheit zu sagen, ich habe nicht viel Vertrauen dazu. Aber ich will nicht, dass du mir in fünf Jahren nach Hause gezogen kommst mit noch einem halben Dutzend Kindern mehr und einer weiteren geplatzten Ehe. Tut mir leid, dass ich so grob bin, aber genau so sieht es doch aus. Es ist höchste Zeit, dass du Vernunft annimmst, mein Kind.«

So hatte er noch nie mit mir gesprochen. »Jake«, sagte ich. »Jake.«

»Dein Vater hat ganz recht«, sagte Jake. »Es würde alles viel leichter machen.«

Sie saßen ungerührt da und sahen mich an.

»Was ist mit den Ferien? Sie werden Ferien haben.«

»Sie können hierherkommen«, sagte mein Vater. »Du weißt, dass deine Mutter sich freut, sie hier zu haben.«

»Du meinst … sie werden für ganz fortgehen. Für immer. Das meinst du doch, nicht? Warum lassen wir sie nicht gleich von irgendjemandem adoptieren? Warum schenken wir sie nicht einfach weg?«

Mein Vater stieß einen tiefen Seufzer aus und drehte sich wieder seinem Schreibtisch zu. »Das macht ihr beiden besser zwischen euch aus«, sagte er. »Mein Angebot steht, das ist alles, was ich zu sagen habe. Nun … zum nächsten Punkt. Wo wollt ihr leben?«

»Es wird wohl auf dem Land sein müssen«, sagte Jake.

»Sie können wohl auf dem Land nicht arbeiten?«

»Im Augenblick geht es noch. Später müsste ich dann sowas wie ein Zimmer in der Stadt haben.«

»Das ist nicht gut«, sagte mein Vater. »Ein Mann braucht regelmäßige Mahlzeiten und jemanden, der nach seinen Sachen sieht. Es hat keinen Zweck, es sich *extra* schwer zu machen. Sie haben auch so schon genug auf dem Buckel.«

»Ich sehe aber keine andere Möglichkeit, Sir.« Dieses »Sir« war verblüffend. Mein Vater war sowieso schon verändert und nicht mehr der Mann, den ich immer gekannt hatte; jetzt schien er mir plötzlich ins Ungeheure, Bedrohliche und Allmächtige zu wachsen.

»Wir haben immer auf dem Land gelebt«, sagte ich, aber keiner von beiden hörte mir zu.

»Ein guter Freund von mir ist zufällig Häusermakler«, sagte mein Vater. »Er hat Verbindungen zu einer Firma in London. Man scheint eine Menge von Neubauten zu planen, und es besteht die Möglichkeit, eins dieser alten Häuser für ein paar Jahre zu einem ganz vernünftigen Preis zu mieten. Dieses hier zum Beispiel. Sehen Sie sich das mal an. Ich werde zwar eine Menge Federn lassen müssen, aber besser, ihr habt es jetzt, wo ihr es braucht, anstatt zu warten, bis ich tot bin.«

»Ich weiß nicht, warum Sie das tun sollten …«

»Wenn ich einen Sohn gehabt hätte«, sagte mein Vater, »dann hätte ich gewusst, wie ich ihn erziehen soll. Kein Problem! Bei diesem Mädel haben wir versagt. Keine Frage, wir haben versagt. Höchste Zeit, dass sie eine feste Hand am Steuer spürt, und ich bin mir sicher – Sie sind der Bursche, der es richtig packt.«

»Ich bin doch auch noch da«, sagte ich. »Warum kannst du nicht mit *mir* sprechen?«

Mein Vater beugte sich hinüber und klopfte Jake auf die Schulter. »Viel Glück«, sagte er. »Viel Glück, mein Junge. Du kannst es brauchen.«

Nach der Hochzeit gaben wir eine Party. Der Delikatessenhändler hatte Hühnersandwiches, andere Kleinigkeiten und Champagner geschickt. Alle waren sehr glücklich. Meine Mutter weinte, wie üblich. Mein Vater drückte Jake stumm die Hand, als sei er drauf und dran, zu einer Weltraumfahrt zu starten. Die Kinder, die für diesen Tag von Mrs. Norris, Mutters Hausgehilfin, versorgt wurden, schickten Glückwunschtelegramme. Zwei Wochen später kamen die drei Ältesten ins Internat.

Wir zogen in das Haus ein, das Vater für uns gefunden hatte, und die übrig gebliebenen Kinder kamen mit dem Zug. Sie hatten eine Menge Gepäck, weil ich darauf bestand, dass sie alles mitbringen sollten: Kleider und Stöcke, Spielsachen, Eimer, Bücher, Tagebücher, Hufeisen, Schlagballspiele, Bänder, Schnüre und einen ganzen Schuppen voll Fahrräder mit durchlöcherten Reifen. Sie überschwemmten die Schulen der Umgebung, wo sie kollektiv als »Die Armitagekinder« bekannt wurden. Der Einfachheit halber und aus Kameradschaftlichkeit änderten diejenigen, die Postsparbücher besaßen oder Gutscheine für versilberte Teelöffel eingeschickt oder an Preisausschreiben teilgenommen hatten, bei denen man Ponys gewinnen konnte, ihre Namen. Und die Kleinsten bekamen ihre Namen durch die Geschwister abgeändert und gewöhnten sich, wie sie heranwuchsen, daran, auf jeder Liste, bei jedem Namensappell und bei jeder Zählung fast unter den Ersten zu sein.

Nur die drei im Internat blieben für sich; abgeschnitten von den andern wuchsen sie unter ihrem alten Namen heran. Sie waren meine ersten Kinder, und obwohl sie immer mürrisch gewesen waren und es schwer war, ihnen eine Freude zu machen, fühlte ich mich elend ohne sie. Ein dumpfer Groll brannte in mir, Groll – gegen wen, gegen was? Es war doch nur zu ihrem Besten: Der Junge und die beiden Mädchen auf den richtigen Weg gebracht, in Flanell und Wollstrümpfen für Jesus und das erfolgreiche Abschlusszeugnis, möglichst leicht gekleidet bei Ballspielen in bitterster Kälte. Es war das Richtige für Jake, dass sie fort waren. Langsam, nach und nach, beinahe unmerklich ließ ich sie von mir weggleiten, bis sich nur noch unsere Fingerspitzen berührten, dann noch nach einander griffen und nichts mehr fanden. Wir ließen die Hände sinken und wandten uns ab. Die jüngeren Kinder blieben ihnen immer herzlich zugetan, diesen drei traurigen Konservativen, die in unversöhnlichem Hass gegen Jake aufwuchsen. Mit der Zeit schlossen sie auch mich in diesen Hass ein. Sie waren meine ersten Feinde. Meine Mutter schickte jedem von ihnen zu Beginn jeder neuen Schulzeit zehn Schillinge, die sie mit goldenen Sicherheitsnadeln an den Briefen befestigte.

Mit Jakes Kind ging ich zum ersten Mal in eine Klinik. Jake war dreißig und fing an, sich Sorgen um seine Haare zu machen. Er baute leicht ab, war nervös und überreizt. Er arbeitete an seinem ersten großen Drehbuch und erzählte mir, dass er eines Tages einen Turm aus Ziegelsteinen und Glas bauen würde, der das ganze Tal überschauen würde, wo wir uns zuerst getroffen hatten.

3

»Ich weiß nicht, was mit mir los ist«, sagte Philpot, »manchmal zittre ich am ganzen Leibe, und manchmal habe ich neununddreißig Grad Fieber. Und manchmal könnte ich stundenlang ununterbrochen heulen.«

»Warum gehst du nicht zu einem Doktor?«

»Die sagen doch nur, dass das vom Kummer kommt. Und gegen Kummer kann man doch nichts tun, oder?«

»Na ja«, sagte ich, »ich weiß nicht.« Ich machte die Küchenregale sauber, ein Zeichen von innerer Unruhe. Das Mädchen – tatsächlich war sie eine junge Frau von vierundzwanzig Jahren, mit dem Nachnamen Philpot – hatte gesagt, es gäbe doch sicher irgendetwas für sie zu tun. Ich hatte ihr die Pfannendeckel mit Stahlwolle zu putzen gegeben. Sie saß auf dem Rand des Spülbeckens und fuhr langsam immer wieder auf den verbeulten Deckeln herum, als ob es Gesichter wären.

Ich nahm die neuen Becher mit Motiven von der Krönung vom Regal, in jeder Hand einen Henkel, und stellte sie auf den Boden. Dann bat ich Philpot, sich woandershin zu setzen, weil ich zur Wasserleitung wollte. Sie zog sich auf den Eisschrank zurück und breitete ihren Rock über ihn aus.

»Du lieber Gott«, sagte sie, »was für eine Menge Becher. Poppy hat auch einen bekommen. Sind sie nicht einfach himmlisch?«

»Ich finde sie abscheulich«, sagte ich. »Aber wir haben dutzende von Löffeln bekommen.«

»Ja«, sagte sie. »Poppy hat auch einen Löffel bekommen.« Sie sah aus dem Fenster in den Garten, wo einige von den jüngeren Kindern und Poppy, jedes für sich, in einem Pappkarton saßen und – soweit ich sehen konnte – absolut nichts taten. Sie seufzte schwer. »Ich möchte wissen, ob es jemals wieder eine Krönung geben wird … ich meine, so lange wir leben?«

»O bestimmt.« Ich fühlte, sie brauchte Beruhigung. »Warum? Hat dir diese so gut gefallen?«

»O ja, wahrhaftig. So herrliche Partys. Poppy blieb bei meiner Tante.« Ich kratzte Butterrestchen von sechs Untertassen auf einen Teller und scheuchte Philpot vom Eisschrank herunter. Sie ließ sich wie eine große Ente auf dem Herd nieder. »Und für mich war es einfach eine wundervolle Zeit, obwohl ich die wichtigsten Ereignisse im Fernsehen verschlafen habe. Soll ich dir die Becher hinüberreichen?«

»Nein«, sagte ich, »es geht schon.«

»Also, natürlich endete alles mit einer Katastrophe. Tut es bei mir immer. Die Frauen von den Leuten sind manchmal so empfindlich. Und dabei kann ich sie gut leiden, das ist ja das Komische. Ich kann sie wirklich besser leiden als ihre Männer. Manchmal frage ich mich, ob ich ganz normal bin. Ich meine, man hat mir schon gesagt, ich wäre frigid, aber ich begreife nicht, wie man das wissen kann. Also wirklich, wie kann man das wissen?«

»Ich würde nie denken, dass du's bist«, sagte ich. »Lässt du mich mal zum Ofen?«

»Ich bin dir im Weg, natürlich bin ich das. Es muss für

mich doch irgendetwas zu tun geben. Ich komme mir so unnütz vor. Und du arbeitest wie ein Galeerensklave.«

»Jedenfalls siehst du nicht frigid aus«, sagte ich und versuchte leicht verzweifelt, in die fettige Höhle des Ofens vorzudringen. »Und was Besseres kann man doch nicht sagen.«

»Es tut mir ja so gut, mit dir zu sprechen«, sagte sie von fern her. »Es ist wunderbar, mit jemandem zu sprechen, der wirklich Bescheid weiß. Ich kann mir nicht vorstellen, wie du das alles schaffst, ohne jede Hilfe und mit all den Kindern. Jake ist natürlich ein ganz prächtiger Vater, das sieht man ja. Poppy ist verrückt nach ihm. Natürlich, weil sie keinen Vater hat, ist sie nach jedem Mann verrückt, armes, kleines, süßes Ding. Aber nach Jake ist sie besonders verrückt. Ich wünschte wirklich, ich hätte nur halb so viel Glück wie du. Natürlich weiß ich, dass es nicht einfach nur Glück ist, du bist so intelligent und anziehend und begabt und so, du verdienst das alles und mehr.«

Es gab eine lange Pause. Da ich zum Teil im Ofen steckte, konnte ich mir nur ihren sehnsuchtsvollen Blick und die blassrote Haarsträhne vorstellen, die sie nervös über die blauen Augen zerrte.

»Aber Gott weiß«, sagte sie, »ich beneide dich.« Ich kann mich nicht erinnern, wie es dazu kam, dass wir Philpot kennen lernten. Aber damals kannten wir viele kleine Leute aus der Filmwelt; sie muss wohl zu irgendeinem von ihnen gehört haben. Ich mochte sie, weil sie einsam und exzentrisch war und sich immer von neuem in kleinen Attacken auf das Leben versuchte, die, wie sie von vornherein wusste (wenigstens schwor sie das), zum Scheitern verurteilt waren. Vielleicht beneidete ich sie auch in gewisser Weise. Sie war wie die Mädchen in der Schule, die Brüder hatten, aber keine Liebe kannten.

In jenem Sommer erschien sie jeden Tag und schlenderte bei uns im Haus herum, schob ihre unbeholfene Kleine hinaus in den Garten und blieb selbst drinnen, um in sich aufzusaugen, was sie Familienleben nannte. Sie war ängstlich darauf bedacht, Jake nicht zu stören, ging aber auf Zehenspitzen an der Tür seines Arbeitszimmers vorbei, wobei sie einen derart intensiven Gardenienduft hinter sich ließ, dass er nach wenigen Augenblicken schnuppernd herauskam und sich zu uns gesellte, in der Küche oder im Wohnzimmer, das mit Schnittmustern und Stecknadeln übersät war, da wir uns zu dieser Zeit gerade der Schneiderei widmeten. Er räkelte sich auf dem Sofa, den einen Arm um mich geschlungen, während Philpot ihn nach seiner Arbeit ausfragte. Sie wusste über alle Details Bescheid. Jeden Tag erkundigte sie sich nach den einzelnen Personen seines Films, so als könnte während der Nacht ein Unglück über sie hereingebrochen sein, gegenüber dem Jake machtlos war. Sie trug gestreifte Blusen und weite Röcke und hielt den Kragen gewöhnlich mit einer Art Kameebrosche zusammen. Sie hatte eine Schwäche für Kameen, Porzellanfiguren, Briefbeschwerer, ausgestopfte Vögel und samtene Fotorahmen. Gelegentlich ging sie für einige Tage mit jemandem auf und davon, der gerade nach Exmoor, Cardiff oder Leeds fuhr. Dann nahmen wir Poppy zu uns, wenn auch ohne große Begeisterung, da niemand von uns sie besonders leiden konnte. Die Jungen kamen sich ihretwegen lächerlich vor, da sie sie andauernd hänselte, und die Mädchen langweilte sie durch ungenaue Schilderungen von Liebesdingen.

4

»Warum muss Philpot bei uns wohnen?«, fragten sie.

»Weil man sie aus ihrer Wohnung geworfen hat.«

»Aber warum muss sie bei uns wohnen? Wir sind doch schon genug Leute.«

»Sie sieht sich nach einer neuen um.«

»Ich habe noch nie gemerkt, dass sie sich umgesehen hat. Sie tut nichts, als die ganze Zeit im Bett zu liegen, wenn du es wissen willst.«

»Noch dazu in *meinem* Bett! Warum kann sie nicht ihr eigenes Bett mitbringen? Ich will nicht mehr auf diesem grässlichen Feldbett schlafen.«

»Es ist ein ausgezeichnetes Feldbett.«

»Das ist es nicht, und ich will nicht darauf schlafen.«

»Schau mal, da ist ein Eichhörnchen.«

»Ich will nicht auf dem Feldbett schlafen.«

»Wo ist Poppy?«

»Poppy ist bei ihrer Tante.«

»Warum kann dann Philpot nicht auch bei der Tante wohnen?«

»Weil Philpots Tante in Gloucestershire lebt und Philpot sich nicht nach einer Wohnung umsehen kann – ich meine, sie könnte sich nicht nach einer Wohnung umsehen, wenn sie in Gloucestershire wäre.«

»Sie könnte mit einem Hubschrauber herkommen.«

»Ich will nicht auf diesem Feldbett schlafen.«

»Ich bin froh, dass Poppy in Australien ist.«

»Musst du durch die Pfützen laufen? Du sollst doch nicht durch die Pfützen laufen.«

»Na ja, ich wollte bloß, sie ginge nach Hause.«

»Das kann sie nicht, sie hat kein Zuhause.«

»Sie riecht nach Fisch.«

»Nein, das tut sie nicht. Sie riecht eher nach Rosen.«

»Sie riecht nach Rosen und Fisch, aber mehr nach Fisch.«

»Ich will nicht auf dem grässlichen Feldbett schlafen.«

»Gestern hatte sie einen Pickel am Kinn, aber heute Morgen hat sie ihn ausgedrückt. Erzähl es nicht Daddy. Er würde sonst sagen: ›Wechselt das Thema.‹«

»Gestern musste er sie auffangen, als sie ohnmächtig wurde. Der Geruch muss grässlich für ihn gewesen sein.«

»Ohnmächtig?«

»Sie fiel in Ohnmacht, als du spazieren warst.«

»Wird man so ohnmächtig? Fällt man so in Ohnmacht?«

»O Herrgott noch mal, steh auf. Du bist von oben bis unten dreckig. Ich brauche wieder Stunden, um das alles abzubürsten – Stunden!«

»Ich habe doch nur gefragt –«

»Ich schlafe nicht auf diesem –«

Wir bevölkerten ein Areal von Heath von fast einer Viertelmeile – wir waren an einem braunen, feuchten Nachmittag alle zusammengekommen, um Dinah Netzball spielen zu sehen. Warum überkam mich nur plötzlich ein Gefühl von Beklemmung? Ich sah zu einem der Hügel von London hinüber, der dort ganz unerwartet auftaucht, gekrönt von einer

Kirchturmruine. »Flieg nach Hause, dein Haus brennt.« Die älteren Kinder, in ihren verwaschenen blauen Regenmänteln, kamen in wildem Durcheinander den Hügel heruntergerannt und sprangen auf meinen Rücken. Jakes Kinder stampften und strauchelten durch die nassen Blätter.

»Ich kann sie sehen«, sagte ich, und wir stolperten hinunter bis zu einem trostlosen Stück Erde, wo ein paar Wellblechhütten verstreut herumstanden. Mehrere Kinder in kurzärmeligen Baumwolljumpern, langen Röcken und Gummischuhen wanden sich wie Girlanden um einen dicken kahlen Baum, während andere mit vagen Bewegungen einen Fußball im nassen Gras herumschubsten, das jemand mit Kreide zu markieren versucht hatte.

»Wo ist Dinah?«

Wir fanden sie zitternd in einer Ecke des Spielfeldes; sie hielt sich den Bauch und sagte, sie habe schreckliche Schmerzen. Sie sah uns voller Neid an; doch auch Zuneigung schien mir in ihrem Blick zu liegen. Die Lehrerin, eine junge, freundlich aussehende Frau, die gescheiterweise einen Ledermantel trug, rief »Dinah!«, mit etwas zu lauter, forcierter Stimme, der die Anspannung anzumerken war; wie eben eine Frau am Ende eines anstrengenden Tages nach Kindern ruft. Dinah trabte davon, die Lehrerin schob sie alle zu einem unordentlichen Kreis zusammen und bemühte sich, ihnen etwas zu erklären. Der feuchte, dunkelnde Nachmittag war still bis auf das unaufhörliche Husten der Kinder. Sie fingen an herumzuhopsen und warfen den Ball mit müden Bewegungen aus der Hüfte heraus. »Bewegt euch«, ermahnte die Lehrerin, »ich werde euch wie einen Pudding durcheinanderrühren.« Sie rannte zwischen ihnen herum und sprang schwerfällig hin und her, während die Kinder in den Dreck fielen, sich ihre Bäuche hielten und in die neblige Ferne starrten.

»Können wir jetzt gehen?«

»Mir ist kalt, ich friere.«

»Ich werde nicht auf diesem Feldbett schlafen.«

»Lauf herum, dann wird dir warm.«

»Warum sollte ich, ich bin müde.«

»Warum mussten wir herkommen und zusehen, wie Dinah Fußball spielt?«

»Ich bin müüüüüde ...«

Ein Mädchen in ausgebeulten Schottenhosen, einer Windjacke und einer Pelzkappe tauchte langsam über dem Hügel auf. Einen Augenblick lang dachte ich, es wäre Philpot. Sie zog einen Kinderwagen hinter sich her, hielt an und trat wütend gegen die Speichen, die voller Dreck waren. Dann, nachdem sie eine Weile zu uns heruntergesehen hatte, ging sie den Weg zurück, den sie gekommen war. Als sie langsam verschwand, erst der Wagen und schließlich die Kappe, war ich wider alle Vernunft davon überzeugt, dass sie gekommen war, um mir eine Botschaft aus einer anderen Welt zu überbringen. Aber wie eine Rettungsmannschaft in Aktion hatte sie Umschau gehalten, nichts gesehen und war wieder heimgegangen.

5

»Wird Philpot oft ohnmächtig?«

»Ohnmächtig?«

»Die Kinder sagten ...«

»Nun, was? Was haben sie gesagt?«

»Sie sagten, sie sei gestern in Ohnmacht gefallen.«

»So, möglich. Vielleicht.«

»Sie sagten, du warst dabei und hast sie aufgefangen.«

»Aufgefangen, als sie in Ohnmacht fiel?«

»Ja.«

»Warum sollte ich sie auffangen?«

»Ich weiß nicht. Fiel sie also in Ohnmacht?«

»Ich weiß nicht, ich kann mich nicht erinnern.«

»Nicht nötig, dass du deswegen schreist.«

»Schreien? Mein Gott! Ich bin es doch nicht, der schreit.«

Der dauernde Umgang mit Kindern führt zu dieser Art von Gesprächen. Es war unsere Kindersprache, unverständlich für die meisten Erwachsenen. In ihr führten wir die verwickelte, spitzfindige und gelegentlich tragische Konversation, die die letzte Zuflucht zwischen Mann und Frau ist. Obwohl Jake diese Art zu sprechen erst verhältnismäßig spät erlernt hatte, war er hellhörig und hatte mehr Nachahmungstalent als ich. Er war ein besonderer Experte in der Art der Betonung und äußerst schlagfertig. Jetzt sagte er nach kurzem Nachdenken: »Du bist es, die schreit!«

Ich sah ihn so aufmerksam wie möglich über den Rand der Illustrierten an, die zu lesen ich vorgab. Seit dem Nachmittag, seit sechs oder sieben Stunden, hatte ich ein höchst seltsames Gefühl. Es war, als wäre ich im Augenblick des Fallens plötzlich versteinert, das Herz mitten im Schlag erfroren, das Blut aus seiner Bahn geschleudert, die Muskeln starr, der Hals vom Ansturm der Luft völlig ausgetrocknet. Mir kam es vor, als hätte ich Angst, aber ich war nicht sicher.

Es war Mitternacht. Jake hatte den elektrischen Ofen angemacht, als wir vom Kino heimkamen; die Vorhänge waren nicht zugezogen. Philpot hatte die Wohnzimmertür aufgelassen, als sie weggegangen war.

»Wo ist sie hingegangen?«, fragte ich.

»Woher soll ich das wissen?«

»Es kommt mir sehr merkwürdig vor.«

»Was?«

»Na ja, mit ins Kino zu kommen und dann einfach – so wegzulaufen.«

»Es geht uns doch nichts an, was sie tut.«

»O nein«, sagte ich, »es geht uns nichts an, natürlich nicht.«

Ich starrte auf meine Illustrierte. Jake lag im Sessel, er hatte noch seinen Mantel an. Wir zitterten wie Hunde vor einem Sturm. Oben im Haus gaben die Betten kleine winselnde Geräusche von sich.

»Aber alle ihre Sachen sind noch da«, sagte ich.

Er antwortete nicht. Ich dachte an Philpots Schlafzimmer in unserem Haus: die leicht verschmutzte englische Spitzendecke, die über das ungemachte Bett geworfen war, den verstreuten Puder, kleine Reste von Lippenstift und offene Mundwasserflaschen. Ich dachte daran, wie nachmittags, wenn das Wetter schön war, ein einzelner Sonnenstrahl durch das kleine Bodenfenster schien und wie das Kind, das jetzt auf dem geschmähten Feldbett schlief, dort oben unaufhörlich über die Finsternis und Einsamkeit seines Zimmers murrte und behauptete, niemand würde es merken, wenn es stürbe. Ich dachte daran, wie ich Philpot heute früh um zehn Uhr das Frühstück ans Bett gebracht hatte, einmal, weil mich ihr ständiges Schlafen nervös machte, zum anderen aber auch, weil Philpot ein armes Mädel war, das niemanden hatte, der es liebte, das sein Leben derart verpfuscht hatte und nicht stark und tüchtig und Herrin der Lage war wie ich. Ich sah mich selbst stark, tüchtig und überlegen jeden Nachmittag über die Wiesen und durch die Parks von London stapfen, und wenn ich dann nach Hause kam, fand ich Philpot frisch frisiert und angemalt vor, und dann sagte sie: »Oh, verdammt noch mal, ich wollte den Tee machen! Wirklich!« Ich dachte an Philpot, die uns so still verlassen hatte, als ob sie sich selbst opfern wollte, damit wir weiterleben konnten: Etwas verschwollene Augen, aber mit einer großen, erhabenen Geste, so dachte ich sie mir jetzt, wie sie uns mit ihrem Spitzentaschentuch von der Tür her zuwinkte und Lebewohl sagte. Ich sah zu Jake auf.

Ungefähr fünfzehn Sekunden waren vergangen, aber während dieser Zeit, unter dem Deckmantel meiner fruchtlosen Gedanken über die arme Philpot, war ein großer Teil meiner Unschuld, meines Vertrauens, meiner Dummheit und meines Idealismus von mir abgerissen worden, als wären es Häute. Ich war kleiner, hässlicher und mächtiger als zuvor, und ich fühlte mich von Angst behext.

»Was ist zwischen dir und ... Philpot passiert?«

»Passiert? Was meinst du damit – passiert? Nichts ist passiert.«

»Warum ist sie dann so plötzlich verschwunden?«

»Ich habe dir doch gesagt, ich weiß nicht ...«

»Und du warst gar nicht überrascht, nein? Du wusstest, dass sie gehen würde.«

»Hör auf, willst du wohl! Hör auf!«

Aber er stand nicht auf, um von etwas anderem zu sprechen. Er kroch noch tiefer in seinen Mantel hinein und starrte mich über den hochgestellten Kragen hinweg an. Die Unbeweglichkeit seines Starrens, nicht sein Ausdruck, wirkte melancholisch. Ich sah auf seine Augen. Sie hätten aus Glas sein können. Sie waren leer. Sie bewegten sich, als ich mich bewegte, beobachteten mich, als ich aufstand, im Zimmer auf und ab ging und mich wieder setzte.

»Du hast ihre Hand im Kino gehalten«, sagte ich. »Wie merkwürdig.«

»Was ist merkwürdig?«

»Dass ich wusste, dass du es getan hast. Vielleicht habe ich es sogar gesehen. Aber ich habe es nicht geglaubt.«

»Um Himmels willen, das ist doch kein Verbrechen.«

»Aber meine hast du auch gehalten. Du wolltest uns beide glücklich machen.«

»Zum Teufel, was macht es schon aus, wessen Hand ich gehalten habe.«

Die fürchterlichen Schläge meines Herzens ließen meinen

Körper und meine Stimme zittern. Ich sagte: »Oh, es macht nichts, es ist ganz … unwichtig.«

»Na also.«

»Außer, dass du für gewöhnlich nicht jemandes Hand hältst, wenn du nicht den Wunsch hast …«

Aber ich konnte so nicht weitermachen. Haltung, bitte ein wenig Haltung. Dies ist wirklich die idiotischste Art, sich zu benehmen, die kurzsichtigste Art, sich mit etwas zu befassen, das schließlich immer und überall vorkommt …

»Es war nichts als ein Peccadillo«, sagte Jake plötzlich, als wolle er anfangen, etwas aufzusagen.

»Was?«

»Ein Peccadillo, eine Bagatelle.«

»Das verstehe ich nicht.«

»Macht nichts.« Er gähnte so breit und lange, dass es aussah, als müsse er sich den Unterkiefer verrenken. Eine halbe Minute lang sah ich seine Backenzähne, den Gaumen und die vibrierenden Mandeln. Als sein Gesicht wieder zur Ruhe gekommen war, sah er völlig erholt aus.

»Ich liebe dich. Warum regst du dich also auf?«

»Hast du ihr gesagt, dass sie gehen soll?«

»O Gott, nein! Das war ihre Idee.«

»Warum?«

»Ich weiß nicht, sie dachte, du könntest … verstimmt sein oder so was.«

»Warum sollte ich denn?«

»Um Himmels willen, *verstehst* du denn nicht?«

»Nein, ich verstehe nicht.«

»Also dann …«, er stand auf; die Hände in den Taschen

und den Kopf leicht zur Seite geneigt stand er da und lächelte mich an. »Also dann kann ich dir eben nicht helfen.«

Ich starrte ihn an. Nach einiger Zeit, vielleicht nur ein paar Sekunden, wendete er sich ab und sagte: »Sieh mal, ich verstehe nicht, worüber du so entsetzt bist. Ich habe dir gesagt, es war nichts. Zum Teufel, ich will dich nicht *verlassen*, und ich will dieses Mädchen nicht *heiraten*.«

»Soll mich das beruhigen?«

»Du warst auch nicht gerade ein Vorbild an Treue, das weißt du.«

»Ich war niemals irgendwem untreu. Niemandem. Niemals!«

»Das glaubst du wirklich? Was bist du doch für eine verdammte Heuchlerin.«

»Aber du sagst doch, es *ist nichts*. Du sagst immer wieder, es ist nichts. Also warum dann? Warum verletzt du Menschen derart für etwas, von dem du behauptest, es sei nichts?«

»Warum fühlst du dich denn so verletzt?«

»Weil ich dich gernhabe: Ich habe dich gern!«

»Mich? Du machst dir einen Dreck aus mir, das weißt du. Halt doch den Mund! Dir liegt nichts an mir, dir liegt nur daran, dass die Rechnungen bezahlt werden, und an den verdammten Kindern. Diese blödsinnige Armee von Kindern. Von mir wird erwartet, dass ich sie erhalte, für sie arbeite ich mir die Seele aus dem Leibe. Ich kann noch nicht mal in Ruhe ein Bad nehmen, ich kann nicht eine verdammte Mahlzeit in Ruhe essen, ohne dass sie mit ihrem Gequengel und Gesabber über den Tisch herfallen. Nicht einmal ins Bett kann ich ungestört mit dir gehen: Gerade mittendrin platzt bestimmt eines von ihnen herein. Wenn du dir etwas aus mir machtest, würdest du versuchen, mich zu verstehen, meinst du nicht? Bitte, ich bin ein Scheißkerl. Bitte, ich bin nicht nett zu dir. Aber was meinst du wohl, wie viel Freude ich an deinem gottverdammten, langweiligen Familienleben habe? Wo ist denn da ein Platz für mich?«

Er brüllte, als ob ich kilometerweit entfernt gewesen wäre. Sein Gebrüll entzückte mich. Ich vergaß Philpot. Ich liebte ihn. Er tobte und schrie wie ein Mann, dem der Teufel ausgetrieben wird.

»Himmel, Donnerwetter, was gibt's denn da zu kichern. Es ist wohl komisch, wenn ich mir mal erlaube, die Wahrheit zu sagen? Die Wahrheit hast wohl du allein gepachtet, wie? Schön, lass dir mal was erzählen, meine Süße. Du lebst in einer verdammten Traumwelt, du würdest die Wahrheit nicht einmal erkennen, wenn sie dir ins Gesicht spränge.«

»Ich denke doch«, sagte ich. »Jetzt zum Beispiel.«

»Ja, jetzt vielleicht! Aber du weißt nicht, was tatsächlich die Wahrheit ist.«

»Was denn?«

»Dass ich durchaus imstande bin, auch noch an anderen Gefallen zu finden. Dass ich ein ganz normaler Mann bin, dem auch eine andere gefallen kann.«

»Philpot hatte ich vergessen«, sagte ich.

»Na schön. Worüber zum Teufel zanken wir uns dann?«

»Ich weiß nicht. Über nichts. Ich nehme an, es ist eben ... nichts.«

Ich stand vom Sofa auf und ging langsam auf die Tür zu. Ich wusste, dass ich ihn nicht verlassen würde, dass ich nicht einmal aus dem Zimmer gehen würde, aber ich musste mich irgendwohin bewegen. Er sagte: »Du gehst jetzt ins Bett, nehme ich an.«

»Nein. Nur die Tür zumachen. Falls die Kinder dein Geschrei hören.«

»Dann gib mir was zu trinken, ich werde nicht mehr schreien.«

Als ich ihm das Glas gab, griff er nach mir und zog mich auf sein Knie. Ein paar Augenblicke lang hielt er mich fest an sich gedrückt, ein unbeholfenes, lebloses Bündel in seinem Arm.

»Ich habe nichts von alledem wirklich gemeint«, sagte er. »Es tut mir leid.«

»Was von alledem?«

»Über die Kinder. Das weißt du. Ich liebe sie.«

»Du hast die Wahrheit gesagt.«

»Habe ich?«

»Ich glaube wohl.«

»Du weißt doch, wie es gewesen ist, nicht wahr?«

»Du meinst mit Philpot?«

»Na ja, sie war hier. Ich weiß, es war nicht gerade sehr fein von mir. Aber ich hatte die Nase voll. Mein Manuskript langweilte mich tödlich. Und du hast sie mir ja geradezu auf einem Tablett präsentiert.«

»Daran habe ich nicht gedacht.«

»Nein. Du wohl nicht – das kann ich mir denken.«

Er reckte den Hals, um mich zu küssen. Wie ein Kind, mit gespitztem Mund und geschlossenen Augen, wartete er. Ich schaute ihn mir genau an. Ich dachte an meine anderen Ehemänner, anständige, erwachsene, selbstlose Männer, denen ich auf der Flucht vor meiner Kindheit davongelaufen war. Jeder von ihnen ein unzulänglicher Elternteil, den ich schnell allein gelassen hatte. Sie schienen mich zu beobachten, während Jake auf seinen mütterlichen Kuss wartete. Jetzt bist du dran zu leiden, mein Mädchen. Jetzt bist du es, die vergessen und vergeben muss. Jetzt bist du dran, Freiheit zu verweigern oder sie Zoll um Zoll zu gewähren.

»Du hast es mir nicht gesagt«, sagte ich, »aber ich nehme an, du hast mit ihr geschlafen.«

Er öffnete seine Augen nicht, schüttelte aber heftig den Kopf.

»Nicht?«

»Nein, natürlich nicht. Küss mich jetzt und vergiss es.«

»Schwörst du's?«

»Ich schwöre, ich schwöre.«

Ich beugte mich behutsam hinunter und küsste ihn. Er war von dem Drängen und der glücklichen Aufregung eines Mannes erfüllt, der gerade einer Gefahr entronnen ist.

»Aber du möchtest es immer noch?«, fragte ich unbarmherzig.

»Nicht, wenn ich sie nicht mehr sehe.« Er lächelte zu mir herauf, seine Augen waren immer noch ganz leer, und mir kam jetzt zum Bewusstsein, dass sie sich nie veränderten, nicht einmal in der Liebe. »Du lässt sie mich nicht wiedersehen? Nein?«

»Nein«, sagte ich. Für einen Moment, ehe er mich wieder an sich zog, sah er irritiert aus.

Ich nahm jedes Band, jedes Töpfchen, das Philpot gehörte, Puderquasten, Strumpfbandgürtel, Haarnadeln, jedes Samtband, jede Sicherheitsnadel, jedes Päckchen, voll oder leer, jedes Kleidungsstück bis zu den Strümpfen mit Laufmaschen im Papierkorb, wickelte alles in ihren echten viktorianischen, schwarzgesäumten Schal und warf das Ganze in den Vorgarten. Es war eine schöne, warme Nacht. Im Mondlicht nahmen die Rosen sich prächtig aus, man konnte nicht sehen, wie schwärzlich und verblüht sie schon waren. Ich schleppte ihre Nähmaschine, ihre Schneiderpuppe und ihr Kofferradio und ein grässliches abstraktes Bild in Zitronengelb und Grün, das Jake ihr mal abkaufen wollte, und baute alles sorgfältig neben den Mülltonnen auf. Dann setzte ich mich auf die Treppe vor dem Haus und suchte das Gefühl von Angst zu ergründen, von dem nach all dem Treppengelaufe nur noch ein dumpfer körperlicher Schmerz geblieben war, ebenso genau zu lokalisieren und ebenso erträglich wie leichtes Zahnweh.

Wovor, fragte ich mich, wovor hatte ich Angst? Einunddreißig Jahre alt, gesund und in Ordnung, mit dem vierten Mann verheiratet (warum vier?), der mich liebt, mit einer Leibwache von Kindern (warum so viele?) – wovor fürchtete ich mich? Doch sicher nicht vor Philpot. O nein, nicht vor Philpot! Vor wem also? Wovor?

Sehr bald wurde mir kalt. Nicht daran gewöhnt, so lange und so allein vor mich hinzudenken, sagte ich zu mir selbst, dass mir kalt sei, stand auf und ging ins Haus. Es fiel mir ein, dass es für eine derartige Situation vielleicht Regeln gibt, die ich nicht kannte. Vielleicht sollte ich woanders schlafen. Aber da war nur Philpots Bett, in dem ich hätte schlafen können.

Das kam nicht in Frage. Ich ging eine Weile im Haus umher. Die jüngeren Kinder wurden schon unruhig, murmelten vor sich hin und drehten ihre Köpfe von einer Seite auf die andere. Dasjenige, das auf dem Feldbett schlief, hatte all sein Bettzeug auf den Boden geworfen und war so völlig durchnässt, dass es mehr einem Ertrunkenen als einem Schlafenden gleichsah. Dinah öffnete die Augen und sagte: »In diesem Zimmer ist ein grässlicher Gestank.« Dann schlief sie weiter.

Schließlich ging ich in das Schlafzimmer, zog mich aus und legte mich neben Jake. Im Schlaf sah er wieder irritiert aus. Ich dachte daran, ihn aufzuwecken, aber zum ersten Mal konnte ich ihn nicht berühren. Diese Lähmung, dieses Versagen des Willens, meinen Körper zu bewegen, ließ all meine Furcht wieder aufleben. Ich lag da, in Schweiß gebadet, von den harten Schlägen meines Herzens geschüttelt, unwissend wie bei den ersten Wehen, aber kein Instinkt und keine Erinnerung waren da, um mir zu helfen. Damals muss es gewesen sein, denke ich, dass Jake und das Leben sich in meinem Geiste zu verwirren begannen, dass sie nicht mehr voneinander zu trennen waren. Der schlafende Mann war mir nicht mehr zugänglich, nicht länger liebenswert. Er wuchs ins Ungeheuerliche, er wurde der Himmel, die Erde, der Feind, das Unbekannte. Jake war es, vor dem ich Angst hatte – Jake, der mir Schrecken einjagte –, Jake, der am Ende überleben würde. Er wälzte sich auf die andere Seite, den Mund leicht geöffnet, und fing an zu schnarchen.

6

»Den am meisten beneideten Abschluss dieses Jahres machte der Autor und Produzent Jake Armitage, dessen neuester, heiterer Kriminalreißer ›Die Sphinx‹ Mitte Januar ins Atelier geht. Jakes Pläne? Wenigstens einmal in der Woche ›Nein‹ zu sagen zu den Großmogulen der Filmwelt, die sich gegenseitig auszustechen versuchen, um ihn einzukaufen. ›Ich bin von Natur ein Jasager‹, sagt Jake, ›aber mal kommt der Punkt, wo man sich zurücklehnen und auch einmal ein bisschen leben muss.‹ Jake, heute einer der höchstbezahlten Autoren im Filmgeschäft, fing vor zehn Jahren damit an, das tränenfeuchte Manuskript eines B-Filmes für Lazlos Rothenstein umzuschreiben. Von da an hat er nicht mehr zurückgeblickt.

Beth Conway, John Hurst und die italienische Neuentdeckung Maria Dante sind drei der Stars von ›Sphinx‹, diesem neuen Komödienthriller, den Jake Armitage geschrieben hat und den er für die Tower-Produktion produzieren wird. Doug Wainwright führt Regie, die Außenaufnahmen werden in Nordafrika gedreht.

Ich gratulierte Mrs. Armitage zu der augenfälligen Leichtigkeit, mit der sie ihren großen Haushalt führt. ›Es war nicht immer so einfach‹, sagte sie lachend. ›Es gab mal eine Zeit, wo wir nicht wagten, an die Haustür zu gehen, weil wir Angst hatten, der Gerichtsvollzieher könne draußen stehen.‹ Diese Tage sind längst vorbei, denn seit jenem ersten Manuskript für einhundert Pfund, das die schlimmste Not lindern musste, haben die Armitages nie wieder zurückgeblickt …«

Alles ist ruhig am Nachmittag. Alles bleibt still. Der Jaguar ist unterwegs, aber die Floride steht in der Garage. Man wird das Gras mähen, sobald es zu wachsen anfängt. Das Geschirr steht sauber in der Geschirrspülmaschine, und der Müllschlucker hat den Abfall vertilgt. Ein von der Fröbelschule ausgebildetes Mädchen – gutes Aussehen, hartes Herz – ruht sich in ihrem Zimmer aus. Sie schreibt an ihre Freunde und raucht eine von ihren täglichen zwei Zigaretten bei einer Tasse schwachen Tees. Bald wird sie sich entfernen und energiegeladen von einem Ort zum andern gehen, um die Kinder in den Schulen einzusammeln.

Jetzt. Die Tür ist ins Schloss gefallen, sie ist fort. Ich könnte Staub wischen oder die Zeitschriften ordnen, nun, da das Haus leer ist. Aber warum? Das ist Sache von jemand anderem. Aber jemand anderer macht seine Sache nie richtig. Das Essen ist ohne Geschmack. Kein Geruch von Möbelpolitur mehr in den Zimmern wie früher. Die Spielsachen werden nicht mehr aussortiert, und Jake ist mit zwei fehlenden Hemdknöpfen zum Essen gegangen. Das ist Sache von jemand anderem. Warum kann jemand anderer es nie richtig machen? Weiß Gott zahlen wir ihnen genug.

Jake ist seit vier Stunden zum Mittagessen weg. Seine Sekretärin weiß nicht, wo er ist. Sie macht sich am Telefon über mich lustig. Ach, überall Verrat. Hör auf, mich zu strafen, Gott.

Es ist Nachmittag, und ich habe nichts zu tun. Ich werde gehen und irgendetwas für Dinah kaufen, um sie zu beschützen: einen Besitz, der sie beschützt. Einen Unterrock, ein Paar Strümpfe. Den Oxford Companion für französische Literatur. Als ich vierzehn war, lag mir die ganze Welt zu Füßen, aber irgendjemand hat seine Aufgabe nicht richtig erfüllt und erlaubte mir zu sündigen. Sie kommen mit dem Bau vom Turm nicht voran, sie machen es nicht richtig. Ich habe es ihnen hundertmal gesagt, aber sie sind unfähig, einen einfachen Turm zu bauen, selbst zu diesem Preis.

Gestern – ich erinnere mich so gut – war alles in Ordnung. Morgen, bei den irrsinnigen Steuern, fast neunzig Prozent, und den Gesellschaften, mit denen ich verheiratet bin – mein Name ist Frau Produktion mit beschränkter Haftpflicht, und ich stamme von den Armitageunternehmungen ab –, morgen wird alles ganz anders sein. Aber heute? Heute bedeute ich rechtmäßige Unkosten. Ich ordne an ohne die geringste Ahnung vom Anordnen. Ich nehme teil, aber ich habe nichts, was zu halten wäre. Schließlich bringe ich mich selbst zum Lachen: Wenn ich in den Geschäften herumlaufe und mich nie entscheiden kann, etwas zu kaufen; ich suche nach etwas, was ich kaufen könnte, aber es gibt nichts zu kaufen.

Wozu bin ich hierhergekommen? Warum ging ich im Frühling eine Meile auf dem Bürgersteig entlang? Möchte ich ein Bettjäckchen haben, einen Grill für den Garten, eine Uhr, groß wie ein Teller, eine Satinstola oder eine Pfeffermühle oder ein Dutzend Geschirrtücher aus irischem Leinen, wunderschön, mit den zwölf Monaten des Jahres? »April bringt uns die Primeln, die süßen, streut Tausendschönchen zu deinen Füßen.« Ich fange zu weinen an. Ich stehe in dieser verdammten großen Leinenabteilung und weine und weine ganz geräuschlos und besprenge den steifen Stoff mit außergewöhnlich großen Tränen. Oh, was ist dir zugestoßen, Mrs. Großunternehmen, meine Liebe? Ist deine Produktion beschränkt? Sind deine Treuhänder treulos? Und was ist mit der Gesellschaft, die du leitest? Denk doch an all die reizenden Kinder, meine Liebe; und weine nicht, denn die Erde dreht sich rundherum und trägt dich wie eine Maus auf ihrer Schulter.

Aber ich weinte trotzdem. Der Doktor, zu dem sie mich schickten, war teuer, und Jake sagte: »Glaubst du, dass du über diese Periode in deinem Leben hinwegkommst? Ich finde sie nämlich schrecklich deprimierend.«

7

Es war spät in der Nacht, und alle Kinder, selbst Dinah, schliefen. Jake war gerade mit unserem Hausarzt hinuntergegangen, einem kräftigen, derben Allgemeinmediziner in mittleren Jahren, der mich bis jetzt noch nie krank gesehen hatte, obwohl er mich durch manche Geburt geboxt und stets ermutigt hatte. Er hatte mir schon früher am Abend eine Spritze gegeben. Aber als ich aufwachte, flossen die Tränen immer noch aus mir heraus, eine Art Kummertränensturz. Völlig erschöpft fragte ich mich nun, ob ich verrückt würde. Fing es so an? Mit diesem schrecklichen Gefühl des Verlustes, so als ob alles gestorben wäre?

Ich stand aus dem Bett auf und ging zur Tür. Sie quietschte, als ich sie aufmachte, aber das Licht am Treppenabsatz war nicht an. Ich lief zum Treppengeländer und beugte mich darüber. Wie ich gehofft hatte, war die Tür zum Wohnzimmer offen. Ich konnte nicht hören, was sie sagten, und so schlich ich die Treppe halb hinunter. Jetzt konnte ich hören. Ich kauerte mich auf die Treppenstufe, hielt meine Knie mit den Händen umschlungen, passte sorgsam auf ein etwaiges Geräusch der Kinderschwester oder eines der Kinder auf, horchte aber gespannt auf jedes Wort, das durch die offene Tür kam.

»… sehr unglücklich«, sagte der Doktor.

»Was hat sie Ihnen gesagt?«

»Nicht sehr viel. Warum? Glauben Sie …«

Sie gingen im Zimmer umher. Dazwischen hörte ich das Zischen des Siphons. »... hat verrückte Ideen im Kopf«, sagte Jake.

»Was für Ideen?«

»Ach ... denkt, dass jeder gegen sie ist, alles falsch findet. Sie kennen ja diese Art Dinge.«

»Ich habe das bei vielen Leuten gesehen, aber nicht bei Ihrer Frau. Vergessen Sie nicht, ich kenne sie seit, na, wie viel, elf oder zwölf Jahren. Sie ist eine bemerkenswerte ...«, er musste sich nach vorne gebeugt haben, um seinen Drink zu holen, »zäh, vernünftig, voller Leben. Ich begreife das Ganze nicht.«

»Mir ist es auch unverständlich.«

»Nein, danke. Nichts mehr ... Sie hat nicht genug zu tun, wissen Sie.«

»Ach, Quatsch ... Verzeihung, aber das ist wirklich völliger Unsinn. Sie näht nie einen Knopf an, nimmt kein Staubtuch in die Hand und kocht niemals das Essen.«

»Seit wann?«

»Ich weiß nicht. Die letzten paar Monate. Sitzt einfach die ganze Zeit da und bläst Trübsal.«

Es entstand ein kurzes Schweigen. Ich schlich weiter die Treppe hinunter. Mein Herz schlug wieder, und ich fühlte mich krank. Der Lauscher an der Wand, würde meine Mutter sagen, hört seine eigene Schand.

»Wie kommen Sie denn aus, ich meine miteinander?«

»Oh ... gut. Ich hab natürlich viel zu tun, aber ... gut.«

»Sie können sich also gar keinen Grund vorstellen für diesen ... plötzlichen Zusammenbruch? Sie ist sehr verstört, wissen Sie, ich finde, Sie sollten es nicht leichtnehmen.«

Warum sprach Jake nicht? »Jake«, hatte ich gerufen, »Jake«, als die knisternden weißen Krankenschwestern mich zu Aspirin und süßem Tee durch die Wäscheabteilung in eine Art von antiseptischem Ruheraum geschleppt hatten: »Jake! Jake!«, als ob ich buchstäblich vor Kummer sterben müsste. Aber sie hatten ihn nicht finden können, und so hatte mich eine von ihnen im Taxi zurückgebracht und mir erlaubt, ihre plumpe, behandschuhte Hand zu halten. Und die Kinder, die gerade von der Schule zurückkamen, hatten mich verblüfft angestarrt, als mir die Treppe heraufgeholfen wurde.

»Nein«, sagte Jake, »ich kann mir keinen Grund vorstellen.« Wieder zischte der Siphon. »Ich nehme an … dass sie gern noch ein Kind haben möchte.«

»Wie alt ist sie?«

»Ich weiß nicht. Achtunddreißig, glaube ich.«

»Und das Jüngste?«

»Drei.«

»Warum hat sie dann nicht noch eins? Wenn dieser kleine Sturm vorüber ist, dann ist das vielleicht genau das Richtige. Sie wirft ihre Babys doch wie eine Katze. Wissen Sie, es ist ein Vergnügen zu beobachten …«

»Wir haben genug Kinder. Großer Gott, wir haben genug!«

Der Doktor murmelte etwas, was ich nicht hören konnte. Ich zitterte. »Für Sie mag es ein Vergnügen sein, es zu beobachten, aber wann wird sie endlich den Tatsachen ins Auge sehen? Sie kann doch nicht bis in alle Ewigkeit Kinder kriegen, und überhaupt, wozu? Schließlich werden sie doch alle groß! Sie hat doch schon ein ganzes verdammtes Haus voll. Und mich. Sie hat doch mich. Warum kann sie nicht erwachsen werden, zufrieden sein mit dem, was sie hat. Warum interessiert sie sich zur Abwechslung nicht mal für das, was draußen vorgeht. Ich habe es satt, immer nur in einer verdammten Kinderstube zu leben …« Danach folgte ein langes Schweigen. Er musste in die entfernteste Ecke des Zimmers gegangen sein, denn ich konnte ihn jetzt kaum hören. »… liebe sie … in Ordnung … kann doch nicht ohne Ende so weitergehen … Zwangsvorstellung …«

»Zwangsvorstellung ist ein sehr starkes Wort«, sagte der Doktor.

»Also gut, es ist ein starkes Wort.« Jake kam auf den Türrahmen zu, mit dem Rücken zu mir. Er hatte die eine Hand in der Tasche, die andere gebrauchte er wie einen Hammer, um seine Worte zu unterstreichen. »Hören Sie, ich arbeite härter als irgendjemand sonst in diesem Beruf. Ich arbeite, weil ich gern arbeite und weil ich das Geld gern habe. Gut! Aber alles, was sie möchte, ist, in irgendeiner Hütte sitzen mit einer Dose Cornedbeef und mehr Kinder haben. Ist das normal? Sie hat alles, was sich eine Frau wünschen kann. Kleider, einen Wagen, Dienstboten. Sie ist attraktiv. Warum geht sie nicht mal auf Reisen oder schafft sich einen Kreis von Freunden oder … baut sich ein eigenes Leben auf? Das ist es, was ich nicht verstehe.«

»Vielleicht will sie das nicht«, sagte der Doktor.

Jake verschwand aus meinem Blickfeld.

»Sie haben verdammt recht, sie will nicht. Noch was zu trinken?«

»Nein danke, ich muss gehen.« Ich hörte die Anstrengung, mit der er sich vom Sofa erhob, und stand auf, bereit, wegzulaufen. »Ich begreife Ihren Standpunkt, Armitage, aber hat sie Ihnen jemals gesagt, dass sie sich noch ein Kind wünscht?«

»Nicht so direkt, nein.«

»Zu mir hat sie auch nichts gesagt. Ich möchte wissen … ob Sie recht haben.«

»Ich weiß nicht. Ich gebe es auf.«

»Das würde ich nicht tun … gerade jetzt.«

»Ich komme ins Büro zurück nach einem verdammt harten Tag, und da wird mir gesagt, dass meine Frau bei Harrods plötzlich einen Klaps bekommen hat. Ausgerechnet Harrods. Also was soll geschehen?«

»Ich denke, sie sollte vielleicht zu einem Psychiater gehen und versuchen, diese Depression aus sich herauszukriegen, ehe sie Wurzeln schlägt, verstehen Sie. Ich kenne einen sehr guten Mann. Sie möchten doch natürlich selbst bezahlen? Das soll doch nicht über die Versicherung gehen?«

»Ich denke doch. Ich meine, ja, ich werde bezahlen.«

»In der Zwischenzeit können Sie eine Menge tun. Und ich hoffe, Sie werden.«

»Zum Beispiel?«

»Als Erstes: Seien Sie nett zu ihr.«

»Ich bin immer nett zu ihr.«

»Sagen Sie ihr … nun, Sie wissen schon. Sagen Sie ihr, dass Sie sie lieben und so weiter.«

»Ich habe nie aufgehört, ihr das zu sagen. Aber mich will sie ja gar nicht. Ich hab's Ihnen doch gesagt. Alles, was sie will, ist noch so ein verdammtes Baby.«

»Ich würde etwas weniger trinken, wenn ich Sie wäre. Das ist in dieser Situation nicht gut.«

»Aber es ist gut für mich.«

»Ja. Schön, Ihre Frau liebt Sie, das wissen Sie.« Er kam auf die Tür zu. Ich rannte, immer zwei Stufen auf einmal nehmend, hinauf zum Treppenabsatz. Das war der Platz, wo sich die Kinder immer hinter dem Wäscheregal versteckten, um bei Partys herunterzulinsen. Meine Zähne klapperten. Ich presste meine Hände auf den Mund. »Ich werde morgen früh wiederkommen. Sie haben die Tabletten, aber geben Sie ihr keine mehr, außer, wenn sie wieder zu weinen anfängt.«

Sie gingen langsam die Halle hinunter. Jakes Kopfhaut schien rosa durch sein schwarzes, dünnes Haar. Der Doktor hatte Haare, grau und rau wie eine Matratze.

»Vielleicht sollte sie verreisen«, sagte Jake.

»Könnten Sie mitkommen?«

»Ich fürchte, nein. Ich muss in einigen Wochen nach Nordafrika. Und bis dahin habe ich noch verflucht viel zu tun.«

»Warum nehmen Sie sie nicht mit nach Nordafrika?«

»Sie würde nicht wollen.«

»Sind Sie sicher?«

»Ich habe sie gefragt. Sie hasst es, zu Außenaufnahmen mitzukommen. Da gibt's nichts für sie zu tun, sie sitzt nur herum und ist – sie fühlt, dass sie den anderen im Weg ist.«

»Aha. Also, passen Sie auf sie auf. Ich sehe Sie morgen.«

»Ich habe da ein oder zwei Dinge zu erledigen. Wenn ich also nicht hier bin, rufe ich Sie an. In Ordnung? Ich rufe Sie um die Mittagszeit an.«

»Bleiben Sie lieber hier, wenn Sie können«, sagte der Doktor.

Ich zog mich schnell zurück. Die Eingangstür schlug zu.

Ich wandte mich und rannte ins Schlafzimmer, aber Jake kam nicht herauf. Er war in das Wohnzimmer zurückgegangen. Die Telefonscheibe wurde sehr bestimmt siebenmal gedreht. Er begann zu sprechen, aber so leise, dass ich kein Wort verstehen konnte. Ich wartete ein paar Minuten, aber es wurde eine lange Unterhaltung. Ich ging ins Bett und legte mich flach unter die Bettdecke. Endlich hörte ich das scharfe Klicken, als er den Hörer auflegte. Jetzt nahm er sich noch einen Drink. Und jetzt kam er schwerfällig die Stufen herauf. Ich schloss meine Augen, er öffnete sehr vorsichtig die Tür. »Schläfst du?«

»Nein.« Ich hielt ihm meine Hand hin, und er nahm sie und setzte sich auf den Bettrand. »Ist er gegangen?«

»Ja. Wach nicht auf.«

»Was hat er gesagt?«

»Oh, nicht viel.« Er beugte sich herunter und küsste mich auf die Stirn. »Wir werden das schon in Ordnung bringen, mach dir keine Sorgen.«

»Wann werden sie mit dem Turm fertig sein?«

»Bald. Komm, schlaf und träum was Schönes.«

Ich schloss meine Augen, er streichelte eine Weile mein Haar, bis es ihm unbequem wurde, dann ging er fort. Eine Frau, von der ich wusste, dass es seine Mutter war, schloss die Tür. Wir waren in einem dunklen Schloss. Sie sagte, sie würde eine Party geben; wir waren eingeladen. Wir waren früh da und nahmen mit Jakes Mutter und einer anderen Frau, die Jakes Mutter nicht sehr gut leiden konnte, eine Mahlzeit ein. Sie sagte: »Ich habe Philpot zum Tee gebeten.« Es kam ein Sturm, und wir liefen, um Schutz zu suchen, Jake und ich und die anderen. Ich trug einen Pelzmantel. Philpot stand da, sie trug grässliche Kleider und sah hässlich arm aus. Die Party begann. Da waren hunderte von Leuten in einer weiten, weißen, eisigen Halle. »Wer sind diese Leute?«, fragte ich. »Und warum kennen wir sie nicht auch?« Jemand sagte: »Das sind Vettern von Jake.« Jake war nicht da, und ich war nervös, aber da war ein gewisser Paul Jones, und so gesellte ich mich dazu und tanzte mit dem Mongolenjungen. Es war ein herrlicher Tanz, erregend, beflügelnd. Ich genoss das Tanzen, aber er ging weg, und ich ging hinüber zu einer Gruppe von Halbstarken, die auf einer Bank saßen, und fragte: »Warum tanzt ihr nicht?« Einer von ihnen sagte: »Ich tanze nicht mit verknöcherten alten Weibstücken.« Ich sagte: »Ich bin kein verknöchertes altes Weibstück«, und er glaubte mir. Wir tanzten einen wunderschönen Walzer auf dem Eis.

Ich ging einen breiten, langen Gang hinunter, der wie aus der Erde herausgegraben war. Mir weit voraus ging Philpot, sie trug einen großen Kranz kupferner Buchenblätter. Ich lachte hämisch, und sie ließ die Blätter fallen und rannte weg. Als ich die Blätter erreichte, waren sie zu Staub zerfallen. Ich schämte mich und fand sie in einer hell erleuchteten kleinen Hütte mit ihrem Kind. »Es tut mir leid, dass ich gelacht habe«, sagte ich. Sie brach in Tränen aus und warf etwas nach mir, etwas Weiches, ein Kissen oder einen Schal. Ich fing es auf und gab es ihr zurück und ging weg.

Da war eine große Scheune und Güterwagen aus Eis. Ich saß mit einer Menge anderer Leute auf dem Dach eines Wagens und wartete, dass ein Film beginnen sollte. Er begann, und Philpot in einem spießigen Kleid, mit einem großen Wagenradhut, war die Schneekönigin. »Sie ist hier in dienender Eigenschaft, als Schauspielerin«, sagte ich. Die Lichter gingen aus, und sie sang falsch und ziemlich traurig ein kleines Lied. Jake erschien und setzte sich neben mich auf den Güterwagen. Ich sagte: »Ich amüsiere mich *fabelhaft*. Was hast du gemacht?« Er sagte: »Ich habe deine Freundin hier geliebt.« Ich sah hinunter, und da saß ein Schulmädchen in einem alten, zusammengebrochenen Karren neben dem Güterwagen.

Jake und ich machten uns irgendwohin auf, mitten durch ein großes Jahrmarktsfest. Ich sagte dauernd, wie viel Geld das gekostet haben musste. Wir fanden heraus, dass wir den falschen Weg gehen mussten, durch eine Kette von Höhlen, in jeder Höhle saß Micky Maus oder Popeye oder Dornröschen. Aber wir gingen den falschen Weg. Wir gingen an den Lastwagenkolonnen vorbei und kletterten schließlich auf ein Fließband hinauf: Das Fließband beförderte hölzerne bemalte Nixen, die untertauchten, aber es war nicht zu schwierig. Als wir herauskamen, war die Party zu Ende, alle Leute waren gegangen: Nichts war geblieben als eisiges Wasser, das gegen die Mauern schlug, Dunkelheit und Kälte. Ein Feuerwehrmann in Uniform stocherte im Wasser herum. Jake war verschwunden. Ich sah mich um und suchte, aber ich konnte ihn nicht sehen. Dann hörte ich ihn rufen und sah eine Hand, die aus dem Wasser kam. Ich rannte und streckte meine Hand ins Wasser hinunter und fühlte den Rand und den Hals irgendeines großen Kruges, in den er hineingefallen war. Ich fühlte darin seinen Kopf und seine Hand. Er hielt einen Grashalm und ich zog daran und versuchte, ihn herauszuziehen, aber er zerriss. Ich rief nach dem Feuerwehrmann, aber der rief zurück: »Ich habe hier unten noch sechs andere.« Ich versuchte, Jake zu halten und ihn herauszuziehen. Aber meine Hand rutschte immer wieder ab, und schließlich hörte er auf, sich zu bewegen, und ich wusste, dass er tot war.

8

»Ich glaube nicht, dass wir im Moment an irgendeine Art von Behandlung denken müssen. Was Sie dringend nötig haben, ist jemand, zu dem Sie sprechen können, das spüre ich. Sagen wir zweimal in der Woche. Wollen wir versuchen, ob wir damit weiterkommen?« Er trug heute einen anderen Anzug, einen dunklen Tweed und eine lilafarbene Krawatte.

»Gut«, sagte ich, »solange mir etwas einfällt, worüber ich sprechen kann.«

»Oh, ich denke nicht, dass das sehr schwierig sein wird.« Er drehte verstohlen seinen Füller auf. »Wie steht's mit dem Weinen?«

Ich wollte ihn nicht enttäuschen. »Ich denke, schon besser.«

»Wir werden Ihnen ein paar Tabletten zur Aufmunterung geben. Geht's den Kindern gut?«

»Dinah hat Grippe oder so was.«

»Dinah, warten Sie mal, Dinah ist die …«, wieder durchstöberte er besorgt die Liste vor ihm.

»Sie ist sechzehn«, sagte ich.

»Ach ja.« Er war heute beinahe gemütlich. »Es muss schwierig sein, für alle Namen zu finden.«

»Das sagt jeder. Das ist dumm. Es gibt doch hunderte von Namen. Meine Großmutter hatte fünfzehn Kinder, und jedes von ihnen hatte mindestens drei Namen. Das sind fünfundvierzig Namen, wenn Sie es sich ausrechnen. Aber sie fand es nie schwierig.«

»Die Mutter Ihres Vaters?«

»Nein, die Mutter meiner Mutter. Natürlich starben einige davon.«

»Zu der Zeit konnte man kaum hoffen, fünfzehn Kinder durchzubringen.«

»Aber heute könnte man es.«

»Ja …«, sagte er langsam. Dann fragte er mich unvermittelt: »Wie geht es Jake?«

»Er ist weg. Nach Nordafrika.«

»Ach, tatsächlich? Zu Außenaufnahmen, nehme ich an.«

Wenn er väterlich zu mir sein wollte, so gelang ihm das erschreckend gut. »Ja«, sagte ich, »zu Außenaufnahmen.«

»Na, und warum sind Sie nicht mitgegangen?«

»Ach, sie leben in Zelten, wissen Sie. Er dachte nicht, dass ich … ich kann ja auch die Kinder nicht allein lassen.«

»Aber Sie haben doch eine Menge Personal.«

»Ja, aber … ich kann sie jedenfalls nicht allein lassen.«

»Aha.«

Er setzte sich zurück und sah mich ernsthaft an. Dann warf er mit einem kurzen Seufzer einen Blick auf meine Krankengeschichte. »Sie waren nie krank? Fehlgeburten, schwierige Entbindungen?«

»Nein.«

»Sie haben niemals … eine Schwangerschaft unterbrochen?«

»Natürlich nicht. Warum sollte ich.«

»Aber es ging Ihnen finanziell doch … nicht gerade gut,

ehe Sie Jake heirateten. Man könnte sich vorstellen, dass die finanzielle Belastung …«

»Sehen Sie«, sagte ich, »es war leicht. Wir haben immer auf dem Lande gelebt, und die meiste Zeit war Krieg. Wir haben Cornflakes, Eier und Mohrrüben und ähnliches Zeug gegessen, weil ich gar nichts anderes zu kochen verstand – also waren wir Vegetarier. Ich will damit nicht sagen, dass wir Vegetarier waren, weil wir es nicht für richtig hielten, Fleisch zu essen. Ich wusste einfach nicht, wie man Fleisch kocht. Wir brauchten auch nichts zum Anziehen. Meine Mutter strickte Sachen für die Kinder. Die Jungen und die Mädchen trugen alle dasselbe, weil es das Einfachste war, und ich auch. Mein zweiter Mann, das ist Dinahs Vater, kaufte dutzende von Laken und viele weiße Becher, als wir heirateten. Die haben wir noch benutzt, als ich Jake heiratete. Also, *was* für eine finanzielle Belastung?«

»Na, schon allein das Schulgeld …«

»Es gab keine Schulgelder. Sie gingen auf die Dorfschule. Wir bekamen Milch und Orangensaft umsonst. So ein klebriges Zeug, wir tranken es mit Gin, wenn ein Freund oder sonst irgendjemand einen mitbrachte. Und wir gingen nie aus, nur manchmal ins Kino. Das kostete nicht mal einen Schilling. Nachdem wir erst mal angefangen hatten, brauchten wir nie Bettchen oder Kinderwagen oder Windeln oder irgend so was zu kaufen. Es ist einfach Unsinn, da von finanzieller Belastung zu reden. Es kostet erheblich weniger, ein Kind zwei oder drei Jahre zu erhalten, als eine Abtreibung kostet. Wieso fragen Sie? Finden Sie, ich hätte mir Abtreibungen machen lassen sollen?«

Er blinzelte ein paar Mal, nahm seinen Federhalter und legte ihn wieder hin. »Selbstverständlich nicht«, murmelte er verbissen. »Selbstverständlich nicht.«

»Auf jeden Fall half meine Mutter uns immer ein bisschen.«

»Aha. Verstehe.«

»Sie schrieb fast nie an mich, ohne eine Zehnschillingnote ans Briefpapier zu stecken. Sie pflegte etwas vom Haushaltsgeld beiseitezulegen, mein Vater wusste nichts davon. Sie steckte es immer mit einer Sicherheitsnadel fest, so einer kleinen goldenen. Papierklammern waren ihr zu unsicher, und mit einer gewöhnlichen Stecknadel hätte sich der Postbote in den Finger stechen können …«

Er lächelte höflich.

»Ich möchte glauben, dass sie mir so etwa ein Pfund im Monat geschickt hat. Das reichte für Zigaretten, wissen Sie, und gelegentlich Spielsachen. Die Kinder aßen nie Süßigkeiten. Ich weiß nicht warum.«

»Das klingt sehr … idyllisch«, sagte er.

»Nein, idyllisch war es nicht, aber es war richtig so.«

»Sie waren glücklich. Oder besser gesagt, Sie denken jetzt, dass Sie es waren.«

»Ja. Ich meine, ich weiß, dass ich es war.«

»Aber Sie haben sich zweimal scheiden lassen. Und kurze Zeit waren Sie auch … Witwe.«

»Ja. Aber ich war nicht unglücklich. Es war, als ob … als ob von der Zeit an, wo ich ein Kind war, bis zu der Zeit, als ich Jake heiratete, nichts geschehen wäre. Als ob alles stillstand. Ich schien nicht älter zu werden, ich schien mich überhaupt nicht zu verändern. Dann war ich plötzlich mit Jake verheiratet, und alles fing genau da wieder an, wo es aufgehört hatte, als ich siebzehn war. Aber nun war ich siebenundzwanzig. Verstehen Sie, was ich meine?«

Er schrieb schnell, eine ganze Minute lang. Als er fertig war, grübelte er vor sich hin. Die Finger unter der Nase zu einem Dach gespitzt. »Erzählen Sie mir etwas über Ihren ersten Mann.«

»Du lieber Gott«, sagte ich, »ich erinnere mich nicht.«

»Sie erinnern sich nicht? Aber Sie waren doch beinahe fünf Jahre mit ihm verheiratet.«

»Er war Reporter bei unserer Lokalzeitung. Aber der Krieg brach aus, als wir gerade geheiratet hatten ...«

»Er war Soldat?«

»Nein, er war ein Kriegsdienstverweigerer. Sie schafften ihn aufs Land.«

»Und was geschah?«

»Nichts. Ich hatte die Kinder, und er ... na ja, also er arbeitete auf dem Land.«

»Sie hatten ihn gern, sagten Sie?«

»O ja, er war ein Schatz. Er trank zu viel, aber das war das Einzige.«

Er wartete, aber ich hatte ihm keine neuen Informationen zu bieten. Es fiel mir nichts mehr ein. Schließlich war er gezwungen, mich zu fragen: »Und wie endete es?«

»Es endete eigentlich gar nicht so richtig. Ich traf den Major – er war Dinahs Vater – bei einer Art von Konzert in der Stadthalle. Er war ein sehr nüchterner Mensch, eine Art militärischer Schulmeister, recht intelligent. Er las intellektuelle

Monatszeitschriften. Er war ganz groß im Listenaufstellen. Er war sehr interessiert an den Kindern, und es machte ihm Spaß, ihnen Lesen beizubringen und Bohnen zu zählen, wissen Sie, und dergleichen mehr. Mein Mann, der erste, war nämlich ein herzlich hoffnungsloser Fall mit den Kindern. So verliebten wir uns. Ich glaube, es war eine richtige Erleichterung, als wir geschieden wurden – ich meine, für meinen Mann. Einmal hat er sich ganz hübsch was zusammengeweint, aber das kam nur vom Trinken.«

Lange Pause.

»Und dann?«, fragte er kühl.

»Dann, ja dann heiratete ich den Major. Aber da er nach Übersee kommandiert wurde, gingen wir zurück und lebten bei meinen Eltern. Dort bekam ich Dinah. Natürlich war er da schon tot.«

»Und, waren Sie sehr verzweifelt?«

»Ja. Ja, ich glaube wohl. Natürlich. Das muss ich wohl gewesen sein.«

Er rutschte tiefer in den Stuhl. Er schien ziemlich ermüdet. Ich sagte: »Sagen Sie, müssen wir damit weitermachen? Ich finde es entsetzlich langweilig, und es ist auch absolut nicht das, woran ich denke. Ich denke überhaupt nicht an diese Ehemänner, außer ...«

»Außer wann?«

»Ich denke niemals an sie.«

»Wir sind fast fertig.« Sein Lächeln war noch dünner geworden. »Es tut mir leid, wenn es schmerzlich für Sie ist, aber es hilft, die Tatsachen klarzustellen. Wer war der Nächste?«

»Giles. Er war Berufsgeiger. Ich nehme an, er ist es noch.

Er kam mit irgendeinem Quintett, um Kammermusik in der Stadthalle zu spielen. Irgendetwas, was mit einer dieser Truppenbetreuungsorganisationen zu tun hatte. Der Major hatte mir ja zweihundert Pfund in seinem Testament hinterlassen, und Giles schien zu meinen, er könne mit den Kindern fertigwerden. Ich glaube, ich habe niemanden so geliebt, wie ich Giles geliebt habe. Außer vielleicht einen Jungen, als ich noch sehr jung war.«

»Also …«

»Warum? Ich weiß es nicht.«

»Hatte es irgendetwas mit den Kindern zu tun?«

»Ich weiß es nicht. Ich kann mich nicht erinnern.«

»Haben Sie darauf bestanden, Kinder zu bekommen, die er nicht mehr wollte?«

»Nein. Er liebte Kinder.«

»Warum ging es dann schief? Was geschah?«

»Nichts geschah! Ich habe Ihnen ja gesagt, das war es eben zu dieser Zeit – gar nichts geschah!«

»Und trotzdem waren Sie nach vier Jahren so weit, Giles zu verlassen und Jake zu heiraten? Irgendetwas muss doch passiert sein.«

»Ich musste eben einfach weiter, das ist alles. Als ich aufhörte, mir zu wünschen …«

»Zu wünschen?«

»Mit ihm ins Bett zu gehen. Da war dann überhaupt nichts mehr. Keine Zukunft. Nichts, worauf ich hätte warten können …«

»Aber warum hörten Sie auf, sich zu wünschen, mit ihm ins Bett zu gehen? Weil er keine Kinder mehr wollte und weil

Sex ohne Kinder undenkbar für Sie ist, etwas Unzüchtiges? Wie jetzt mit Jake? So ist es doch?«

»Nein! Es ist nicht so.«

»Sind Sie nicht der Ansicht, dass Sex ohne Kinder ein bisschen widerlich ist, Mrs. Armitage? Kommen Sie, kommen Sie, Sie sind doch eine intelligente Frau. Seien Sie ehrlich! Glauben Sie nicht, dass die Menschen, die Sie am meisten fürchten, Ihnen widerwärtig und hassenswert erscheinen, weil Sie etwas um seiner selbst willen tun, einfach nur zum Vergnügen? Etwas, das Sie gewissermaßen sanktionieren müssen, indem Sie unaufhörlich Kinder produzieren? Wäre es möglich, dass Sie, trotz Ihres, man kann wohl sagen, erfüllten Lebens in Wirklichkeit das Sexuelle hassen? Dass es Sex an sich ist, was Sie ängstigt? Was meinen Sie?«

»Sie hätten Inquisitor werden sollen«, sagte ich. »Werde ich jetzt verbrannt oder später?«

Er lachte herzlich. »Ich freue mich, dass Ihr Sinn für Humor wieder blüht.« Sein Gesicht, bis auf seinen jovialen Mund, war genauso kühl wie meines. »Da war doch noch ein Rezept, das ich Ihnen geben wollte, nicht wahr?« Der Federhalter flog wieder. »Ein-, zweimal am Tag. Hier bitte. Die werden mit Ihren Weinkrämpfen schon fertigwerden. Aber halten Sie sie außer Reichweite der Kinder, bitte.«

»Ja«, sagte ich. »Danke sehr, Doktor.«

»Und seien Sie nicht niedergeschlagen. Wir haben schon große Fortschritte gemacht. Große Fortschritte.«

9

Obwohl er mit Freud nichts anfangen kann (»Alles Quatsch«), würde Jake ohne Zögern sagen, dass ich mich mein ganzes Leben lang nach einem Ehemann gesehnt habe, der genauso ist wie mein Vater: praktisch, positiv, ein Mann mit einer Werkbank, zuverlässig. Aber mein Vater war gar nicht so. Seine Verlässlichkeit war eine Erfindung von Jake. Mein Vater war ein völliger Provinzler. Seine Ideen entsprangen unmittelbar seinen Handlungen, und seine Handlungen bestimmten seine Art zu leben. Er musste eine Frau anstellen – meine Mutter –, die für ihn kochte, aber abgesehen davon war er so weit Selbstversorger, wie es für einen Engländer im zwanzigsten Jahrhundert nur möglich ist. Einer seiner wenigen Versager war der Versuch, seinen eigenen Tabak anzubauen.

Mein Großvater starb, als mein Vater zwanzig war. Er hinterließ ihm das Familiengeschäft, eine kleine Zelt- und Seilfabrik in Bedfordshire. Die Fabrik stellte viele andere Sachen außer Zelten und Seilen her: Schnüre, Matten, Segeltuch, alles, was man aus Hanf machen konnte. Dieser Hanf wuchs auf einer Plantage in Indien, die in meiner Kindheit von einem der Vettern meines Vaters bewirtschaftet wurde. Ein groß gewachsener, fremdartiger Mann, den wir Onkel Ted nannten. Wenn ich ein Ideal hatte, so kam Onkel Ted ihm weit näher als mein Vater. Er war mager und verbrannt, mit farblosen Augen wie Diamanten und mit riesengroßen Füßen. Immer mochte ich

Männer mit großen Füßen leiden, aber ich habe nie einen geheiratet. Jakes Füße sind klein, mit hohem Spann und kurzen Zehen, eher zierlich. Als ich ihn das erste Mal traf, dachte ich, er wäre schwul, wegen seiner kleinen Füße und wegen der abgetragenen kleinen Wildlederschuhe, die er anhatte.

Onkel Ted, meine erste Liebe, schwieg meistens völlig still. Vielleicht weil er dumm war; da er aber von seiner letzten Reise, das war 1936, nie wieder aus Indien zurückkam, weiß ich es nicht. Als ich ein kleines Kind war, kam er mir weise vor. Sollte er jetzt noch leben – wir haben seit sechsundzwanzig Jahren nichts mehr von ihm gehört –, so müsste er etwa siebzig sein. In meiner ersten Schulzeit trug ich immer eine Fotografie von ihm in der Tasche meiner Schuljacke mit mir herum. Sie war gegen die indische Sonne aufgenommen, und mit seinen zugekniffenen Augen sah er ziemlich jungenhaft aus. Den recht leichtgläubigen Mädchen erzählte ich, das sei mein Freund. Da ich um diese Zeit sehr dick und unansehnlich war, glaubten selbst die es mir nicht.

Als ich dünner wurde, verliebte ich mich. Zwei Jahre lang liebte ich den Sohn unseres Ortsgeistlichen, und zeitweilig liebte er mich auch. Obwohl ich am Anfang dieser Romanze erst dreizehn war – er küsste mich plötzlich in einem Bus, mit dem wir vom Kino aus Luton zurückfuhren –, schienen meine Eltern einverstanden. Später wurde mir klar, dass sie, wenn sie uns zusammen im Bett gefunden hätten, bestimmt geglaubt hätten, wir spielten Sardinen in der Dose. Wir gingen natürlich nicht zusammen ins Bett. Auf die Idee kamen wir gar nicht. Aber wir rangen miteinander, auf den Rücksitzen von Autos, auf Dachböden, in Sommerhäusern, nachts in Vaters Seilerei und auf der Orgelempore. Während der Schulzeit schrieben wir uns, und während der ersten Ferientage suchten wir einander nicht etwa, sondern warteten mit verzweifelter Spannung darauf, uns zufällig im Buchladen oder bei Woolworth oder draußen vor dem Fahrradgeschäft zu begegnen, wo wir oft lange standen und über die glänzenden Lenkstangen der schnellen Fahrräder strichen. Meine Freundinnen auf der Schule waren zu dieser Zeit Betty Maclaren, Irene Douthwaite (sie sprach ihren Vornamen wie »Ireen«), Angela Williams und Mary White. Ihre Väter waren, wie meiner, Geschäftsleute. Ihre Väter fuhren Standards oder Vauxhalls, mit zwölf PS, trugen marineblaue Anzüge, Trilbyhüte und Gummimäntel. Ihre Mütter hatten alle neue Dauerwellen, schminkten sich mit Tagescreme und »natürlichem Gesichtspuder« und trugen das ganze Jahr Pelzmäntel. Ihre Brüder gingen auf die Internate Oundle oder Repton und waren Götter.

Wenn diese Freundinnen sich gegenseitig in den Ferien besuchten, erfanden sie immer interessante Situationen zwischen sich und den Brüdern ihrer Freundinnen. Manchmal schrieb ein Bruder: »Grüße bitte die schöne Angela«, oder: »Meine ergeben respektvollen Grüße an Miss I. Douthwaite, ich hoffe, sie ist gesund und munter.« Dann überfiel uns wie eine Plage der Drang zu kichern; den ganzen Tag lang wurden wir ihn nicht los, wir prusteten in unsere Taschentücher, verschluckten uns vor Lachen bei den Gebeten und wagten nicht, einander anzusehen, aus Angst, es würde wieder losgehen. Ich hatte keine Brüder und nahm es deswegen für selbstverständlich, dass keine meiner Freundinnen Lust haben würde, zu mir zu Besuch zu kommen. Für alles bedurfte es eines sexuellen

Anreizes: Darum gingen wir zur Kirche und waren hübsch aufmerksam in Bibellehre, Biologie und englischer Literatur. Keine von uns konnte sich zu dieser Zeit auf Mathematik oder Geographie konzentrieren, und mit Latein plagten wir uns nur ab in der schwachen Hoffnung, dass wir eines Tages in der Lage sein würden, Ovid zu verstehen. Bis dahin waren uns noch keine medizinischen Textbücher untergekommen, die einen noch schärferen Ansporn gegeben hätten.

Meine Freundinnen wussten natürlich vom Sohn des Geistlichen. Ich erzählte ihnen, er sei neunzehn, weil wir nur an älteren Männern interessiert waren, aber sonst war ich verhältnismäßig ehrlich. »Ihr würdet ihn nicht leiden mögen«, sagte ich von oben herab und behielt meine große Liebe zu ihm für mich. »Er macht sich überhaupt nichts aus Kino oder Tanzmusik oder ähnlichen Sachen.«

»Kluge Jungen mag ich am liebsten«, sagte Ireen, um sich bei mir einzuschmeicheln.

»Ich bin geradezu vernarrt in kluge Jungen«, sagte Mary White. Sie hatte eine Tante in London, die sie bei Hof präsentieren würde; diese selbe Tante hatte sie schon zu einem Stück von Noël Coward und zu einer Cochran-Revue mitgenommen. Mary White hielt sich selbst für ein fortschrittliches Element und erzählte uns andauernd, dass ihre Eltern sich scheiden lassen würden. Man konnte ihr nicht trauen.

»*Ihn* jedenfalls würdest du nicht leiden können«, sagte ich.

»Und warum kannst du ihn denn leiden?«

»Ich mag ihn ja auch gar nicht so sehr. Ihr wisst ja, wie das ist. Es wird einem eben so schrecklich langweilig.«

»Ach du liebe Güte«, stöhnten sie, wobei sie sich im Bett herumräkelten und sich auf die offenen Münder schlugen. »So langweilig, mein Schatz, sooo laaangweilig …«

»Ach haltet doch den Mund«, sagte ich; für den Rest des Tages war ich eingeschnappt und stelzte mit hochgeschlagenem Kragen und hängender Unterlippe einher, um ihnen meine Geringschätzung zu zeigen.

Ein paar Tage später, als diese Kabbelei schon wieder vergessen war, fand Ireen mich in der Bibliothek, wo ich gerade über dem Querschnitt eines mächtigen Schiffes in der »Illustrated London News« brütete.

»Ich habe dich überall gesucht«, sagte sie. »Ich habe gerade ganz schreckliche Nachrichten erhalten.«

»Was für Nachrichten?«

»Du weißt doch, wir wollten diese Ferien nach Spanien …«

»Ja. Und?«

»Und Roger wollte Brian mitbringen, und vielleicht wollten die Maclarens mit Erik und David kommen …«

»Ja, weiter.«

»Ja, und jetzt sieht es so aus, als ob wir nicht fahren können, wegen dieses blöden Krieges. Ganz so sieht es aus, so steht es!« Sie warf einen zerknitterten Brief auf den grünbespannten Tisch. »Gerade habe ich diesen Brief bekommen.«

»Was für ein Krieg?«, fragte ich ungläubig.

»Frag mich doch nicht. Irgend so ein alter General ist da eingefallen.«

»Eingefallen, wo?«

»In Spanien, du Dussel. Ich weiß es nicht. Hier sagt einem ja niemand was. Ich sehe nicht ein, warum wir nicht trotzdem gehen können. Ich meine, *uns* wird niemand erschießen. Oder?«

»O nein«, sagte ich. »Man würde es ihnen nicht erlauben.«

»Selbstverständlich würden sie es nicht tun. Aber Pa sagt, es kommt gar nicht in Frage, und wir müssen uns damit abfinden, nach Littlehampton zu gehen.«

»Wie schrecklich für dich«, sagte ich obenhin. Ich war noch nie verreist gewesen, und für mich klang Littlehampton recht vornehm.

»Schrecklich? Ich könnte sterben. Natürlich wird Roger Brian dorthin nicht einladen. Ich meine, dort in Littlehampton kann man doch überhaupt nichts unternehmen. Ach, ich könnte diesen Franco umbringen.«

»Wer ist das?«

»Dieser alte General, der in Spanien eingefallen ist! Dass ich diese Ferien nicht mit Brian zusammen sein kann, wird mich wohl für den Rest meines Lebens ruinieren. Ich könnte mir vorstellen, dass wir uns dort ganz leicht verlobt hätten.«

»Das tut mir leid«, sagte ich, »du hast wirklich Pech.«

»Du hast es gut. Du hast *ihn*, an den du denken kannst.«

»Ja«, sagte ich voller Zärtlichkeit.

»In Littlehampton wird kein Mensch sein, mit dem man reden kann, und du weißt, wie die Jungs sind – *gewöhnlich*. Und Mami wird mich sowieso keinen Moment aus den Augen lassen. Bei Roger, denkt sie, bin ich sicher – wenn die wüsste! Oh, ich hasse diesen Franco, ich hasse ihn, ich hasse ihn einfach!« Sie vergrub ihr Gesicht in den Händen und schien zu weinen. Sie tat mir wirklich leid. Es kam mir unmenschlich vor, dass ich nach Hause gehen würde zu den aufregenden und ungewissen Vergnügungen auf der Seilerbahn und der Orgelempore. Und obwohl ich nicht die Absicht hatte, diese mit Ireen zu teilen, schien mir, dass sie beim Schwimmen oder bei Fahrradausflügen oder im Kino ganz unschädlich sein würde. Womöglich würde es mich sogar in den Augen des Sohnes vom Geistlichen unabhängiger und überlegener erscheinen lassen, wenn ich eine Freundin mitbrächte. (»Ich habe eine Freundin mitgebracht«, so würde ich zu ihm sagen.) Und obwohl sie herausbekommen würde, dass er erst siebzehn war, würde sie sicher von seiner Tweedjacke mit den Lederellbogen und von der nonchalanten Art, wie er seine Goldflake rauchte, ohne zu husten, beeindruckt sein. Sie würde auch helfen, diese unerträglichen Tage auszufüllen, wenn er wieder mal eine seiner Launen hatte. Wenn wir zu zweit waren, konnten wir sogar zum Pfarrhaus gehen. Man würde uns vielleicht sogar zu ihm aufs Zimmer lassen.

»Würdest du gerne«, platzte ich heraus, »würdest du gerne zu uns kommen und ein paar Tage bleiben? Ich meine, ich weiß, dass es nicht Spanien oder auch nur so etwas Ähnliches ist, aber vielleicht doch etwas lustiger als Littlehampton – ich meine für ein Weilchen. Du könntest doch deine Mutter fragen, willst du?«

Mitten in einem Schluchzer sah sie auf. »Wird *er* da sein?«

»O ja«, sagte ich unbekümmert. »Er ist immer da. Er muss schrecklich viel arbeiten. Für sein Abitur, weißt du.«

»Glaubst du, dass *er* einen Freund hat?«

»Ich weiß es nicht. Ich kenne seine Freunde tatsächlich nicht. Aber ich denke, er *muss* doch irgendwelche Freunde haben. Wir könnten ja fragen.«

»Ich würde schrecklich gern kommen«, sagte sie, »wirklich. Ich finde, du bist süß.« Und dann fügte sie strahlend und ganz ohne Überzeugung hinzu: »Du musst auch einmal während der Ferien zu uns kommen. Ich glaube, du würdest dich gut mit Roger verstehen. Du bist genau sein Typ.«

»Danke«, sagte ich.

»Ich könnte mir vorstellen, dass dieser blödsinnige Krieg, oder was das sonst ist, hübsch schnell vorüber sein wird. Dann könntest du nach Spanien mitkommen.«

»O ja«, sagte ich. »Das wäre bezaubernd.«

Aber der Krieg ging weiter, und Littlehampton war für Ireen unentrinnbar. Sie schrieb mir viele herzzerreißende Briefe, in denen sie versicherte, das Einzige, was sie am Selbstmord hindere, sei die Aussicht, zu mir zu kommen und *ihn* kennen zu lernen. Ich erzählte dem Sohn des Geistlichen: »Meine Freundin, die, die mich besuchen wird, ist schrecklich unglücklich. Sie sollte nach Spanien reisen, weißt du. Und nun konnte sie nicht hin wegen dieses Krieges.«

»Mensch«, stöhnte er, »Mensch, ich wollte, ich könnte nach Spanien.«

»Immerhin musst du warten, bis der Krieg vorüber ist, nicht wahr?«

»Nach dem Krieg hätte es doch keinen Sinn mehr«, sagte er, »du Dummkopf.«

Ich wurde immer nervöser, als die Zeit von Ireens Besuch näher kam. Ich hoffte, er würde mich nicht in ihrer Gegenwart Dummkopf nennen. Er war so unberechenbar. Meine Mutter glaubte, an mir einen Mangel an Selbstvertrauen zu entdecken, und meldete mich für Dauerwellen an. Das lehnte ich ab, und nun fing sie an, sich meinetwegen Sorgen zu machen. Sie war dauernd um mich herum und wollte mich in Watte packen oder aufmuntern oder beruhigen. Ich hörte, wie sie zu meinem Vater sagte: »Sie scheint nicht so wie andere Mädchen zu sein.« Und er sagte: »Verlass dich drauf, Mutter, sie ist eine Schönheit.« Das beruhigte mich sehr wenig. Ich machte mir ja nicht meinetwegen Sorgen.

Ireens Zug kam am frühen Abend an, so brauchte ich glücklicherweise für diesen Tag keine Pläne zu machen. Morgen würde ich ihr die Fabrik zeigen, und dann würden wir den Sohn des Geistlichen vormittags in der »Kupferkanne« zu einem Imbiss treffen, und vielleicht würden wir am Nachmittag Tennis spielen. Ich wusste, dass sie nicht gern las, und bezweifelte sehr, ob sie genug Geduld für Mahjong haben würde. Und was würde ich mit ihr machen, wenn es regnete? Vor lauter Nachdenken sah ich sie nicht, als sie mir auf dem Bahnsteig entgegenkam. Auf jeden Fall hatte ich nach ganz jemand anderem Ausschau gehalten.

Ireen trug etwas, was ich sie später als puderblaues Kostüm beschreiben hörte. Ihr Haar war zu einer richtigen Wurst im Nacken zusammengerollt, und eine zweite wippte über ihrer ziemlich niedrigen Stirn. Sie trug hohe Absätze, eine Halskette und hatte Lippenstift aufgelegt. Sie hatte sowohl einen Handkoffer als auch einen kleinen Kosmetikkoffer bei sich. Ich fand, dass sie einfach schrecklich aussah. Ich war entsetzt. Ich hörte kaum ein Wort von dem, was sie sagte, als wir aus dem Bahnhof gingen, und wagte nicht, den Beamten an der Sperre anzusehen, den ich schon mein Leben lang kannte. Den ganzen Weg nach Hause im Taxi – mein

Vater war mit dem Wagen zu einer Versammlung vom Cricket-Club gefahren – antwortete ich ihr nur verschreckte Einsilbigkeiten. Meine nackten Zehen verkrampften sich in den bequemen Sandalen, und ich spürte, wie mir vor lauter Verlegenheit in den Kniekehlen und in der kaum wahrnehmbaren Vertiefung zwischen meinen Brüsten der Schweiß ausbrach. O Gott, betete ich, lass sie ein Bad nehmen, lass sie sich etwas anderes anziehen, o Gott, bitte, lass sie nicht so bleiben, wie sie ist. Sie sei auf dem Jahrmarkt mit dem Sohn vom Apotheker gewesen, sagte sie, und ihre Mutter sei einfach außer sich gewesen. »Mensch«, sagte ich blöde und hoffte, wir würden einen Zusammenstoß haben, bei dem wir bis zur Unkenntlichkeit verstümmelt werden würden. Ihr frisch aufgetragener Lippenstift hatte die Vorderzähne rot gefärbt. Ich war ganz krank vor Scham.

Meine Mutter war nach einem kurzen Moment der Verblüffung zu Ireen sehr nett.

»Du bist natürlich ein ganzes Teil älter als diese da«, sagte sie und gab mir einen lustigen Klaps. Sie nannte mich häufig »diese da«, als wäre ich eine aus einem Wurf, und immer begleitete sie es mit diesem liebevollen Knuff, der manchmal ganz schön wehtat.

»Das ist sie nicht«, sagte ich scharf, »sie ist jünger.«

»Ich bin vierzehneinhalb«, sagte Ireen, »aber natürlich hält mich jeder für mindestens achtzehn.« Sie warf mir einen bösen, herablassenden Blick zu und fügte hinzu: »In den Ferien.«

»Na, da haben wir es«, rief meine Mutter völlig sinnlos. »Diese da wird im November fünfzehn, und sieh sie dir nur an!«

Sie sahen mich beide an, und ich hasste sie. Ich war sauber, ich war dünn, und eine große Welle von Wärme überflutete mich – ich wurde geliebt. Ohne Dauerwellen und Schmuck und schmuddelige Puderquasten und Veilchenparfüm – ich wurde geliebt, und das war mehr, als man von ihnen behaupten konnte. Das konnte ich meiner Mutter nicht sagen, aber sie schien es zu spüren, denn sie gab mir ein schnelles Verschwörerlächeln, und mir war sogar, als ob sie mir zuzwinkerte. »Es gibt natürlich auch welche«, sagte sie und gab mir einen Klaps hintendrauf, »die es mit ihr aufnehmen können ...«

Danach war es gar nicht so schlimm, mit Ireen allein gelassen zu werden. Sie redete ununterbrochen, während sie auspackte, und ich saß auf dem Fensterbrett und sah hinunter auf die hässliche Stadt mit ihrem Kirchturm, der sich ruhig und ernst über dem Häusergewirr erhob. Mit einem großen Sprung könnte ich von hier auf der Kirchturmspitze landen und mit anmutig schwebender Bewegung in sein Schlafzimmerfenster tauchen, wie ein Hauch seinen gesenkten Kopf umspielen, mich in seine Ohren und seinen Mund ergießen, mich um ihn legen, warm, suchend und unsichtbar wie die Luft ...

»Triffst du *ihn* heute Abend?«, fragte Ireen.

»Nein, morgen.«

»Ich kann es einfach nicht erwarten. Ich bin sicher, dass er fabelhaft ist.«

»Wenn du Lust hast, können wir heute Abend Mahjong spielen. Mein Vater hat eine Schwäche dafür.«

Nach dem Abendessen spielten wir tatsächlich Mahjong. Mein Vater war sehr höflich zu Ireen, er erklärte ihr alles über die vier »Winde« und so weiter, und er baute sogar ihre Mauer für sie auf, was ich für überflüssig hielt. Sie hatte sich umgezogen und trug jetzt eine Art Krepp-Kleid, von dem ich annahm, dass es ihrer Mutter gehört hatte. Sie kicherte andauernd, genau wie in der Schule, aber wenn sie es in der Schule tat, war das ganz normal; jetzt fragte ich mich, was sie wohl so komisch fand und warum die einfachsten Worte meines Vaters sie zu diesem unbändigen Prusten brachten.

»Du musst Ireen in die Fabrik bringen«, sagte mein Vater, »das heißt, wenn sie daran interessiert ist.«

»O ja«, sagte Ireen, »ich fände es herrlich.«

»Wir kommen sowieso morgen«, sagte ich, »erinnerst du dich nicht?«

»Zeig ihr alle deine alten Schlupfwinkel«, sagte er, als ob ich ein Geist wäre.

»Aber das haben wir doch schon alles abgemacht«, wiederholte ich. »Du hast gesagt, wir sollen gegen zehn ins Büro kommen, erinnerst du dich nicht?«

»Hab ich das gesagt, Liebling? Aber Ireen, du darfst die Steine nicht so leichtsinnig wegwerfen ...«

Schließlich gingen wir zu Bett. Ireen wickelte ihre Haare auf Lockenwickler und machte ganz außergewöhnliche Sachen mit ihrem Gesicht, sie beklopfte es gewandt mit dem Handrücken und bedeckte es mit Fett. »Du kannst meine Zeitschriften lesen, wenn du magst«, sagte sie. »In einer davon steht, dass du das jede Nacht machen musst, wenn du nicht bereits mit zwanzig ein Doppelkinn haben willst. Es stehen auch schrecklich ernste Artikel drin über Krebs und wenn du deine Tage hast«, sie kicherte kurz, »und was du machen musst, wenn dein Mann dir untreu wird und all solche Sachen. Mami hat mir natürlich nie etwas gesagt, aber diese Zeitschriften sind meistens fabelhaft offen, du solltest sie wirklich lesen.«

»Ich lese gerade ›Jane Eyre‹«, sagte ich, es klang vielleicht etwas eingebildet, aber in mancher Hinsicht war ich eben sehr töricht.

»Aber davon hast du doch überhaupt nichts. Pass mal auf, hier.« Sie nahm eine Zeitschrift vom Bett und schlug sie an einer x-beliebigen Stelle auf. »›Ich bin einundfünfzig Jahre alt und hatte in der letzten Zeit Schwierigkeiten und Schmerzen im Zusammenleben mit meinem Mann. Ich befürchte, dass das schlimme Folgen für unser Eheleben haben wird, und habe auch bereits eine leichte Abkühlung von Seiten meines Mannes bemerkt. Können Sie mir helfen, ehe es zu spät ist? Unterzeichnet: Eine besorgte Frau.‹ Und die Dame antwortet ihr: ›Es handelt sich hier um einen Zustand, der als Kraurosis bekannt ist, eine Schrumpfung der Vagina, die auf Hormonmangel in den mittleren Jahren zurückzuführen ist. In den meisten Fällen genügt die Anwendung einer speziell dafür hergestellten Salbe, um die Elastizität wieder herzustellen. Ihr Arzt wird Ihnen helfen, wenn Sie zu ihm gehen.‹ Siehst du, solche Dinge sagen sie dir, und es ist schrecklich nützlich, denn niemand sonst würde dir so etwas sagen. Oder? Ich möchte wetten, dass deine Mutter noch nicht einmal das Wort Vagina vor dir in den Mund genommen hat.« Sie kicherte hoffnungsvoll, und ich sagte völlig wahrheitsgetreu: »Nein, das hat sie nicht.« Wenn die Frau Halsschmerzen hatte, begriff ich nicht, was das mit ihrer Ehe zu tun haben sollte und weshalb sie deswegen an eine Zeitschrift schrieb. »Was steht denn noch drin?«, fragte ich neugierig.

»Also, hier in dieser eine lange Geschichte über Prinzessin

Elisabeth, ein Bild zum Rausschneiden von Clark Gable und was du gegen Sommersprossen machen musst. Ein ganzer Haufen Sachen. Du musst das einfach lesen, weißt du, da hast du viel mehr davon als von der alten Jane Eyre.«

»Ich sehe sie mir morgen an«, sagte ich, »vielen Dank.«

»Du würdest zum Beispiel lernen, wie du *ihn* behandeln musst«, sagte sie, indem sie ins Bett kroch, ihre Armbanduhr aufzog und sie dann vorsichtig auf den Nachttisch legte. »Ich weiß das, weil ich es die letzten Ferien mit Brian ausprobiert habe. Es wirkt einfach Wunder.«

»Was wirkt Wunder?«

»Na ja, weißt du, sie immer auf Abstand halten, immer etwas arrogant sein. Das macht sie vollkommen wild – das kannst du mir glauben.«

»Wenn mir aber nicht danach ist, arrogant zu sein?«

»Natürlich ist dir nicht danach, du Schaf! Du sollst doch nur so tun! Das Schlimmste ist, einem Jungen nachzulaufen. Das ist einfach das Letzte …«

Sie redete und redete – mir schien es, die halbe Nacht lang. Mir träumte, ich lief dem Sohn des Geistlichen nach, ich lief und lief mit ausgestreckten Armen, und als die Gummischlangen mir in den Weg kamen, versuchte ich über sie hinwegzufliegen … Es war sehr unangenehm, und als ich aufwachte, hatte ich geweint. Ireen sagte: »In den Ferien bist du ganz anders. Ich weiß nicht warum.« Ganz kläglich beobachtete ich, wie sie ihr Gesicht in rosa Puder badete und ihren Schmuck anlegte. Als wir in der Fabrik angekommen waren, überließ ich es meinem Vater, sie herumzuführen. Er tat es mit einem solchen Charme, als ob sie eine königliche

Hoheit wäre. Niemand konnte erkennen, wie grässlich sie war. Auf dem Weg zur »Kupferkanne« nahm sie meinen Arm und sagte: »Ich glaube wirklich, du hast Angst, dass ich *ihn* dir wegnehmen könnte. Also, darüber brauchst du dir keine Sorgen zu machen. Wenn ich etwas bin, dann bin ich loyal.« Während sie das sagte, blieb sie vor dem Schaufenster von Sainsbury's stehen und machte sich ihre Haarfransen zurecht. »Mary war halb tot vor Angst, weißt du, dass Graham mich ihr vorziehen könnte. Also ich habe ihn einfach abfahren lassen. Schließlich ist Mary meine beste Freundin, nach dir selbstverständlich.«

»Ich glaube, er würde es gar nicht mögen, wenn du … ihn abfahren lässt«, sagte ich. »Er hat es gern, wenn man nett zu ihm ist.«

»Aber natürlich werde ich nett zu ihm sein. Ich meine nur, du brauchst dir keine Sorgen zu machen. Ich meine, er ist dein Freund, und ich bin nichts anderes als eine gute alte Tante.«

Nachdem wir zehn Minuten in der überfüllten Teestube gewartet hatten, kam er durch die Tür gelatscht. Mein Herz machte einen Sprung, ich fühlte, wie ich blass wurde und wie meine Knie unter dem gestreiften Tischtuch zu zittern anfingen. »Da ist er«, flüsterte ich.

»Wo?«

»Da, bei der Tür.«

»Du musst ihm nicht so zuwinken, er könnte denken, dass du darauf wartest, dass er kommt.«

»Ich warte ja auch darauf.«

»Still, da kommt er. Mensch, ist der groß.« Sie rutschte ein Stückchen auf der Bank, um für ihn Platz zu machen.

»Tag«, sagte ich.

»Tag«, sagte er.

Wir lächelten uns an, er klatschte in die Hände, stieß dabei eine Frau an, die am anderen Tisch saß, entschuldigte sich und quetschte sich schließlich in die Bank mit dem Rücken zu Ireen.

»Das ist Ireen«, sagte ich. Er drehte sich um und riss dabei das Tischtuch mit. Der ganze Tisch war voll mit braunem Zucker, den er mit einem ziemlich schmutzigen Taschentuch hinunterfegte, und Ireen sagte, das mache gar nichts. Dann sagte er: »Wie geht's?«, und hielt ihr seine große Hand hin, die wie ein wunderschöner Kohlkopf aus seinem zu kurzen Ärmel herauswuchs. Sie schüttelte sie sehr vornehm. Dann setzte er sich auf beide Hände, als ob er weiteres Unheil verhüten wolle.

»Ich habe so viel von Ihnen gehört«, sagte Ireen. Ihre Augenlider flatterten, so wie meine es taten, wenn ich mich bemühte, nicht zu weinen. Ich dachte, dass sie sich vielleicht bei dem Durcheinander wehgetan hatte. »Es ist so nett, Sie endlich kennen zu lernen.«

»Na ja«, sagte er. Danach kam nichts mehr. Er starrte sie an. Ihre Augenlider klapperten auf und zu, und aus irgendeinem Grund hatte sie die Zungenspitze zwischen die Zähne gesteckt und lächelte zur gleichen Zeit. Das gab ihr das Aussehen einer völlig Verrückten. Es vergingen mindestens zwei Minuten, während der ich den Atem anhielt und mich fragte, was um Gottes willen los war. Hatte sie einen Anfall? War das normal? Sollte ich schreien, ohnmächtig werden oder einfach weiterreden?

»Möchtest du gern eine Eiscreme haben?«, sagte ich.

»Nein, nein. Ich kann mich nicht aufhalten. Ich kann nicht bleiben. Ich muss …«

»Oh, Sie *müssen* hier bleiben«, sagte Ireen, legte ihre Hand auf seinen Arm und rutschte auf unmögliche Art um zehn Zentimeter mit ihrem Körper an ihn heran.

»Sie *müssen* einfach hierbleiben.«

Nun wusste ich, dass der Sohn des Geistlichen bei Tageslicht vor den Leuten nicht angerührt werden durfte. Es genügte bereits, ihn nur aus Versehen zu streifen, und schon stürzte er mit gesträubten Haaren und fliegenden Armen davon, eine beängstigende Verkörperung von Schreck und Ekel. Als Ireen ihn nun also sozusagen angriff, hielt ich den Atem an, ich wusste ja, was geschehen würde. Er schnellte in die Höhe wie von einem Schuss getroffen, trat zwei Schritte zurück und warf einen Kleiderständer um, drehte sich und schlug mit seiner großen, unbeherrschten Hand ein kleines Kind auf den Kopf, bückte sich seitwärts, um den Kleiderständer aufzuheben, sah verzweifelt auf das schreiende Kind, ließ den Kleiderständer wieder fallen, sprang über den Haufen von heruntergefallenen Mänteln direkt auf eine Kellnerin mit einem Tablett, wirbelte wieder herum, schnappte nach Luft, stieß einen Schrei aus wie ein gejagtes Wild und war verschwunden. Ich atmete wieder aus und nahm einen Löffel Eiscreme. Die Leute im Café sammelten sich schreiend, mit empörten Protesten um mich.

»Was für ein Jammer«, sagte ich, »er kann dich nicht leiden.«

»Mich nicht leiden?«

»Mit manchen Jungen musst du sehr vorsichtig sein«, sagte ich, »du musst wissen, wie sie behandelt werden wollen.«

»Wenn du glaubst, dass er weggelaufen ist, weil er mich nicht leiden kann …«, schrie sie außer sich.

Ich leckte meinen Löffel ab und sagte: »Ich weiß es.«

»Na, da kannst du mal sehen, dass du keine Ahnung hast. Das beweist es! Er war einfach verrückt nach mir! Hast du nicht gesehen, wie er mich angeschaut hat?«

»Ja«, sagte ich. Es war das erste Mal, dass ich mich völlig erwachsen fühlte – ruhig, amüsiert, behaglich, wie mein Vater in seinem Lehnstuhl nach einem guten Essen. »Möchtest du noch eine Eiscreme haben?«

»Nein, das möchte ich nicht! Und du bist ein absolutes Biest, so etwas zu sagen! Du bist ja nichts anderes als ein albernes kleines Baby, das von nichts eine Ahnung hat. Und noch eins: Du bist die grässlichste Gastgeberin, der ich je begegnet bin. Du bist ja gelb vor Eifersucht, das ist die ganze Geschichte. Und jetzt habe ich endgültig genug von dir und deinem idiotischen Pfarrerssohn oder was er sonst ist. Ich gehe jetzt nach Hause und packe, und es wird mir eine Wonne sein, nach Littlehampton zurückzufahren. Auf Wiedersehen!«

Ich ging in den warmen Morgen hinaus und fühlte mich so glücklich und ruhig, dass mir selbst mein Spiegelbild im Schaufenster von Sainsbury's wunderschön vorkam. Ich spazierte, langsam vor mich hin summend, die Straße hinauf, und als ich zum Friedhof kam, drehte sich mein Körper ganz von allein nach rechts, ich sprang über die Gräber, machte einen Bocksprung über einen Grabstein und wusste, ohne mich auch nur zu besinnen, wohin ich wollte und warum. Sein Schlafzimmerfenster ging direkt auf den Friedhof, das war mir immer traurig für ihn vorgekommen. Jetzt fand ich es ganz richtig, dass er so lebte, in der Nähe dieser abgeklärten und reinen Toten. Ein paar Minuten lang machte ich auf den Pflastersteinen vor der Kirche noch Kästchenhüpfen, und dann schlenderte ich zum Pfarrhaus. Ohne ein bisschen zu zögern, klingelte ich. Während ich wartete, lehnte ich mich gegen einen Türpfeiler und kaute an einem Grashalm vom Friedhof. Endlich wurde die Tür von einem Dienstmädchen aufgemacht, das so aussah, als ob es schon lange kein Tageslicht mehr gesehen hätte. Ich fragte nach dem Sohn des Geistlichen.

»Er ist nicht da«, sagte sie.

»Oh.« Sollte ich ihr sagen, dass ich auf ihn warten würde? Nein, lieber nicht. Die eindeutige Geste hatte ich schon gemacht. Ich war ihm nicht direkt nachgelaufen, aber immerhin war ich bis hierher gekommen. »Sagen Sie ihm …«, sagte ich und überlegte.

»Ja?« So stark war der Zauber, der von mir ausging, dass sie eifrig, ja ängstlich bemüht erschien, zu erfahren, was sie ihm sagen sollte.

»Sagen Sie ihm …, dass ich vorbeigekommen bin«, sagte ich.

Sie nickte feierlich. Ich rannte zurück über den Friedhof, durch das Tor und den Hügel hinauf, so voller Energie, dass ich im Vorbeilaufen mich von den Pfosten abstoßen, über Kanaldeckel hüpfen und nach dem überhängenden Flieder springen musste. Ich sang: »Ich liebe meinen Liebsten mit einem großen P, weil er plem, plem, plem ist!« Als ich durch die Vordertür ins Haus stürmte, stieß ich direkt mit meiner Mutter zusammen. Sie hielt mich fest und sagte, noch ehe ich wieder zu Atem kam: »Ireen ist oben, sie sagt, dass ihr beide euch äußerst ungezogen gegen sie benommen habt und dass sie nach Hause möchte. Ich weiß nicht, was Mrs. Douthwaite dazu sagen würde, ich wünsche also, dass du jetzt sofort hinaufgehst und dich bei Ireen entschuldigst. Sofort«, sagte sie, als ich mich drücken wollte, »in diesem Augenblick.«

Wir renkten die Sache ein. Ich wusste, dass Ireen sowieso nie beabsichtigt hatte, nach Littlehampton zurückzufahren. Dazu fehlte ihr der Mut. Meine Eltern machten für den Rest ihres Aufenthaltes ein großes Getue um sie, und sie nützte das aus und fing an, sich so aufzuführen, als wäre sie ihr Gast und nicht meiner. Das kam mir sehr gelegen, denn es ließ mir Zeit für mich. Der Sohn des Geistlichen blieb verschwunden, und trotz ihrer Überzeugung, dass er unsterblich in sie verliebt sei, machte Ireen nie den Vorschlag, dass wir versuchen sollten, ihn zu finden. Selbst mit der Hilfe meiner Eltern war es eine schwere Aufgabe, sie die ganze Zeit zu unterhalten. Es gab nur ein Kino in der Stadt, und wir sahen die beiden gerade laufenden Programme. Die meiste Zeit machte sie ihre seltsamen Grimassen zu den hinter uns sitzenden Jungs, sodass ich glaubte, sie hätte es gar nicht bemerkt, wenn wir jeden Film zweimal gesehen hätten. Aber sie war so wütend, als keiner von den Jungs uns auf dem Nachhauseweg folgte, dass sie schwor, sie habe das Kino restlos satt, und es würde ihr nichts ausmachen, niemals mehr hinzugehen. Im Tennisclub war's genau die gleiche Geschichte. Dort spielten nur sehr gut erzogene Jungen Tennis, und die verscheuchte sie von den Plätzen in dem Moment, wo sie erschien.

»Kennst du denn gar keine Jungs«, sagte sie (den Sohn des

Geistlichen vergaß sie praktischerweise), »ich meine, gibt es hier denn überhaupt keine Jungs?«

»Zwei hast du heute getroffen«, sagte ich, »die, die uns ihren Platz überlassen haben.«

»Ach die. Das sind doch Kinder. Ich glaube, die Sache ist die, dass ich tatsächlich ältere Männer vorziehe. Weißt du, Männer mit Haltung.«

Ich begriff natürlich, dass sie es schwer haben würde, sich Geschichten über ihren Besuch bei mir auszudenken. Wenn sie nun ohne eine einzige Eroberung abreisen müsste? Sie geriet allmählich in Verzweiflung. Eines Tages pfiff ihr der Schaffner vom Omnibus nach, als sie ausstieg, und sofort war sie guter Laune. Aber ein Omnibusschaffner macht noch keinen Sommer. Sicher und geduldig in meiner Liebe zu dem Sohn des Geistlichen, sah ich nicht, was vor sich ging. Ich wartete nur sehnsüchtig darauf, dass sie abreisen würde, damit ich endlich wieder frei wäre. Meine Mutter sagte: »Wie ich merke, hältst du einen gewissen Jemand vom Pfarrhaus in ganz schöner Entfernung von Ireen.« Meine Mutter konnte manchmal in ihrer wohlmeinenden Art ein Biest sein; oder vielleicht war sie wie ich – einfach töricht. Es ist oft schwer, den Unterschied zu erkennen, sogar bei sich selbst.

An ihrem letzten Abend, hat man Worte, zog sich Ireen ein Abendkleid an. »Mami dachte, dass ihr euch vielleicht zum Dinner umzieht. Wir konnten natürlich nicht wissen, dass … Na, jedenfalls wäre es mir grässlich, wenn sie sieht, dass ich es nicht getragen habe.«

»Meine Güte«, sagte mein Vater, »das muss gefeiert werden.« Er gab ihr ein Glas Holunderwein – sie sagte, sie hätten zu Hause oft Wein, und während des Essens bemerkte ich, dass sie ihm ihre Gesichter schnitt und dass er, weit davon entfernt, wie jeder normale Mensch darüber entsetzt zu sein, sich sogar dafür interessierte. Nach dem Essen spielten wir wie gewöhnlich Mahjong, aber Ireen kicherte andauernd – sie hatte ihn dazu gebracht, ihr während des Essens noch mehr Wein zu geben –, sodass es ein hoffnungsloses Spiel wurde, und gegen halb zehn sagte meine Mutter: »Du siehst angeschlagen aus, meine Liebe. Findest du nicht auch, dass sie angeschlagen aussieht, George? Und für Ireen wird es morgen ein langer Tag. Ich finde also, wir sollten alle früh ins Bett gehen.« Sie legte ihre Steine in den Kasten, ohne auf eine Entgegnung zu warten. »Kommt jetzt, Bettzeit für die Damen!« Ireen machte ein finsteres Gesicht. Ich sah ein, dass es etwas demütigend war, im vollen Abendkleid um halb zehn ins Bett geschickt zu werden. Aber niemand widersprach meiner Mutter. Wir marschierten gemeinsam die Treppe hinauf, meine Mutter bildete die Nachhut. Sie küsste uns beide kurz – sie war in vieler Hinsicht eine ungewöhnlich faire Frau – und sagte, wir sollten nicht zu lange schwatzen. Ich spürte ihre Erleichterung, als sie die Tür hinter uns zumachte und zu ihrem eigenen Zimmer hinunterging. Ireen setzte sich auf ihr Bett und fing an, ihre Nägel zu kauen. Da war nichts, was ich hätte sagen können, alles war schon viel zu weit gegangen. Also entkleidete ich mich, zog meinen Pyjama an und ging ins Badezimmer, um mir die Zähne zu putzen, ohne ein tröstliches Wort für sie.

Als ich zurückkam, war sie am Toilettentisch beschäftigt. Ich sah kaum zu ihr hin, sagte bloß: »Entschuldige bitte«, als ich nach meiner Haarbürste griff. Nach dem hundertsten

Bürstenstrich legte ich mich ins Bett, ließ meine Arme wie Schwergewichte auf der Decke liegen und schloss die Augen. Nach etwa fünf Minuten öffnete ich sie wieder. Sie saß immer noch am Toilettentisch. Ich sagte: »Du brauchst aber schrecklich lange, mach mal ein bisschen hin, mir fallen die Augen zu.«

Sie antwortete nicht, weil sie mit ihren Lippen beschäftigt war. Ich setzte mich auf und starrte sie an. »Warum in aller Welt malst du deine Lippen an?«

Sie drehte den Lippenstift zu und legte ihn sorgfältig hin. Dann drehte sie sich mit einem Schwung zu mir herum. Ihr Gesicht war ganz neu geschminkt. Volle Kriegsbemalung. »Wenn du glaubst, dass ich um halb zehn Uhr ins Bett gehe«, sagte sie, »dann bist du verrückt.« Ihre Stimme zitterte etwas.

»Was hast du denn vor?«, fragte ich.

»Wieder runtergehen, selbstverständlich.«

»Aber das kannst du doch nicht. Wenn Mami dich nun findet.«

»Wenn du glaubst, dass mir das was ausmacht«, sagte sie, »bist du verrückt.«

»Aber was willst du denn machen?«

Sie holte tief Luft, sah zu mir herüber, aber dann schluckte sie es hinunter. Dann stand sie auf in ihrem Abendkleid und ging zum Lichtschalter. Sie benahm sich genau so wie eine Mutter in einer Geschichte von Galsworthy. »Gute Nacht«, sagte sie süßlich. »Schlaf gut.« Dann machte sie das Licht aus und war weg. Ich hörte sie nicht die Treppe hinuntergehen. Sie musste ihre Schuhe ausgezogen haben.

Ich lag noch ungefähr eine halbe Stunde wach und wartete, dass sie zurückkäme. Ich hatte Angst, was meine Eltern dazu sagen würden, wenn sie sie zur Schlafenszeit im Haus herumwandern fänden. Na, jedenfalls, dachte ich, ist mein Vater unten, der wird schon mit ihr fertigwerden. Als ich wieder aufwachte, war es Mitternacht. Sie war noch nicht zurückgekommen. Ich dachte flüchtig daran, hinunterzugehen und nach ihr zu sehen, aber während ich mich noch fragte, wo ich sie suchen sollte, schlief ich wieder ein. Am nächsten Morgen lag sie schön zugedeckt in ihrem Bett. Aber sie hatte sich nicht abgeschminkt, und ihr ganzes Gesicht war verschmiert. Sie sah so aus, als hätte man sie über Nacht im Regen draußen gelassen. Ich fragte sie stockend:

»Ging alles gut … gestern Nacht?«

»Ging was alles gut?« Sie war wieder die Ireen, die ich von der Schule her kannte. Arrogant, kurz angebunden und selbstbewusst.

»Na ja, ich meine, haben sie dich gefunden?«

Sie lachte mich an. »Ich lasse dir meine Zeitschriften da«, sagte sie, »du solltest sie gelegentlich lesen.«

»Danke schön. Das werde ich.«

»Und viel Glück mit deinem Pfarrerssohn. Ich nehme an, du wirst jetzt wieder mit ihm knutschen – wenn ich endlich weg bin, meine ich.«

Mein Vater fuhr uns zum Bahnhof. Ireen gab uns beiden einen Abschiedskuss. »Danke«, sagte sie, »für die himmlische Zeit.«

»Komm wieder«, sagte mein Vater, »wir würden dich liebend gerne wieder hier haben.«

»Danke schön«, sagte sie, »ich werd's nicht vergessen.« Mein Vater und ich sahen uns, nachdem der Zug abgefahren war, ausdruckslos an. »Alsdann, altes Mädel«, sagte er, »zurück an die Arbeit.« Ich ging hinter ihm aus dem Bahnhof, und merkwürdig, mir war dabei traurig zumute. Es war beinahe so, als ob Ireen mir trotzdem den Sohn des Geistlichen weggenommen hätte. Ich fühlte mich verlassen, verwirrt und traurig.

10

Ich weiß, dass mein Vater mich auf seine selbstgenügsame Art liebte. Jahrelang hatte er bedauert, dass ich kein Junge war. Aber nach Ireens Besuch änderte sich seine Haltung mir gegenüber, und während der nächsten, der Weihnachtsferien, war er gewissermaßen versuchsweise stolz auf mich. Auch meine Mutter schob und schubste mich nicht so viel herum und beschränkte ihre Aufmerksamkeit auf mein strähniges Haar. Ich begann die Frauenzeitschriften zu lesen und fing mit denen an, die Ireen dagelassen hatte. Ich lernte viele nützliche Tatsachen, etwa, dass alle Männer Kinder sind, dass alle Männer gefühlsmäßig unterentwickelt sind, dass alle Männer Haarnetze und jede Kritik hassen, dass alle Männer treulos sind, dass man ihnen trauen muss, dass sie ein warmes Frühstück bekommen müssen, dass sie immer mehr haben wollen, als sie haben sollten, und dass sie mehr verlangen, als sie bekommen. Da ich den Sohn des Geistlichen niemals als Mann betrachtet hatte, brachte ich keines dieser Dinge mit ihm in Verbindung. Selbst nachdem er sich so seltsam verändert hatte, konnte ich nicht glauben, dass er kindisch oder geistig minderbemittelt sei. Und hier machte ich, nach Ireens Theorie, einen Fehler.

Wir trafen uns wie gewöhnlich am zweiten Ferientag. Er starrte in das Schaufenster des Fahrradladens, in dem viele Lampen und Schraubenschlüssel wie ein leuchtender Flitterkranz ausgelegt waren. Ich trug einen alten Mantel meiner

Mutter, weil ich aus meinem vom vorigen Winter herausgewachsen war, und hatte ihn in der Taille mit einem kurzen Gepäckriemen fest zusammengeschnürt. Ich hatte mir auch die Nase mit Mutters farblosem Puder betupft und trug einen Strumpfbandgürtel. Aber das konnte er wohl nicht wissen. Er war noch größer geworden, und seine Handgelenke waren blau vor Kälte. Als ich ihn begrüßte, drehte er sich so brüsk herum, dass er zwei Roller umwarf. Ich lehnte sie wieder an die Wand, während er stotterte: »Hallo … Mensch, hab dich nicht gesehen. Ich war gerade …«

»Gehen wir in die ›Kupferkanne‹.«

»Nein, nein, ich kann nicht. Ich muss … wo gehst du lang?«

»Oh, die Hauptstraße hinunter. Gehst du auch die Hauptstraße hinunter?«

»Nein, ich muss nach Haus rennen – was arbeiten.« Er sah mich durch die Haarsträhne an, die ihm ständig in die Stirn fiel. Er kämmte sie mit den Fingern zurück und sagte: »Mensch, du hast dich aber verändert.«

»Ja, habe ich?« Ich hätte antworten sollen: Nein, das habe ich nicht – um die Wahrheit zu sagen.

»Ja, also … Wiedersehen.«

Ich war traurig, aber nicht zu Tode betrübt. Er hatte sich früher schon oft so aufgeführt. Auf dem Weg nach Hause ging ich in die Fabrik, um meinen Vater zu besuchen. Er begrüßte mich herzlich, und zum ersten Mal standen die Angestellten auf, als ich hereinkam. »Ich will gerade die Runde machen«, sagte er – jede Woche ging er einmal durch die ganze Fabrik und begrüßte jeden Mann, jede Frau, jeden Jungen, das war sein großes Argument für das private Unternehmertum. »Komm mit, sie werden sich freuen, dich zu sehen.«

So führte er mich durch die Fabrik; er schien vergessen zu haben, dass ich sie schon mein ganzes Leben lang kannte, jede trocken riechende, staubige Ecke darin, und stellte mich den Männern vor, von denen mich die meisten schon an ihren Webstuhl gelassen hatten, als meine Arme einen halben Meter lang waren. Viele von ihnen hatten mich davor gerettet, in der Seilerbahn skalpiert oder von den großen Nadeln erstochen zu werden. Mir gefiel das alles sehr, es zeigte mir, dass ich einen neuen Rang bekommen hatte. Ich nickte dem Mongolenjungen ernsthaft zu, der das Seil um riesige Rollen wand. Sein zu schwerer Kopf nickte dauernd wie der eines Mandarins, und so lange er wach war, machten seine Arme immer die gleiche Bewegung des Aufwindens. Ich saß auf einem Stuhl im Büro mit den Aquarellen von Kaschmir und dem Pandschab, untersuchte die Federkiele meines Großvaters und tat so, als ob es das erste Mal wäre. »Mir scheint es gar nicht so unmöglich«, sagte mein Vater, als wir zum Essen nach Hause fuhren, »dass auch eine Frau so ein Geschäft führen könnte.« Dann verzog er sein Gesicht, klopfte mir aufs Knie und verwarf die Idee wieder.

Ich sah den Sohn des Geistlichen nicht wieder bis zum Weihnachtsfeiertag. Er und seine Mutter, die ich für eine törichte und abgeschmackte Person hielt, saßen auf der Bank vor uns in der Kirche, und während des ganzen Gottesdienstes liebte ich mit einem ganz neuen Gefühl von Schmerz seinen zarten Halsansatz, die Schulterblätter in dem Schulanzug, seine rauen, ungeschickten, gefalteten Hände (betete er?). Als wir die Kirche verließen, lächelte er zu mir herüber, und in der Vorhalle sagte er: »Fröhliche Weihnachten.«

»Fröhliche Weihnachten.«

»Was hast du bekommen?«

»Oh, eine Menge. Ein Grammofon. Was hast du bekommen?«

»Ich habe auch ein Grammofon bekommen.« Das war ein wundervoller Zufall. Wir freuten uns richtig. Ich sehnte mich so danach, ihn zu küssen, dass mir ganz schwach wurde und ich trotz meiner Freude den Tränen nahe war.

»Wir könnten nächste Woche ins Kino gehen«, sagte er.

»O ja, das wäre herrlich.«

»Ich komme am Mittwoch vorbei.«

»Ja. Ach nein, ich kann nicht. Ich kann Mittwoch nicht. Ich muss mit meinem Vater zu diesem grässlichen Rotaryding gehen.«

»Es macht nichts.« Er hatte sich schon weggedreht.

»Doch, es macht doch was. Weißt du, Mami hasst es, dahin zu gehen, und deshalb hat Vater gesagt, dieses Jahr nimmt er mich mit. Ich will aber auch nicht hingehen. Könnten wir nicht am Dienstag gehen?«

»Nein, am Dienstag kann ich nicht«, sagte er. »Es macht nichts.« Und weg war er, über den Friedhof, in seinem marineblauen Mantel und dem neuen Weihnachtsschal. Vor sechs Monaten wäre ich ihm noch nachgelaufen. Jetzt stand ich unbeweglich zwischen den Kirchgängern, meine behandschuhten Hände in den Taschen geballt und innerlich laut rufend: Geh nicht, geh nicht, bitte, ich liebe dich so sehr …

»Wenn du deine Hände so in den Taschen vergräbst, wirst

du den Sitz deines Mantels völlig ruinieren«, sagte meine Mutter. »Du musst lernen, wie man gute Sachen trägt, sonst wirst du immer wie ein kleiner Landstreicher aussehen.«

Am Mittwoch also nahm mich mein Vater zu diesem Rotarydinner mit. Ich bekam eine vergoldete Puderdose, auf der die Initialen meiner Mutter eingraviert waren. Es war unglaublich langweilig, aber sie machten alle ein großes Getue um mich, und ich fing an mir zu überlegen, ob es nicht vielleicht besser sei, gelangweilt und bewundert zu werden, als verliebt und elend zu sein. Ich probierte Augenaufschläge aus und war verblüfft, wenn alte Männer, die ich mein Leben lang gekannt hatte, rot wurden und kicherten, ja mir sogar Zigaretten anboten. »Sie hat sich wunderbar benommen«, erzählte mein Vater meiner Mutter, die mit Kakao auf uns wartete. »Eine perfekte Dame. Weißt du, das ist schon etwas, eine Tochter zu haben, auf die man stolz sein kann.«

»Schön ist, wer schön handelt«, sagte meine Mutter. »Du solltest solche Sachen nicht in Gegenwart des Kindes sagen, George, sonst steigt's ihm in den Kopf.« Das tat es, ein bisschen. Die Woche darauf nahm mich meine Mutter für einen Tag mit nach London und kaufte mir bei Debenhams ein Abendkleid. Gelbe Spitze mit einem gelben Taftunterkleid und einem Bund gelber, steifer Rosenblüten am Mieder. Ich war blöde genug, mich danach zu sehnen, dass der Pfarrerssohn mich darin sehen sollte, obwohl er bestimmt kilometerweit davongerannt wäre, wenn er's getan hätte. Am Sonnabendabend nahm mich mein Vater zu einem Ball der Freimaurerloge mit.

Er war der Höhepunkt der Neujahrsfeierlichkeiten in der Stadt und fand im größten Hotel statt, das bemerkenswert verstaubt und verwahrlost war; Luftschlangen, Ballons, rotierende Scheinwerfer sowie eine Kapelle in glänzenden Kosakenhemden hatten es für diese Nacht verwandelt. Ich tanzte mit meinem Vater, der einen überraschend eleganten langsamen Foxtrott aufs Parkett legte, mit dem Bankdirektor und dem Chef der größten Drogerie. Und dann mit dem Reporter, der kein Freimaurer war, sondern den Ball besuchte, um darüber in der Lokalzeitung zu berichten. Etwas außer Atem schlürfte ich gerade eine Limonade, als Mister Simpkin mich um das Vergnügen bat.

Er war ein kleiner, breiter Mann, dieser Mister Simpkin. Mit zu viel Gesicht für das, was drin war: Seine kleinen glänzenden Augen, seine Stupsnase, sein kleiner, fetter Mund saßen sehr eng beieinander in der großen Fläche seines Gesichts. Als ob er diese Gesichtsfläche etwas füllen wollte, trug er einen dünnen, rötlichen Schnurrbart mit Spitzen. Sein sich lichtendes Haar war in mehreren einzelnen Strähnen auf seinem Kopf festgeklebt. Er hielt mich ganz anders als die anderen, er umschloss fest meine Hand und drückte seinen harten runden Bauch gegen mich. Er war ein wunderbarer Tänzer, und seine mit Lackschuhen bekleideten Füße schienen die meinen wie Magneten nach sich zu ziehen.

»Amüsieren Sie sich?«, fragte er.

»O ja. Ja, sehr.«

»Wissen Sie, ich bin ein alter Freund Ihres Vaters. Ich sah Sie schon letzte Woche bei der Rotarygeschichte. Ich nehme an, alle erzählen Ihnen, dass Sie wie Hedy Lamarr aussehen?«

»Nein, nein, niemand.« Neugierig klappte ich ein wenig mit meinen Augenlidern. »Wieso? Tue ich das wirklich?«

»Ja, tatsächlich.« Er zog mich noch ein wenig mehr an sich heran. »Wie alt sind Sie übrigens?«

»Sechzehn«, log ich.

»Noch auf der Schule, nehme ich an?« Alle diese Fragen murmelte er, fast ohne den Mund zu öffnen.

»Ja. Aber ich gehe bald ab. Ich hab genug von der Schule.« Das war wahr, obwohl ich bis jetzt nicht einmal daran gedacht hatte. Die Musik hörte auf, und wir klatschten. Aber er führte mich nicht weg.

»Den Nächsten noch«, sagte er und zwinkerte mir zu. »Ihr Vater weiß, dass Sie bei mir gut aufgehoben sind.«

Wie es schien, war Mister Simpkin der Direktor einer nahe gelegenen Papierfabrik.

»Sie müssen gelegentlich vorbeikommen«, sagte er. »Ich führe Sie dann herum. Es gibt eine Menge Dinge, die ein so intelligentes Mädchen wie Sie interessieren werden. Wie wäre es an einem Nachmittag? Dann könnten wir ein bisschen … Tee trinken. Und ich liefere Sie dann heil und wohlbehalten wieder ab.«

»Das wäre einfach wunderbar.«

»Abgemacht. Wir behalten das für uns, nicht wahr? Sie rufen mich am besten an.« Es war fast wie ein Stelldichein. Er musste meine Begeisterung gefühlt haben, denn er wurde ein wenig kühler, und nach dem Tanz nahm er mich zu seiner Frau mit. Sie saß mit den anderen Frauen auf einem Sofa in einer Nische, gerade außerhalb des Tanzsaales. Mister Simpkin stellte mich als »Georges kleines Mädchen, du erinnerst dich doch?« vor, und sie unterhielt sich freundlich mit mir. Alles, was ich von ihr sah, war ein gefleckter Truthahnhals, der mit

Perlen behangen war, und raue, verarbeitete Hände, die sie unter einer Schicht Talkumpuder zu verbergen suchte.

Danach kamen dann die Ferientage in ihr gewöhnliches Geleise, langweiliger und leerer, als sie je zuvor gewesen waren. Ich wartete auf den Sohn des Geistlichen, aber er kam nicht. Ich liebte ihn jetzt womöglich noch mehr, aber meine Liebe wurde jetzt heftig, schmerzlich und sogar voller Groll. Ich sagte mir sogar, dass ich ihn hasste, was eine Entwicklung der Liebe bedeutete, die ich nicht verstehen konnte und die mich elend machte. Zweimal traf ich ihn in der Stadt, aber das erste Mal stolperte er in den Fischladen, und das zweite Mal rannte er, als ob alle Höllenhunde hinter ihm her wären, quer über den Friedhof davon. Immer noch konnte ich nicht glauben, dass er mich nicht sehen wollte. Ich trotzte den Regeln der Frauenzeitschriften und rief ihn an. Aber seine Mutter war am Apparat und sagte, dass er arbeite und dass sie ihn nur sehr, sehr ungern stören würde, da alles davon abhänge, ob er die Hochschulprüfung bestünde, denn ohne die Hochschulprüfung könne er nicht nach Oxford gehen, was eine große Enttäuschung bedeuten würde, da sein Vater unbedingt wünschte, dass er auf das St. John's College gehen solle, auf dem ihr Mann auch schon gewesen war und das einen bemerkenswert hübschen Garten besäße. Sollte ich jemals nach Oxford kommen, so müsse ich unbedingt hingehen und ihn mir ansehen, aber in der Zwischenzeit … Also schrieb ich ihm verschmierte Briefe und zerriss sie wieder. Meine Mutter sagte, ich hätte zu viel aufregende Unterhaltung gehabt, und wurde aus irgendeinem Grund ärgerlich mit mir. Die Tage zu Hause waren voller Spannung und Feindseligkeit, und ich verbrachte

Stunden in meinem heißen Schlafzimmer und wünschte, ich könnte sterben.

Zwei Tage vor Ferienschluss ging meine Mutter zu einer Versammlung des Frauenvereins unserer Stadt. Ich war allein zu Hause. Ich wanderte von einem Zimmer ins andere, um irgendetwas zu tun zu finden. Mein ganzer Körper tat mir weh. Ich hätte rennen mögen, springen, mich strecken, mich bis zur Erschöpfung verausgaben, aber dazu war ich einfach zu müde. Vor dem Spiegel in der Halle schnitt ich mir Grimassen. Plötzlich, ohne irgendeine Vorwarnung, wurde der Nachmittag unerträglich. So konnte ich nicht weitermachen, es war unmöglich. Über mich selbst verwundert, aber mit einem merkwürdigen Gefühl des Gehorsams rief ich Mister Simpkin in der Papierfabrik an.

»Ich muss Sie sehen«, sagte ich, »augenblicklich.«

»Aber, aber. Du meine Güte. Wie geht's Ihnen denn, meine Liebe?«

»Ich muss Sie sofort sehen.«

»Ist irgendetwas … nicht in Ordnung?«

»Soll ich in die Fabrik kommen?«

»Nein. Nein. Tun Sie das nicht.« Kurze Pause. »Wie ich annehme, sind Sie zu Hause.«

»Ja, aber sie sind alle weg.«

»Nun ja. Ich glaube, es ist besser, wenn ich nicht zu Ihnen ins Haus komme.«

»Gut«, sagte ich, »ich treffe Sie am Ende der Straße. Wir können dann die Sam's Lane hinaufgehen.«

Sam's Lane war der nächste Spazierweg aus der Kinderzeit. Ich glaube nicht, dass ich mir Mister Simpkin und mich auf einem braven Gesundheitsspaziergang über Sam's Lane vorstellte. Ich glaube, ich stellte mir überhaupt nichts vor. Sam's Lane war der richtige Platz, außerhalb der Stadt, die hässlich war, und doch nicht ganz auf dem Land, das zu weit entfernt war. Ich ging hinauf und zog mein schräg geschnittenes Jerseykleid an, weil ich fand, dass es mir gut stand, und meinen Schulregenmantel. Irgendetwas sagte mir, dass er passender sein würde als mein neuer, gut sitzender Wintermantel. Ich ließ Mister Simpkin genau die Zeit, die er brauchen würde, um im Büro Bescheid zu sagen, dass er für eine Weile wegginge, seinen Mantel anzuziehen, seinen Hut aufzusetzen und von der Fabrik herzufahren, dann ging ich zum Eingangstor hinunter. Nicht, wie meine Mutter später dachte, in mein Verderben – Mister Simpkin küsste mich bloß, und sein Schnurrbart bearbeitete mein Zahnfleisch wie eine Zahnbürste, und er fummelte ein bisschen an meinem unnachgiebigen Gabardinemantel herum. Offensichtlich dachte er, das wäre es, was ich wollte, und wenn ich zurückblicke, könnte ich es ihm nicht übel nehmen, wenn er mich vergewaltigt hätte. Aber Vergewaltigung ist Gott sei Dank nichts für die Mister Simpkins auf dieser Welt. Das sind ausgeglichene, klar überlegende Männer – Männer, die wissen, was was ist. Ein kleiner Flirt mit einer willigen Partnerin, selbst wenn es ein Schulmädchen ist, das nachmittags um drei Uhr anruft, das ist genau die Grenze, bis zu der ein vernünftiger Mann wie Mister Simpkin auf seinem heimatlichen Boden gehen wird. Auf einer Geschäftsreise ist das selbstverständlich etwas anderes, na ja, ein Mann muss doch auch seinen Spaß haben und eine gute Geschichte heimbringen, die er dann den Jungs erzählen kann. Was die Frau nicht weiß, macht sie nicht heiß, und es ist ja nichts dabei, nicht wahr – nichts, was man als sexuell bezeichnen könnte. Vieles von alledem begann ich in diesen zehn Minuten in der Sam's Lane zu begreifen.

»Ich glaube, es ist besser, wenn Sie mich jetzt nach Hause bringen«, sagte ich.

»Ach nicht doch, Schätzchen.« Er keuchte schwer, und sein Schnurrbart war nass. »Gib mir noch einen Kuss.«

»Wenn Sie mich nicht nach Hause bringen, gehe ich zu Fuß«, sagte ich.

»Was ist denn los? Du sagtest doch, du wolltest mich sehen.«

»Ja. Ich habe Sie gesehen. Bitte wollen Sie mich jetzt nach Hause bringen?«

Das tat er bis zum Ende der Straße. Er sah verwirrt aus.

Den Rest des Tages lag ich auf meinem Bett, oder, genauer gesagt, ich wälzte und warf mich hin und her, bog mich zusammen wie eine Sprungfeder und befand mich in einem permanenten Zustand des Grauens. Meine Mutter redete schmeichelnd auf mich ein, schrie mich an, ja schlug mich sogar einmal, aber ich blieb stumm. Immer wenn sie aus dem Zimmer ging, rief ich verzweifelt nach dem Sohn des Geistlichen, mich zu retten. Aber wenn sie dann zurückkam, heulte ich einfach und hatte Schluckauf. Es war mir, als stiege in mir eine Flut hoch, die ich nicht eindämmen konnte, ein so heftiger Sturm, dass es nicht einmal den Versuch lohnte, seiner Herr zu werden. Ich muss gerettet werden, dachte ich, ich muss gerettet werden. Wovor? Ich wusste es nicht, aber später fing ich an zu begreifen. Der nervöse Junge, den ich liebte, war gut. Mister Simpkin war das Böse. Ich wollte vom Bösen durch Liebe erlöst werden und nie wieder mit ihm in Berührung kommen, so lange ich lebte. Für mich nicht das Sofa auf dem Freimaurerball, der schmutzige Witz, die schnelle Tour – für mich nicht Bosheit, Betrug und Ekel. Rette mich, flehte ich den Sohn des Geistlichen an, bitte rette mich. Ich wusste natürlich nicht, dass diese Vorstellung von Erlösung völlig idiotisch war und dass kein Mann, keine Frau, kein Kind Erlöser eines anderen sein kann. Ich habe es noch nicht einmal gewusst, als ich sechsundzwanzig Jahre später in meinem eigenen entzückenden Wohnzimmer mit Bob Conway redete und wieder einmal die Brutalität erkannte, die für mich ein halbes Leben lang Mister Simpkin geheißen hatte.

Gegen Abend rief meine Mutter den Arzt. Er sagte, es läge an meinem Alter, und gab mir ein paar rosa Pillen. Ehe ich einschlief, erzählte ich meiner Mutter alles. Sie war äußerst schockiert und sagte, wir müssten es vor Vater geheim halten. Sie beteuerte, sie habe keine Ahnung gehabt, dass ich über solche Dinge überhaupt etwas wusste. Sie wusste nicht, dass es diese Seite in meinem Wesen gab. Was war denn bloß über mich gekommen, fragte sie, wovon war ich besessen? Ich schluchzte in mein nasses Kissen, dass ich es nicht wüsste. Ich sah Mister Simpkin niemals wieder. Vielleicht war er aus der Nachbarschaft fortgezogen. Achtzehn Monate später wurde ich in der Kirche durch den Geistlichen mit dem Reporter getraut, den ich auf dem Freimaurerball kennengelernt hatte. Der Sohn des Geistlichen bestand seine Hochschulprüfung, ging nach Oxford und wurde homosexuell. Noch jahrelang hatte ich eine große Zuneigung zu ihm.

11

»Was ist … wo kommt Jake eigentlich her?«, fragte der Doktor.

»Herkommen?«

»Kommt er aus dem gleichen Milieu wie Sie, oder gibt es da … einen Konflikt?«

»Warum fragen Sie mich immer über Jake aus? Ich komme hierher, und alle Ihre Fragen beziehen sich nur auf Jake. Ich kenne diesen Mann erst seit dreizehn Jahren, er ist nicht mein Vater, mein Bruder und noch nicht einmal mein Onkel Ted. Vielleicht sollte Jake zu Ihnen kommen, nicht ich.«

Ich sah schnell zu ihm hin, um seinen Blick zu erwischen. Er starrte völlig leer in die Luft, auf irgendeinen Punkt zwischen uns: Seine Augen blickten bis dorthin und nicht weiter. Ich dachte, dass er seinen Blick im Zaum hielt, ihn ganz nach seinem Willen einholte oder ausschickte. Ich wollte, er solle mich ansehen, wusste aber nicht, wie ich seine Aufmerksamkeit auf mich lenken konnte. »Was hat Jake mit mir zu schaffen?«, fragte ich und merkte zu spät, dass diese Frage wie aus der Bibel und absurd klang.

Sein Blick zog sich wie der Hals einer Schildkröte wieder in seinen Kopf zurück. Nun konnte er nicht weiter sehen als bis zum Tintenfass und zu dem geprägten, lederbezogenen Löscher vor ihm.

»Ich will nicht über Jake reden«, erklärte ich, »ich will über mich selbst reden.«

»Fahren Sie fort.« Er machte eine unbestimmte, befehlende Geste. »Bitte fahren Sie fort.«

Ich saß eine ganze Zeit lang da, unfähig, an irgendetwas zu denken. Schließlich sagte ich: »Mir geht es viel besser, wissen Sie? Bis Jake zurückkommt, wird es mir … viel besser gehen.«

»Sie glauben, dass die Tabletten Ihnen geholfen haben?«

»Ja, sehr.«

»Gut, gut, aber gewöhnen Sie sich nicht daran.«

»Aber Sie sagten mir, ich soll täglich zwei nehmen.«

»Ja, natürlich. Aber gewöhnen Sie sich nicht daran.«

Ich versuchte es wieder. »Finden Sie nicht, dass es mir besser zu gehen scheint?«

»Selbstverständlich. Jeden Tag und in jeder Beziehung …« Dann wurde er feierlich: »Aber immerhin, Sie müssen sich darüber klar sein, dass wir im Augenblick nichts anderes tun, als Steine zusammentragen, um einen – möchte ich sagen – wilden Sturzbach zu überqueren. Unsere Aufgabe ist es, diesen Sturzbach umzulenken. Ihn sozusagen umzuleiten in einen anderen Bereich, wo er dringend benötigt wird. Um das zu tun, müssen wir seine Quelle finden. Das kann man nicht in drei oder vier Wochen, verstehen Sie? Wir müssen dem Lauf des Sturzbaches nachspüren.« Er erhob seine Hände, die Handflächen aneinandergepresst, und machte schlangenartige Bewegungen durch imaginäre Täler. »Wir müssen dem Lauf sorgfältig nachspüren, bis wir eines Tages, versteckt unter einem unbedeutenden Stein, die Quelle entdecken, und dann, *dann* können wir davon sprechen, dass es besser geht.«

Ich dachte einige Momente darüber nach, dann fragte ich: »Was für einen Sturzbach?«

»Wir können ihn Ihren Willen zur Selbstzerstörung nennen.«

»Und den müssen wir umlenken?«

»Ja. Wir müssen ihn in schöpferische Kanäle leiten.«

»Ich weiß offen gestanden nicht, wovon Sie sprechen. Ich meine …« Ich runzelte die Stirn, überlegte, wie ich es auf nette Weise ausdrücken könnte. »Ich meine, ich habe nicht den geringsten Willen zur Selbstzerstörung.«

»Nicht bewusst, selbstverständlich nicht. Aber der Schmerz, die Gefahr, all das, was Sie bei einer Geburt durchmachen zum Beispiel – ist das nicht …?«

»O wirklich!«, sagte ich, »das ist absurd!«

Er nickte lächelnd und schrieb in sein Buch.

»Sie können doch nicht sagen, dass es zerstörerisch ist, Kinder zu haben. Nicht, wenn man sie will. Nicht, wenn man für sie aufkommen kann.«

»Aber es gab doch eine Zeit, wo Sie nicht für sie aufkommen konnten?«

»Darüber haben wir doch schon das letzte Mal gesprochen«, sagte ich. »Ich konnte immer für sie aufkommen.«

»Aber um den Preis von zumindest zwei Ehen.«

»Sprechen wir über den Sturzbach«, sagte ich, »das hat wirklich mehr Sinn.«

Er senkte den Kopf, und einen Augenblick lang tat er mir leid. Armer Kerl, Zielscheibe des Ärgers für jedermann. Ich sollte netter zu ihm sein. »Jakes Eltern«, sagte ich, »waren ganz verschieden von meinen.«

»Sie sind tot?«

»Seine Mutter. Sie starb, als er noch ganz jung war, er

kann sich nicht mehr an sie erinnern und weiß nicht mal, wie sie aussah. Auf den Fotografien sieht sie aus wie eine dieser Romanschriftstellerinnen aus den Zwanzigerjahren mit Hemdblusen und diesen weiten Jacketts mit Schlitzen auf dem Rücken wie Männerjacken. Er wurde von Wirtschafterinnen betreut, Frauen, die sich nicht wirklich um ihn kümmerten. Nicht eine darunter, die ihn liebte. Ich nehme an, dass er deswegen seinen Vater so sehr liebte. Ich meine, er liebt ihn immer noch. Sein Vater behandelt ihn wie ein Kind, wissen Sie; er nörgelt an ihm herum und quält ihn, er hebt sich nur die schlechten Kritiken von Jakes Filmen auf, nie die guten. Aber das ist gleichgültig. Sie sind beide ein und dieselbe Person. Wenn Sie wissen wollen, wie Jake in dreißig Jahren sein wird … da haben Sie ihn. Er hat sich jetzt mehr oder weniger zur Ruhe gesetzt, aber er schrieb Kriminalromane. Er hat hunderte geschrieben, sie hatten viel Erfolg, er hat eine Menge Geld damit verdient. Unter dem Namen Max English. Vielleicht haben Sie sie gelesen.«

»Nein, nein. Ich habe nicht viel übrig für Verbrechen.«

»Er ist selbstsüchtig und knauserig, aber … ich mag ihn auch sehr gern. Als Jake noch ein Kind war, war er viel fort. Jake war schrecklich allein. Allein und traurig, zu Hause und in der Schule auch. Seit seinem sechsten Lebensjahr war er im Internat, und er hasste es.«

»War er Soldat?«

»Ja, ungefähr acht Wochen lang. Vorm Krieg, nachdem er Oxford verließ, wollte er Schauspieler werden. Dann ging er ein bisschen in die Werbung, und dann wurde er eingezogen. Aber irgendetwas war mit seiner Blase nicht in Ordnung, also operierten sie ihn, und als das auch nichts half, ließen sie ihn laufen.«

»Sie meinen, er wurde entlassen?«

»Ja. Aber die Blasengeschichte wurde irgendwie besser. Er sagt, das sei die unglücklichste Zeit seines Lebens gewesen. Aber nachher, nachdem er aus der Armee heraus war, genoss er den Krieg. Er arbeitete im Informationsministerium. Ich weiß nicht ganz genau, was er wirklich *tat* – aber du meine Güte, das war die große Zeit.«

»Ich kann Ihnen nicht folgen …«

»Es war Jakes große Zeit. Die Luftschutzbunker, die Verdunkelung. Und niemand ließ den Kopf hängen. Der Krieg tat alles für ihn. Er fühlte für ihn. Ich meine, niemand erwartete irgendetwas von *ihm*, verstehen Sie? Die ganze Welt war ernst und tragisch und voller Düsternis, das entband Leute wie Jake von allem. Es war für Jake während des Krieges nicht notwendig, zu denken oder zu fühlen, oder irgendetwas ernst zu nehmen oder sich zu sorgen. Er brauchte keinerlei eigenen Entschluss zu fassen, und man lobte ihn dafür, dass er's nicht tat. Wenn er über den Krieg spricht, ist es, als ob jemand von seiner Kindheit erzählt.

Verstehen Sie? Es war immer Sommer, und immer gab es Erdbeeren zum Tee. Es war immer jemand da, der einen liebte, so wie man war, und nicht um das, was man hätte sein sollen.«

»Aber das ist natürlich nicht wahr.«

»Nein.«

Er sah mich lächelnd an. »Erzählen Sie weiter. Was tat er, als Sie ihn das erste Mal trafen?«

»Er hatte gerade angefangen, beim Film zu arbeiten, aber

er schrieb nur Manuskripte um – nichts Besonderes. Er wusste noch nicht einmal, ob er weitermachen konnte. Ich begegnete ihm das erste Mal, als er zum Tee kam.« Ich zögerte etwas, aber er schien aufrichtig interessiert, so fuhr ich fort: »Jake war ein Freund von Giles. Und er war von London heruntergekommen, es war ein Sonntag. Wir lebten in einer Art Scheune – ich habe Ihnen davon erzählt, glaube ich, es ist dort, wo wir den Turm bauen –, irgendjemand hatte vor dem Krieg angefangen, sie umzubauen, als dann der Krieg ausbrach, ließen sie sie einfach stehen, und wir mieteten sie praktisch für gar nichts. Es war wirklich ein sehr vernünftiger Wohnsitz für uns. Ungeheuer groß, nichts drin außer einem großen Raum, wie eine Galerie. Aber es gab Licht, Wasser und Kanalisation, das hatten die schon installiert. Giles schleppte von irgendwoher eine Menge Hartfaserpappe an – für einen Geiger war er sehr praktisch veranlagt – und stellte dutzende von Trennwänden auf, lauter einzelne Abteile, er nannte sie Distrikte. So hatten wir für alles einen Distrikt, sogar einen besonderen für ihn, wo er Geige spielen konnte. Aber da die Wände nur etwa einsachtzig hoch waren, pflegten die Kinder darüber wegzuklettern, obwohl Giles ihnen immer wieder sagte, er habe ausgezeichnete Fußwege ausgespart. Nach einer Weile wurden die Wände ziemlich wacklig, und einige kippten um. Aber um diese Zeit, glaube ich, wusste Giles schon, dass alles vorbei war, und so machte er sich nicht die Mühe, sie wieder aufzurichten. Sie blieben einfach liegen, so wie sie umgefallen waren. Und ich fiel ständig über sie mit meinem Tablett … Jedenfalls, Jake kam zum Tee. Ich war schwanger, ungefähr im siebenten Monat, und trug ein grässliches Kleid und hohe Stiefel, weil es kalt war.

Es muss ein Chaos gewesen sein. Es ist komisch, aber ich kann mich nicht erinnern. Ich kann mich daran erinnern, dass es geschah, aber nicht mehr, was ich dachte, fühlte oder worüber wir gesprochen haben. Außer, dass Dinah auf Jakes Knien saß. Sie war beinahe vier. Er mochte Dinah immer am liebsten, weil ihr Vater tot war, und auch, weil sie sehr hübsch war. Er hat mir später erzählt, dass er sich damals, an diesem Nachmittag, in mich verliebte und den Wunsch hatte, mit mir zu schlafen. Ich weiß nicht, ob es wahr ist. Ich glaube, er wollte einfach bei uns sein, das ist alles. Ich glaube, er wollte … zu uns gehören.«

»Ja«, sagte er. »Ja.«

»Und so heiratete er mich.«

»Ja.«

»Wir waren sehr glücklich.«

»Davon bin ich überzeugt.«

»Er genoss alles – Dinge, an die ich mich so gewöhnt hatte, dass ich sie gar nicht mehr bemerkte. Er half, die Kinder ins Bett zu bringen – ich meine, schließlich waren es ja nicht seine –, und er erzählte ihnen tolle Geschichten und spielte mit ihnen. Er arbeitete schwer, in gewisser Weise vielleicht schwerer als jetzt. Aber weil er es damals aus einem anderen Grund tat, war es leichter. Das alles ist schwierig zu erklären. Weihnachten zum Beispiel. Als er ein Kind war, hasste er es; er war ganz allein, abends gab es ein großes Essen, und er musste einen Abendanzug tragen, und wenn der Portwein kam, wurde er zu Bett geschickt. Die ersten Weihnachten, als er uns kannte, fällte er einen riesigen Tannenbaum, er war viel zu groß, und sie trugen ihn alle zusammen hinein, und er schmückte ihn, er machte einen Engel für die Spitze. Am ersten Feiertag führte er ein Spiel mit ihnen auf, aber sie lachten alle so sehr, dass … Verzeihung, Verzeihung.«

»Es ist schon gut, regen Sie sich nicht auf.«

»Jetzt schickt er seine Sekretärinnen zu Hamleys, und alles kommt fein eingepackt, und außer den Jüngsten langweilen sich alle und hassen das Ganze, weil er nichts anderes tut als ihnen erzählen, wie teuer und wie sinnlos all das ist. Und jedenfalls gibt es nichts mehr, was man schenken könnte. Diese Weihnachten habe ich ihm einen Schneesturm in einer Glaskugel geschenkt.«

Er wartete einen Augenblick. »Wann begann er, Erfolg zu haben? Schon vor längerer Zeit, nehme ich an?«

»Er schrieb einen Film über … Philpot. Er handelt von einem Mädchen, das allen Leuten die Ehe kaputt macht, aber immer nur aus Versehen, auf eine komische Art. Es begann damit, dass alle Amtsdiener im Scheidungsgericht sie morgens mit einem ›Hallo‹ begrüßten, weil sie sie schon so gut kannten. Es war ein Film mit Sex, und er brachte die Leute zum Lachen. Das war der Anfang. Vor ungefähr acht Jahren.«

»Seitdem hat sich das Leben geändert?«

»Nicht auf einmal. Natürlich nicht. Aber wir kauften eine Menge Sachen – Möbel, Maschinen, Autos. Wir bekamen Hilfen ins Haus. Ich möchte bloß wissen, warum sowas Hilfe genannt wird.«

»Sie meinen Dienstboten?«

»Wir nennen sie nicht Dienstboten.«

»Das muss eine Erleichterung für Sie gewesen sein.«

»Zuerst ja. Das war die Absicht. Ich bildete mir ein, jetzt würde ich mehr Zeit für Jake haben. Aber in Wirklichkeit fingen wir an, jeder für sich zu leben. Männer kamen und strichen die Zimmer, und wir brauchten nicht mehr abzuwaschen. Die Kinder kamen nicht mehr, um Käse zu reiben oder Biskuits zu machen, und abends sahen sie sich etwas im Fernsehen an, aber nicht mit uns, und nachmittags gingen sie mit der Hilfe spazieren. Wir fuhren allein in unserem Wagen herum und gingen in die Ferien ohne Jake, weil er arbeiten musste. Er nahm sich ein Büro und …«

»Und was?«

»Ich weiß nicht. Wir haben uns alles schlecht eingerichtet, nehme ich an. Es ist nichts geblieben.«

Er seufzte, als dächte er, dies sei eine gar traurige Geschichte gewesen. Dann fragte er plötzlich: »Können Sie Jake leiden?«

»Ihn leiden?«

»Abgesehen von allem anderen, was Sie für ihn fühlen, Ihren ganzen verwickelten Emotionen … Können Sie ihn leiden?«

»Nein«, sagte ich, »nicht sehr.«

»Das ist auch mein Eindruck. Warum können Sie ihn nicht leiden?«

Ich versuchte nachzudenken. Einen nach dem anderen suchte ich mir alle Gründe zusammen, die es gab, Jake nicht zu leiden: Er ist ein Feigling, ein Schwindler, er ist gemein, eitel, grausam, er ist schlampig und hinterhältig. »Ich … ich weiß nicht«, sagte ich.

»Aber Sie lieben ihn?«

»Ja. Ja, ich liebe ihn.«

»Sie möchten, dass Ihre Ehe bestehen bleibt?«

»Ja.«

»Glauben Sie, dass, wenn Ihre Ehe bestehen bleiben soll, etwas … sich ändern müsste?«

»Ja.«

»Glauben Sie, dass Jake fähig ist, sich zu ändern?«

»Nein.«

Ich fühlte, dass ich zu guter Letzt ihm doch noch eine korrekte Antwort gegeben hatte. Er klappte seine Mappe zu und schraubte die Kappe auf seinen Füllfederhalter mit der Miene eines Lehrers, dessen zurückgebliebene Schülerin nach langen Wochen der Geduld und Arbeit anfängt, einen kleinen Fortschritt zu machen. »Denken Sie nach über das, was Sie eben gesagt haben. Kauen Sie es in den nächsten zwei Wochen mal richtig durch. Wollen Sie das tun?«

»Zwei Wochen?«

»Ich kann Sie in den nächsten zwei Wochen nicht sehen. Das habe ich Ihnen doch sicher gesagt?«

»Nein.«

»O wirklich, das tut mir aber aufrichtig leid. Ich dachte bestimmt, dass ich Ihnen das schon das letzte Mal gesagt hätte. Wir fahren am Freitag nach Gstaad. Ein bisschen Ski laufen.« Er grinste verschämt. »Ich fürchte, das ist meine große Leidenschaft.«

»Aber …« Ich konnte es nicht glauben. Mich verlassen? Mich jetzt verlassen? »Aber was ist denn mit …?«

»Nehmen Sie die Pillen weiter, falls Sie sie nötig haben. Oh, und so wenig Flüssigkeit wie möglich. Wir machen einen neuen Termin aus, nicht wahr, sagen wir für den … Neunzehnten? Würde Ihnen der Neunzehnte passen?«

»Am Neunzehnten geht es nicht. Ich weiß, da kann ich nicht.«

»Warum rufen Sie mich dann nicht in, sagen wir, drei Wochen an? Sehen Sie mal zu, ob Sie Fortschritte machen!« Er strahlte mich an, überzeugend und milde, wie ein Verkäufer, der eine Warenprobe anbietet. Keine Verpflichtung, gnädige Frau, es steht ganz bei Ihnen.

»Jake wird um die Zeit zurück sein. Ich glaube nicht, dass ich es schaffen werde.«

»Aber, aber.«

»Nein«, sagte ich, »ich glaube nicht, dass ich imstande sein werde, es zu schaffen.«

»Aber es wäre ein solcher Jammer, wenn Sie aufgeben würden ...«

»Wenn *ich* aufgebe? Was tun Ihre Patienten, wenn Sie weg sind? Begehen sie Selbstmord, bringen sie ihre Frauen um, oder sitzen sie bloß herum, weinen, nehmen Pillen und denken darüber nach, was sie Ihnen das letzte Mal erzählt haben? Nehmen wir mal an, ich setze es mir in den Kopf, wieder schwanger zu werden. Das ist doch mein Leiden, nicht wahr? Wäre es nicht viel einfacher, mich einfach zu ... sterilisieren, oder was man sonst so tut? Dann können Sie sich ohne jegliche Belastung zu Ihrem Skilaufen begeben. Wenn ich normal genug bin, zwei Wochen lang mit meinen *Gedanken* allein gelassen zu werden, dann bin ich auch zu normal, um diese sinnlosen, langweiligen Unterhaltungen – denn weiß Gott, sie langweilen mich – zu sechs Pfund die Sitzung nötig zu haben. Ich dachte, man würde mich ...« Ich schloss meinen Mund und biss die Zähne zusammen. Das Gejammer hörte auf. Das Zimmer war friedlich und still. Ich sagte vorsichtig: »Es ist nicht wichtig, was ich gedacht habe. Ich hatte Unrecht. Ich werde jetzt gehen.«

Er seufzte wieder, noch tiefer, und unterzog seinen Füllhalter einer so eingehenden Prüfung, als ob er ein Thermometer abläse. Dann blickte er auf. »Erzählen Sie mir«, sagte er, »wie geht es Dinah? Als Sie das letzte Mal kamen, hatte sie, glaube ich, eine Erkältung.«

»Es geht ihr besser. Sie hat sich jetzt … Trotzki verschrieben.«

»Tatsächlich? Warum?«

»Jemand hat ihr erzählt, dass er an die Freiheit des Individuums glaubte.«

»Das ist ein erfreulicher Gedanke«, sagte er sinnend. Er stand nicht auf, als ich ging. Ich hörte später, dass er sich beim Skilaufen ein Bein gebrochen hatte. Ich dachte, dass es allein seine Schuld sei; wäre er nicht gegangen, so wären wir vielleicht beide vor Schaden bewahrt geblieben.

12

Jake kam am Sonnabendmorgen aus Nordafrika heim, die Kinder waren alle von der Schule zurück und zu Hause. Die meisten waren in den vorderen Schlafzimmern und spähten nach ihm aus. Als sie seinen Wagen sahen, stürzten sie die Treppe hinunter und fielen über ihn her, als er zur Tür hereinkam, ohne auf die erstickten Schreie der Kinderschwester zu achten. Die Kinder des Geigers stürzten sich in einem Klumpen auf ihn, aber seine eigenen hielten ihn wie einem Maibaum fest. Dinah war nicht dabei. Ich rief nach ihr, aber sie antwortete nicht. Ich sah nur ein Stück von seinem Kopf, als ich langsam, lächelnd, Stufe für Stufe herunterkam. Es sah aus, als fräßen sie ihn auf.

»Hallo, hallo, hallo, ihr da … wie geht's meinem Baby« (dies zu seiner Jüngsten, die von der Kinderschwester hochgehalten wurde). »Na, also los, holt die Sachen aus dem Wagen … Wo ist Mami? Na geht schon … packt den Wagen aus, oder könnt ihr das nicht? Wo ist Dinah? Wo ist Mami? … Nein, ich habe euch überhaupt nichts mitgebracht … ihr seid nicht brav gewesen. Ist Mami noch im Bett? Wo ist Mami?«

»Hier«, sagte ich und lief das letzte Stück. Seine Jacke war feucht, sein Gesicht tief gebräunt. Die Kinder machten ein wenig Platz, und wir umarmten uns befangen.

»Es ist wunderbar, dass du wieder da bist«, sagte ich.

»Wunderbar, wieder zurück zu sein.«

»Du siehst gut aus.«

»In Wirklichkeit bin ich todmüde.«

»Möchtest du gerne einen Kaffee, oder sonst etwas?«

»Nein danke, ich brauche einen Drink.«

»Gut, komm herein.«

Die älteren Kinder stolperten mit den Koffern herein, mit beiden Händen an den Griffen, sich gegen das Gewicht nach rückwärts stemmend, machten sie ein großes Aufhebens. Sie ließen sie ringsum im Zimmer fallen, und die jüngeren Kinder packten sie aus und wühlten zwischen den schmutzigen Hemden herum, um die Pakete zu finden. Jake half ihnen energisch dabei, nachdem eines von ihnen ihm einen großen Brandy eingegossen und ein anderes zu viel Soda dazugetan hatte.

»Wo ist denn bloß Dinah?«

»Oh, die ist noch im Bett.«

»Es ging ihr nicht gut«, sagte ich schnell.

»Oh … hier …«

Ich zog einen andeutungsweise maurischen Schlafrock an, aus reiner Kunstseide, der mit den Tierkreiszeichen bedeckt war. Alle bewunderten ihn, und Jake sagte unsicher: »Er soll dir Glück bringen. Ich habe auch einen für Dinah.«

»Sie wird sich sehr darüber freuen.«

»Dort gibt's sonst wirklich nichts zu kaufen. Bloß eine Menge Schund, weißt du.«

»Er ist wunderbar, wirklich.«

»Na ja, jedenfalls …«

»Ich habe einen grünen Stern bekommen … Ich habe die beste Arbeit am Freitag geschrieben … Zwei von den Goldfischen sind gestorben und eine Katze … Hast du Löwen gesehen? … Ich habe einen grünen Stern fürs Buchstabieren bekommen … Und ich habe … bitte, es war die beste Arbeit am Freitag … Wie waren die Elefanten? … Hast du Löwen gesehen? … Wir waren im Zirkus, wir sind dreimal ins Kino gegangen … Und dort bin ich hingefallen … Hast du eigentlich dort Kamele gesehen? … Und ich habe einen grünen Stern für Addieren bekommen … Ich hab keinen Gips gekriegt, nur einen Verband … Also können wir mehr Goldfische haben, und können wir einen Hund haben? … Würdest du gern mein Schreibheft sehen? … Was ist ein Jet? … Hast du Hyänen gesehen? … Können wir tropische Fische haben? … Das ist Moses, das ist David, und das ist Josef im Gefängnis …«

Der Begrüßungstrubel ebbte nach und nach ab. Schließlich fingen sie an, sich zu langweilen, und zogen ab. Einige mit schlechtem Gewissen, mit der Versicherung, sie würden bald wiederkommen, einige erleichtert. Jake griff nach meiner Hand.

»Nun«, fragte er, »wie geht es dir?«

»Oh … mir geht es gut.«

Jake klopfte auf sein Knie. »Komm, erzähl mir alles, aber zuerst gib mir was zu trinken.«

Ich gab ihm einen Drink und kniete mich neben ihn, an sein Bein gelehnt.

»Ich wollte, du wärest dort gewesen«, sagte er. »Wir haben uns herrlich amüsiert. Hurst und Dante hassten sich natürlich vom ersten Augenblick an …« Ich hörte befriedigt zu. Jake war groß im Klatscherzählen, genoss Übertreibungen und Intrigen, und es kam selten vor, dass er jemanden nicht leiden konnte. Die wenigen, die er nicht mochte, waren unerträglich aufrecht, äußerst ernsthaft und vom Unglück verfolgt. Diese tat er als Langweiler ab, und sie hatten in seiner Welt keinen Platz.

Ich hörte zu und wartete.

»Was ist mit den Übrigen von der Gruppe; sind sie zurück?«

»Beth und John sind mit mir gekommen.« Er gähnte, ein ungeheures Gähnen, das ihm Tränen in die Augen trieb. »Doug kommt morgen, am Mittwoch fangen wir in Elstree zu drehen an.«

»Und was ist mit Dante, oder wie sie sonst heißt?«

»Oh, die sind wir Anfang der Woche losgeworden. Sie fuhr irgendwohin, um etwas bei Balmain zu kaufen. Also … was ist mit dir?«

»Mir geht's gut, wirklich.«

»Bist du zu diesem Burschen, diesem Doktor gegangen?«

»Ja, ja, bin ich.«

»Gut, dann …« Er schüttelte den Kopf, um die Augen wieder klar zu kriegen. »Gott, bin ich müde. Ich nehme an, es ist Sonnabendmorgen.«

»Ja.«

Ich konnte sehen, wie der Sonnabendmorgen über ihn kroch. Er sah sich im Zimmer um. Einige Kinder spielten Abzählen im kalten Garten. Ein Radio, ein Grammofon und eine Klarinette wurden in verschiedenen Teilen des Hauses gespielt. Der Geruch von Braten zog unter der Tür durch. In seinem Gesicht sammelte sich Traurigkeit, und er wiederholte schwerfällig: »Na gut, dann …«, er seufzte tief, »also gut, ich nehme an …«

»Es tut mir leid«, sagte ich.

»Was tut dir leid?«

Ich hielt seine Knie fest, unfähig, es ihm zu erklären. Das Fest ist vorbei. Armer Jake, armer Jake. Champagner sollte da sein und ein Haufen Gäste. Und Blumen und Freunde und ein Hotelappartement, wo man nach Eis klingeln kann ... Aber nichts davon. Nur das Tranchieren des Bratens und Streit über den Blumenkohl. Armer Jake, armer Jake.

Er fragte liebevoll: »Was ist los mit dir?«

»Nichts.« Immer noch sehr schnell gerührt, hatten sich meine Augen, ohne dass ich es wollte, mit Tränen gefüllt. »Nichts, wirklich.«

Er zog sich nervös zurück. »Aber da ist doch gar kein Grund zum Weinen.«

»Ich weine nicht.«

»Hat dir dieser – dieser Doktor gutgetan?«

»Er sagt, ich bilde mir ein, ich sei ein Teewärmer.«

Er lachte, aber nur einen Augenblick. Ich hörte ihn denken: Heulende Frau, Kinder, Rechnungen, Braten, Sonnabend, nichts hat sich geändert. Es fiel mir nicht auf, dass dies meine Gedanken waren und dass seine viel komplizierter sein mochten. Ich fühlte, dass ich allein es nicht schaffen würde, ihn zu trösten, und dass ich mir den Anschein geben musste, als verstände ich seine Gefühle, auch ohne sie erklärt zu bekommen. Ich putzte meine Nase und sagte: »Warum bittest du sie nicht herzukommen?«

»Bitte *wen* herzukommen?«

»Ich weiß nicht – John, Beth Conway, selbst Dante, wenn du weißt, wo sie ist.«

»Du meinst heute Abend?«

»Dann könnte ich doch alles richtig hören.«

»Du meinst jetzt, heute Abend?«

»Ja, warum nicht?«

»Aber … du hast doch keine Lust, sie *heute Abend* hier zu haben?«

»Aber ja, ich habe Lust, wirklich.« Warum wollte er mir nicht glauben? Ich sagte die Wahrheit. »Ruf sie an. Komm, sie fühlen sich vielleicht genauso trübsinnig wie du. Du weißt doch, du möchtest es gern.«

Er sah außerordentlich erstaunt aus: Verwirrung und Hoffnung. Aschenbrödel, das auf den Ball zurückgeschickt wird, Jake von den Toten auferstanden.

»O nein«, sagte er, »nein, es würde dich langweilen …«

»Wenn du nicht willst, rufe ich sie an. Wo wohnt Hurst?«

»Im Connaught. Aber er wird wahrscheinlich schlafen.«

Hurst schlief nicht. Er war betrunken. Er würde kommen, sagte er, er würde auf die Minute pünktlich sein. Er konnte es gar nicht erwarten – mein Liebling, meine Süße, o Gott, was hatten sie gelacht …

»Nun ruf du Beth Conway an«, sagte ich.

»Nein, ruf du sie an, du kannst das so gut.«

Beth Conway sagte, dass sie erst ihren Mann fragen müsse. Es dauerte eine ganze Weile. Dann kam sie schließlich zurück und sagte mit kleiner Stimme: »Ja, Bob sagt, es wäre einfach wunderbar. Was für eine glänzende Idee. Müssen wir uns groß anziehen?«

»Überhaupt nicht.« Ich legte meine Hand über die Sprechmuschel und sagte: »Sie möchte wissen, ob sie sich groß anziehen müssen.« Er sagte kurz vor einem Gähnen: »Grüß sie herzlich von mir.«

»Jake lässt Sie herzlich grüßen.«

»O danke. Wir freuen uns schon darauf, Sie heute kennen zu lernen – ganz schrecklich.«

»Ja«, sagte ich. »Es ist ja eigentlich albern, dass wir uns noch nie getroffen haben.«

Ich ging hinüber zu Jake und küsste ihn. Er schien immer noch ein bisschen verblüfft zu sein. »So, das wär's. Du kannst jetzt das Übrige tun.«

Er ergriff mein Handgelenk und drehte mich herum, sodass ich ihm ins Gesicht sah. »Hast du ein Verhältnis mit dem Doktor gehabt, oder so etwas?«

»Wie kommst du denn darauf?«

»Irgendetwas ist passiert. Du siehst aus wie achtzehn. Du siehst so verschmitzt aus.«

»Das sind die Pillen«, sagte ich. »Er hat mir Pillen gegeben. Sie verjüngen ungemein.«

»Was versteckst du vor mir? Da ist doch irgendetwas. Was denn?«

»Nichts.«

»Du hast irgendetwas vor, das kann ich doch sehen. Hast du irgendeinen Plan?«

»Natürlich nicht.« Aber während ich das sagte, wusste ich es schon. Jawohl, ich könnte einen Plan haben. Wie dumm von mir, dass ich nicht vorher daran gedacht hatte. Verhasster Doktor, geliebter Jake … natürlich habe ich einen Plan.

13

»Akademiker«, sagte Bob Conway, »sind alle gleich – Ärzte, Rechtsanwälte, Pfarrer, alle miteinander nichts als Parasiten. Ich nenne mich Kaufmann, weil das der einzige Beruf ist, vor dem ich Respekt habe. Zum Beispiel diese Nerventöter, diese Ärzte, das kann man doch nicht ernsthafte Arbeit nennen: Mannesarbeit, nach meiner ehrlichen Überzeugung gewiss nicht. Nach meiner ehrlichen Überzeugung ist das ein einziger Haufen von Betrügern. Das Einzige, was diese Blutsauger kurieren können, ist ein Fall von Tripper. Wie sieht es aber bei den Masern aus und wie beim Ziegenpeter? Unsere Kleine hatte Ziegenpeter, während Beth weg war – ich weiß jetzt aber Bescheid, kann ich Ihnen sagen. Und was ist mit einer einfachen Erkältung, haben sie dafür ein Heilmittel?«

Er war ungefähr fünfzig, vierschrötig, fett, seine Fliege erdrosselte ihn beinahe, und er hatte kleine, zwinkernde Augen. Seine Augen zwinkerten so, als wären sie in seinem Kopf aufgehängt, um die Vögel zu verscheuchen. Er erinnerte mich an jemanden, aber mir fiel nicht ein, an wen. Ich drehte mich um und erblickte Dinah, die von John Hurst in eine Ecke gedrängt worden war. Sie signalisierte über seine Schulter hinweg »Hilfe« und verwandelte es wohlerzogen in ein strahlendes Lächeln.

»Entschuldigen Sie«, sagte ich, »aber ich muss …«

»Wir alle wissen, was wir wollen«, sagte Bob Conway, »was zum Teufel soll es denn helfen, sich zu fragen, warum wir es wollen? Also, ich weiß, was ich will, und je mehr davon, desto besser.« Er stupste mich mit seinem leeren Glas an.

»Jake …«, ich trat zurück, tauchte meine Arme zwischen zwei erstaunte und unbekannte Gäste, und so gelang es mir, ihn zu erwischen. »Mister Conway braucht einen Drink. Kannst du …?«

Ich drängte mich bis zu Dinah durch. Hurst hielt das hohe Büchergestell mit beiden Händen krampfhaft fest und hatte sie dazwischen eingeklemmt. Ich duckte mich unter einem seiner Arme durch und tauchte neben Dinah auf. Er war, wie es schien, unfähig, sich zu bewegen, und für ein paar Augenblicke, bis er auf mich fiel, waren Dinah und ich so aneinandergepresst wie Leute in einem engen Lift.

»Liebste Mrs. Jake«, sagte er, »Liebling, was haben Sie denn da für eine tolle Tochter? Ist sie nicht eine Schönheit? Ist sie nicht fabelhaft?« Dabei fiel er auf mich, wobei er mich umklammerte. Dinah wurde rot und kicherte. »Ich habe ihr gesagt, sie solle zum Film gehen. Auf mein Wort, da würde sie ein Vermögen machen. Liebste Mrs. Jake, wo hat denn Ihr alter Fuchs Sie diesmal versteckt gehalten? Sie hätten mit dort unten sein sollen!«

»Ich wollte, ich …«

»Wir hätten uns so fabelhaft miteinander amüsiert! Und Sie haben uns einfach dieser grässlichen Dante ausgeliefert. Das wissen Sie.«

»Aber«, sagte ich und zwinkerte Dinah zu, »Beth war doch da.«

Er dämpfte seine Stimme zu einem mittleren Gebrüll. »Kleines bisschen langweilig, unter uns gesagt. Großes Geheimnis natürlich. So die Masche mit der englischen Rose. Hält sich nicht, wenn Sie mich fragen. Und außerdem riecht sie ganz abscheulich aus dem Mund. Haben Sie das noch nicht bemerkt?«

»Ich war noch nie … so nahe dran.«

»Doch, glauben Sie mir, es ist so. Oh, mein Engel!«

Er war von hinten von einem dünnen gesichtslosen Mädchen in schwarzem Leder gepackt worden, sie zog ihn weg. Dinah sagte: »Mensch, danke. Ich dachte, ich wäre erledigt.«

»Ich mag ihn ganz gern.«

»Na ja, für sein Alter ist er bestimmt fabelhaft. Ich muss schon sagen, Dad ist groß in Fahrt heute Abend. Findest du nicht? Ich wusste gar nicht, dass Beth Conway rote Haare hat, ich dachte, sie sei eine Art Blondine. Sie ist mächtig hübsch, muss ich schon sagen. Wie hässlich, so was von ihrem Atem zu sagen.«

»Möchtest du gern jemanden kennen lernen? Da ist zum Beispiel ein Kameramann, der Ned heißt.«

»Den hab ich schon kennengelernt. Das ist ein Schwuler, der hat's erfunden. Ich glaube, ich gehe ins Bett, wenn du nichts dagegen hast. Dad wird es schon nicht merken, was meinst du?«

»Ich glaube nicht. Siehst du nach, ob sie alle schlafen?«

»Mach ich. Gute Nacht also.«

Die seltsame Heiterkeit des Tages fiel von mir ab; ich konnte fühlen, wie sie mich leer, einsam und unsicher zurückließ. Ich wünschte mir, Jake anzufassen, um ruhig zu werden.

Jeder Einzelne im Zimmer tummelte sich in Liebe, sie beplanschten einander mit Liebe, stürzten sich hinein, tranken sie in sich hinein, gaben vor, in Liebe zu ertrinken. Jake und eine große bebrillte Amerikanerin waren ineinander verschlungen wie zwei Schulmädchen. Beth Conway wurde trotz ihres Atems von Hurst umarmt. Der Kameramann ringelte sich im Schoß des Skriptgirls und schnüffelte in ihren Mohärbusen hinein. Ich trank ein Glas Champagner, das jemand auf dem Bücherregal stehen gelassen hatte. Es wurde sofort wieder von Conway gefüllt, der sagte: »Diese Flasche lasse ich nicht mehr los, so ist es am einfachsten.«

»Oh«, sagte ich, »gut.« Jake war auf Partys äußerst beweglich, erbarmungslos verließ er die Leute mitten im Satz, immer schon genau planend, wer der Nächste sein würde. Ich dagegen schien von einer Falle in die andere zu gehen. Ich trank den Champagner aus, in der Hoffnung, dass er meine aufsteigende Verzweiflung dämpfen würde.

»Jemand hat mir erzählt, dass diese hinreißende kleine Blonde eine Ihrer Töchter ist«, sagte Bob Conway. »Sie haben sie doch noch nicht ins Bett geschickt, oder?«

»Ja, sie ... sie ist schon zu Bett gegangen.«

»Wie alt ist sie?«

»Sechzehn, also beinahe siebzehn.«

»Ich nehme an, jeder sagt Ihnen, dass Sie wie Schwestern aussehen.«

»Ja«, sagte ich. »Beinahe jeder.«

»Aber sie ist nicht die Älteste, oder?«

»Nein, sie ist nicht die Älteste.«

»Wie alt ist denn also die Jüngste?«

»Drei.« Ich machte eine gewaltige Anstrengung, meine Augen so zu verdrehen, dass sie ihn ansahen. »Wie alt ist Ihre?«

»Oh, sie ist zweieinhalb. Das hübscheste kleine Ding, das Sie jemals gesehen haben, ganz ihre Mami. Wir vermissen Beth, das kann ich Ihnen sagen, wenn sie so lange weg muss wie diesmal.«

»Sicher, ja. Ich … ich vermisse Jake auch.«

»Schön – das gibt uns immerhin die Chance für eine kleine gegenseitige Anklingelei – eh? Das nächste Mal, wenn sie wegfahren, dann lasse ich das Telefon bei Ihnen läuten. Vielleicht haben Sie Lust, sich das Werk anzusehen?«

Ich starrte ihn etwas ungläubig an.

»Was für ein Werk?«

»Ich mache Hi-Fi, wissen Sie, Platten, Bandgeräte, Spezialradiomaterial und so weiter. Das könnte doch eine intelligente Frau wie Sie interessieren.«

Ich fühlte, wie ich leicht schwankte und nicht mehr fähig war, auf meinen Absätzen zu balancieren.

»Ich bin gar nicht intelligent«, sagte ich, »ganz und gar nicht.«

»Kommen Sie mir doch nicht so. Ich erkenne doch eine intelligente Frau, wenn ich sie sehe.«

»Ich hab zwei Sachen auf der Schule gelernt. Soll ich Ihnen sagen, was das war?«

»Jetzt versetzen Sie mir keinen Schock!«

»Si-sing«, fing ich vorsichtig an, »Si-sing est un hon Chinois, ronde comme une pomme et jaune comme un … motte du beurre.«

»Das ist Französisch.«

»Richtig. Und das andere: Ein Kormus ist der im Erdreich aufgeschwollene Schaft eines aufgereckten Schösslings. Das ist alles, was ich gelernt habe.«

»Na, jedenfalls scheinen Sie einen ganz guten Gebrauch von dem letzten Teil Ihres Wissens gemacht zu haben, ha, ha, wahrhaftig, sehr guten Gebrauch. Das müssen Sie Beth erzählen, sie hat die schlüpfrigste Fantasie von allen Mädchen, die ich kenne. Deshalb habe ich sie ja auch geheiratet.« Er schüttelte sich vor abscheulichem Lachen und presste meinen Arm. Ich trat so heftig zurück, dass ich gegen ein Bild an der Wand stieß; die Schnur riss, und das Bild fiel zu Boden – so wie jemand, der stirbt. Bob Conway lehnte es an die Wand und redete ihm gut zu.

»Das Bild wollte ich schon seit Jahren abhängen«, sagte ich. »Seit neun Jahren. Ist das nicht merkwürdig? Wissen Sie, Sie erinnern mich an jemanden, und ich weiß nicht, wer es ist. Ich kann mich einfach nicht erinnern. Vielleicht weiß es Jake. Gehen wir zu ihm und fragen ihn.«

»Ich muss Beth finden und ihr erzählen …« Er erhob sich auf Zehenspitzen und schwankte von links nach rechts, das Kinn hochgereckt, während der Rest des Champagners auf dem Grunde seines Glases hin und her schwankte. »Wo ist sie? Wo ist Beth?«

»Sie ist da drüben auf dem Sofa«, sagte ich, »sie unterhält sich mit Jake.«

Er sah mich einen Augenblick scharf an, so wie ein Mann einen Safe betrachtet, das er später aufzubrechen gedenkt. Mein Gedächtnis begann angestrengt zu arbeiten.

»Haben Sie Augen im Hinterkopf?«, fragte er.

Ich lächelte ihn an, dunkel erschreckt, und erlaubte ihm, meinen Oberarm zu packen und mich vor sich her durch die Länge des Zimmers zu steuern. Sein Griff war zu fest, seine Hand umschloss meinen Oberarm wie ein Blutdruckmesser. Beth saß höchst anständig auf dem Sofa. Sie sah auf Jake herunter, der sich auf dem Boden räkelte, den Hals einer Champagnerflasche zwischen seinen gekreuzten Knien. Aber in dem Augenblick, als ich mit Conway, der mich wie einen Schild vor sich hielt, auftauchte, hob sie den Kopf. Mit seiner freien Hand machte Conway ihr Zeichen; sie winkte zurück, bewegte dabei aber nur die Finger, und ihr Gesicht, das beschattet und ernst gewesen war, schien vor Erleichterung aufzuleuchten. Conway ließ meinen Arm los, und ich setzte mich zu Jake. »Beth kann es gar nicht mehr erwarten, dich um Rat zu fragen«, sagte er und streichelte meinen Nacken. »Ich habe ihr erzählt, dass du alles über Kinder weißt.«

»Was sie nötig hat«, sagte Conway, »ist ein weiteres halbes Dutzend davon, und zwar schnell. Treiben Sie ihr ein paar ihrer blödsinnigen Ideen aus dem Kopf.«

Er kniff sie, als er das sagte, und es klang zärtlich.

»O wirklich, Bob, du bist altmodisch. Jedenfalls hat Jake eine prachtvolle Idee für einen neuen Film.« Sie sah mich aus verschwimmenden Augen an. Wieder gab es in meinem Gedächtnis einen Ruck, und ich starrte sie an, ohne zu antworten, als sie sagte: »Er ist so schrecklich gescheit, nicht? Einige von meinen Szenen mit John haben mich direkt zum Weinen gebracht.«

»Sie wollen wieder was für Beth schreiben?«, fragte Conway.

»Wenn es Ihnen passt.«

»Natürlich passt es mir. Aber ohne Außenaufnahmen, wenn's Ihnen nichts ausmacht.«

»O nein«, sagte Beth. »Es spielt in Südfrankreich, wir können doch *alle* gehen. Stellt euch vor – was für einen Spaß wir hätten, wir vier.« Sie lächelte Jake mit ernsten Augen an.

»Sagen Sie es ihr«, flehte Conway. »Sagen Sie's ihr doch. Frauen sind fürs Bett da und um Kinder zu kriegen. Unser armes kleines Mädel da ist so mutterseelenallein, als säße es in der Wüste. Es ist ein Verbrechen, verdammt noch mal, keine mehr zu haben, so lange es geht. Schauen Sie sich an, Sie haben ganze Scharen davon, und nach dem Glitzern in den Augen dieses alten Jungen hier heute Abend zu urteilen, werden Sie möglicherweise noch Scharen bekommen. Sie hat es dauernd mit ihrer Figur. Was für eine Figur, frage ich sie. Nennst du das eine Figur? Vorne flach und hinten wie eine verdammte Papierpuppe. Ich wette, Ihre Figur ist jetzt besser, als sie jemals war. Nicht? Und überhaupt, wer kümmert sich schon um die Figur, oder?«

»Ich weiß nicht, ich kann nicht …«

»Sie würden nicht Nein sagen zu noch einem mehr, oder? Bestimmt nicht, wenn Ihr Alter Sie darum bitten würde.«

»Ihr Alter«, sagte Jake, »wäre nicht so ein rettungsloser Idiot! Kommt, lasst uns noch was trinken. Musik her. Großer Gott«, hier sprang er zum Fenster und riss es auf, »lasst endlich frische Luft herein.«

»Sie erinnern mich an irgendwen«, sagte ich.

»Wer?«

»Die Conways.«

»Es sind zwei, wie können sie dich an einen erinnern?«

»Ich weiß nicht … Mein Vater ist krank. Ich habe es dir noch nicht erzählt.«

»O nein, das tut mir leid. Was ist los mit ihm?«

»Ich weiß nicht. Ich glaube, es ist Krebs. Aber meine Mutter würde das Wort nicht aussprechen. Sie würde es mir nicht sagen.«

»Aber nein. Ich glaube nicht, dass es Krebs ist. Sicher nicht. Wahrscheinlich ist es nur ein – Geschwür oder sowas. Du musst dir keine Sorgen machen.«

»Ich mache mir keine Sorgen«, sagte ich, »es ist nur, weil … Du sagst doch immer, wie gern du ihn hast. Und mir fiel ein, dass ich es dir nicht erzählt hatte.«

»Vielleicht solltest du hinfahren und ihn besuchen?«

»Sie sagt, nur wenn es ihm besser geht oder schlechter. Ich glaube, sie will ihn für sich haben. Sie liebt ihn so sehr.«

»Na, das ist doch gut, nicht wahr? Das ist doch wunderbar.«

Ich fühlte sein Unbehagen. Das sieht ihr ähnlich, dachte er – jetzt noch was Quälendes aufs Tapet zu bringen. Ich hätte diese Neuigkeiten über Krankheit und Trauriges bis morgen früh für mich behalten sollen.

»Ich bin sicher, er wird in Ordnung kommen«, sagte ich, »mach dir keine Sorgen.« Ich stand vom Toilettentisch auf, er saß halb ausgezogen auf dem Bett. Ich kniete mich hinter ihn und legte meine Arme um seinen Hals. »Sie sind mit dem Turm fast fertig.«

»O gut.«

»Du bist schön braun geworden.«

»Na ja, es war heiß.«

»Findest du sie sehr attraktiv?«

»Wen?«

»Wen, wen? – Beth Conway.«

»Ich glaube schon. Wenn man sowas mag.«

»Vielleicht erinnert sie mich ein wenig an Philpot.«

Er drehte sich in meinen Armen herum. »Du liebst mich doch? Oder?«

Seine Augen waren wie immer ausdruckslos, aber seine Stimme und sein Körper waren warm. »Ja«, sagte ich. »Natürlich tue ich das.«

»Du hast mich vermisst«, stellte er fest. »Du wolltest mich zurückhaben.«

»Ja.«

»Du bist nicht enttäuscht von mir?«

»Warum sollte ich?«

»Ich benehme mich töricht. Ich mache verdammt törichte Sachen.«

»Nein. Machst du nicht.«

»Ich liebe dich. Ich brauche dich. Ich will dich. Du bist wichtig für mich, wichtig – für mich.«

»Ja ja, ich weiß.«

Er legte sich hin und zog mich zu sich herunter. »Hast du dich … präpariert?«, fragte er. Ich antwortete nicht. In Träumen braucht man keinen Fallschirm, keine Flügel; in Träumen kann man fliegen.

14

Mein Vater tastete nach meinen Händen. Ich gab sie ihm, er nahm sie und presste sie gegen seine Augen. Nach einer Weile fielen seine Hände herunter, aber ich bewegte mich nicht. Meine Mutter stand schluchzend am Fenster, kleine, quiekende, kraftlose Schluchzer. So saß ich lange Zeit, meine Hände auf den Augen meines Vaters, bis meine Arme schmerzten und ich Angst bekam, mich zu schwer auf ihn zu lehnen. Als ich sie behutsam wegzog, wie die Decke von einem schlafenden Kind, wusste ich, dass er tot war.

»Ich glaube, er ist tot«, sagte ich.

»Tot?«

»Ja, ich glaube.«

Sie lief weinend zu ihm. Ich konnte es nicht ertragen, zu sehen, wie sie ihn anfasste, ihn festhielt und versuchte, ihn ins Leben zurückzurufen.

»Lass«, sagte ich, »lass, es hat keinen Zweck.«

»Den Doktor, den Doktor.«

»Ja, ich rufe den Doktor.« Ich versuchte sie aufzuheben. »Aber komm jetzt weg.«

Sie schüttelte den Kopf, warf ihn auf seiner Brust von einer Seite zur anderen. »George«, rief sie, »George …«

Ich ging hinunter und rief den Doktor an. Dann ging ich in die Küche und setzte den Kessel mit Wasser auf. Die Küche war voller Geschirr. Zwei Tage und zwei Nächte lang hatte meine Mutter gesagt: »Du musst eine Kleinigkeit zu essen haben, Liebes. Ja, ich glaube, ich könnte eine Kleinigkeit essen.« Ich warf all die Kleinigkeiten in den Mülleimer und leerte drei Teekannen aus. Mein Vater ist tot, sagte ich behutsam zu mir selbst. Mein Vater ist tot. Irgendwie fühlte ich, dass das eine große Feststellung sein müsste, tragisch, triumphierend. Mein Vater ist tot, lang lebe … das war allerdings für Söhne. Er hatte keinen Sohn. Er hatte mich niemals nötig gehabt, bis zu dem Augenblick, als er meine Hände nahm. Die Hände eines Sohnes wären hart, nicht sanft genug gewesen. Vielleicht hatte er sagen wollen, dass er froh war. Oder vielleicht hatte er in diesen letzten Minuten, kaum noch am Leben, Schutz gebraucht, einen Schild gegen irgendein nicht zu ertragendes Licht. Als ich meine Hände unter dem Wasserhahn in der Küche wusch und sie langsam, Finger für Finger, am Rollhandtuch abtrocknete, dachte ich an all die Dinge, die sie schon getan hatten. Jetzt sind sie Moos auf den Augen eines toten Mannes gewesen. Vertraute Hände, den seinen sehr ähnlich: Breite Handrücken, lange Finger, kurze Nägel, die Haut an den Knöcheln schon etwas verschrumpelt, der Trauring lose. Sie fühlten sich leer an. Die leeren Hände, das war das Einzige, was ich fühlte.

Spätnachts saßen wir in seinem Arbeitszimmer, meine Mutter und ich. Sie waren da gewesen, um ihn aufzubahren, und hatten, wie mir schien, das Haus stundenlang mit ihrem traurigen Getrampel erfüllt, mit ihren Kübeln, ihren Leichentüchern. (»Alles ist zu brauchen, meine Liebe, alles, was sauber und hübsch ist. Ein alter Tischläufer, aber ja, der geht sehr gut.«) Sie hatten die Fenster weit aufgerissen, und das Haus war sehr kalt geworden. Er lag auf dem Doppelbett mit den sauberen Laken und dem überflüssigen Haufen von Kissen, wie ein kleiner Mann, der im Schneesturm umgekommen ist. Er lag etwas gekrümmt da, aber ich hatte nicht den Mut, hinzugehen und ihn geradezurichten. Der pfeifende Wind, der Desinfektionsgeruch, die Dunkelheit und das eisige Bett ängstigten mich gegen meinen Willen. Wir saßen behaglich, beinahe aufreizend behaglich im Arbeitszimmer. Ich hatte etwas Cognac gekauft, und meine Mutter war ein bisschen beschwipst. Jedes Mal, wenn eine Tür knarrte, blickten wir auf, sahen einander aber nicht an, um uns nicht gegenseitig zu alarmieren.

»Er war ein guter Mann«, sagte meine Mutter zum zehnten Male. »Niemand hat je gewusst, wie gut er war. Allein wie er dir und Jake am Anfang geholfen hat. Hast du es Jake schon gesagt? Er mochte George sehr gern. Es gibt viele Dinge, die ich an Jake nicht mag – ich weiß, ich habe das nie gesagt, und ich hoffe, ich habe es auch nie gezeigt. Aber er hatte George so gern, und George hatte ihn so gern. George hatte ihn *wirklich* gern.«

»Ich weiß«, sagte ich.

»Aus den anderen machte er sich nichts, obwohl er sich vielleicht an den Major gewöhnt hätte, wenn der am Leben geblieben wäre. Aber Jake … Ich weiß nicht, was es war, aber er hatte ihn wirklich gern.«

»Ja. Jake hielt auch viel von ihm.«

»Ich weiß.«

Schließlich brachte ich sie nach oben. Sie wollte bei mir in meinem alten Zimmer schlafen, so packte ich sie in Ireens Bett. Sie fing wieder an zu weinen, wollte aber keine Schlaftabletten nehmen.

»Es ist so schrecklich, daran zu denken … sein armer

Körper dort … aber er ist gegangen, und ich werde ihn nie wiedersehen …«

Ich strich über ihr krauses, graues Haar. Ihr Gesicht war in Tränen gebadet.

»Du glaubst nicht an Gott, nicht wahr?«

»Nein«, sagte ich.

»Ich auch nicht. George hat das nie erfahren, er wäre entrüstet gewesen, das glaube ich bestimmt … Du auch?«

»Nein, ich bin sicher, dass er nicht entrüstet gewesen wäre.«

»Ich wünschte, ich könnte es«, flüsterte sie. »Ich wünschte, ich könnte glauben, dass ich ihn wiedersehen werde. Denkst du nicht … dass das möglich ist?«

»Alles ist möglich«, sagte ich.

»Aber das nicht. O George, George.« Sie verbarg ihr Gesicht im Kissen. Sie war siebzig und hoffnungslos, ich wusste nicht, wie sie trösten. Ich ging zum Fenster und zog den Vorhang zurück. Es war zu dunkel, um den Kirchturm zu sehen.

»Ma …«

»Ich bin froh, dass er verbrannt werden wollte. Darüber bin ich wirklich froh. Es wäre entsetzlich …«

»Ma, hör zu.«

»Ihn sich beerdigt vorzustellen …«

Ich saß auf dem Bettrand und rüttelte sie an den Schultern.

»Ich möchte dir etwas sagen.«

Automatisch und durch jahrelanges Training an Gehorsam gewöhnt, drehte sie ihren Kopf zu mir und schluckte dabei die letzten Tränen hinunter: »Ja, Liebes?«

Ich schluckte, machte ein verlegenes Gesicht und vermied es, sie anzusehen.

»Nein!« sagte sie. *»Nein!«*

Ich nickte.

Sie setzte sich kerzengerade auf, stieß mich dabei beinahe vom Bett. Zornig rieb sie ihr Gesicht und wiederholte immer wieder:

»Das ist nicht möglich, das *kannst* du nicht. Mein liebes Kind, das *kannst* du nicht!«

»Na ja«, murmelte ich und zog eine Flaumfeder aus der Decke heraus, »so ist es nun mal …«

»Aber das ist doch Wahnsinn! Was denkt sich denn Jake dabei? Was?«

»Er weiß es noch nicht. Du bist die Erste, der ich es erzählt habe.«

»Aber wie *kannst* du bloß mit allem wieder von vorn anfangen? Wie *kannst* du bloß? Mein armes Kind, wirst du denn niemals daran denken, dich etwas auszuruhen? …« Ich brauchte nicht mehr zuzuhören, ich wusste das alles auswendig. Heimlich, gedeckt durch den Redeschwall, nahm ich zwei Schlaftabletten aus dem Fläschchen und griff nach einem Glas Wasser. »Du wirst noch mal mein Tod sein«, sie gebrauchte das Wort, als habe es gar keine Bedeutung. »Das wirst du – du wirst noch mal mein Tod sein. Kannst du denn *niemals* auf andere Leute Rücksicht nehmen? Zu Zeiten meiner Mutter gab es noch keine anständigen Verhütungsmittel, aber wie kannst du nur *erwägen* …«

In solchen Krisenmomenten, die sie liebte, verfügte meine Mutter über eine große Beredsamkeit. »Das auch noch! Das als Krönung von allem anderen! Ich bin froh, dass dein Vater das nicht mehr erlebt hat! Jawohl, das bin ich. Ich bin froh, dass dein Vater …«

»Man darf auch Glück haben.«

Helle Helle, SIE und BOB
Deutsch von Flora Fink

»Es tut mir leid«, sagte ich. »Ich hätte es dir nicht erzählen sollen. Hier, ich glaube, du solltest jetzt diese Pillen nehmen.«

Sie nahm sie, ohne zu bemerken, dass sie es tat. Ich drückte sie sanft in die Kissen zurück und strich die Decke glatt. Die ganze Zeit nörgelte sie herzhaft an mir herum, ihr Gesicht war rot vor Zorn. Ich machte die Nachttischlampe aus.

»Wann ist es denn so weit?«, fragte sie.

»Ach, noch ewig lange nicht. Nicht vor Oktober.«

»Oktober«, stöhnte sie und schloss die Augen. »Wie *willst* du das bloß schaffen.«

»Wir sprechen morgen früh darüber.«

»Leichtsinniges Mädel. Wie konntest du nur so … leichtsinnig …«

Plötzlich schlief sie ein. Ich ging hinunter, setzte mich an den Schreibtisch meines Vaters und schrieb an Jake. Ich sagte ihm, dass mein Vater tot sei und dass ich meiner Mutter, um sie abzulenken, erzählt hätte, ich sei schwanger. Ich sagte, es habe sie soweit wunderbar abgelenkt und es sei zufälligerweise auch die Wahrheit. Ich sagte, dass ich hoffe, es werde ihm nicht viel ausmachen, und dass ich selbst darüber sehr glücklich sei. Ich bat ihn, sich darum zu kümmern, dass die Putzfrau bezahlt würde und dass er den Kindern alles Liebe von mir ausrichten solle, und sagte ihm, dass ich sein Büro wegen der Einäscherung anrufen würde, und es würde meine Mutter sehr freuen, wenn er es schaffen könne, zu kommen. Ich unterschrieb »alles Liebe«, malte drei Kinderküsse unter den Brief und ließ ihn mit dem Porto für den Briefträger am nächsten Morgen auf dem Küchentisch liegen.

15

Jake kam zur Einäscherung herunter und brachte Dinah mit. Ich wusste nicht, was ich zu erwarten hatte, wenn mir auch klar war, dass er nicht mit Glückwünschen für mich in das Haus meiner Mutter hereinstürmen würde. Er ging schnurstracks an mir vorbei und küsste meine Mutter auf beide Wangen. Dann führte er sie am Ellbogen in das Arbeitszimmer.

»Ich weiß nicht, was für eine Laus ihm über die Leber gelaufen ist«, sagte Dinah, »den ganzen verdammten Weg über hat er kein Wort gesprochen.«

»Sprich nicht so in Gegenwart von Großmama, bitte.«

»Entschuldige. Außerdem ist er wie ein Verrückter gefahren.«

»O Dinah …«

»Doch, ist er. Sind sie alle sehr traurig?«

Ich lief ins Arbeitszimmer. Es war alles in Ordnung. Meine Mutter ging wieder den Katalog von Vaters Zuneigungen durch: »… und gerade gestern Nacht habe ich noch gesagt, wie sehr er an dir hing, Jake. Er war auch sehr stolz auf dich, weißt du? Erst letzte Woche, ich kann es jetzt gar nicht mehr glauben, aber erst letzte Woche sagte er: ›Schatz, wir müssen ins Odeon gehen und uns den Film von Jake ansehen.‹ Freilich war er lange nicht mehr aus gewesen, aber das schien doch solch ein Hoffnungszeichen. Und nun …«

»Gibt es irgendwas zu trinken?«, fragte Jake.

»O Gott«, sagte meine Mutter, »da kommen sie.« Sie fing wieder zu weinen an.

»Wir können nicht an die Haustür ran«, murmelte der Leichenbestatter, »könnte der Herr bitte seinen Wagen etwas wegfahren?«

»Kannst du deinen Wagen etwas wegfahren?«, fragte ich Jake. Ich dachte, er würde sich weigern, aber er fuhr ihn weg.

»Könntest du aufpassen, dass sie ihn richtig heruntertransportieren?«, fragte ich. »Ich werde mit Mutter in den Garten gehen. Sie möchte es nicht sehen, wie er weggetragen wird.«

Er gab keine Antwort. Dinah und ich führten meine Mutter über den Rasen, durch die Sträucher zum Gemüsegarten. Sie hatte den Hut auf, weinte immer noch. »Er liebte seinen Gemüsegarten«, sagte sie. »Wir brauchten nie irgendein Gemüse zu kaufen, bis zu diesem Winter, wo er ihn nicht mehr bearbeiten konnte. Erinnerst du dich noch an die Erdbeeren, Dinah? Du liebtest seine Erdbeeren.«

»Ja«, sagte Dinah, »die waren Klasse.«

»Er fand, du seiest genau wie deine Mutter gewachsen – er meinte natürlich, als sie so alt war wie du … Glaubst du, dass sie jetzt … fertig sind, meine Liebe?«

»Nein«, sagte ich, »lass uns noch einmal herumlaufen.«

Meine Mutter putzte ihre Nase und schmiegte sich dann wieder an Dinah. Wir senkten unsere Köpfe gegen den Wind und fingen noch einmal an, um die Kohlbeete zu gehen. »Aber sie war ein wildes, unbändiges kleines Mädchen«, sagte meine Mutter. »Wie hieß doch diese Freundin, die du im Sommer einmal zu Besuch hattest? Eileen – oder wie? George mochte sie, erinnere ich mich. Wie hieß sie?«

»Ireen«, sagte ich unbehaglich. »Du könntest dir dies hier parzellieren lassen, meinst du nicht?«

»Ireen, richtig. Sie hat deinem Vater damals geschrieben, einen so reizenden Brief. Sie schrieb, sie wünschte, ihr Vater wäre so wie *er*. George war so bescheiden, er war ganz böse mit mir, weil ich den Brief gelesen hatte. Es kommt mir wie gestern vor, und nun … Er hat noch nicht einmal Lebewohl gesagt.«

»Lauf und sieh nach, ob sie fertig sind«, sagte ich zu Dinah.

»Okay.« Sie rannte wie eine Frau, nicht wie ein Mädchen, die Knie eng zusammen, die Füße weit auseinander. Vielleicht war es grausam, aber ich hätte mir gewünscht, sie würde weinen, betrübt sein. Hatte sie ihn geliebt? Liebte sie überhaupt jemanden? Liebte sie selbst mich? Was würde sie sagen, wenn ich ihr erzählte, dass ich wieder schwanger war? Würde sie es … widerlich finden?

»Sag Dinah nichts. Über das Baby, meine ich. Du wirst es nicht tun, nicht wahr?«

»Selbstverständlich nicht, meine Liebe. Aber Jake weiß es doch hoffentlich?«

»Ja, Jake weiß es.«

»Es kommt mir so schrecklich vor, dass er noch ein Enkelkind haben wird … wenn er nicht mehr da ist. Du weißt, er liebte Kinder. O ja, er wurde oft ärgerlieh und pflegte zu sagen, du hättest viel zu viele. Aber er hat sie immer geliebt, das weißt du.«

»Ja«, sagte ich, »komm jetzt, sie sind fertig.«

Wir fuhren nach Luton mit einer Geschwindigkeit von

etwa fünfzehn Kilometern. Mein Vater in seinem Sarg an der Spitze. In dem Daimler gab es keinen Aschenbecher, und jedes Mal, wenn Jake eine Zigarette zu Ende geraucht hatte, kurbelte er das Fenster herunter und warf den Stummel hinaus. Meine Mutter hatte schließlich aufgehört zu reden. Ich hatte Jake noch nie so blass, so abgezehrt gesehen. Er saß mit dem Rücken zu den Leichenbestattern, den Mantelkragen hochgeschlagen, und rauchte in kurzen, zornigen Zügen. Dinah hustete unentwegt. Ich wagte nicht, etwas zu sagen. Meine Mutter nahm meine Hand und hielt sie fest. Am Krematorium standen ein paar Verwandte, alle Angestellten aus dem Fabrikbüro und drei oder vier Arbeiter. Außerdem die Abgesandten vom Rotary-Club, vom Stadtrat und von der Britischen Legion. Dinah klappte den Kragen von Jakes Mantel herunter, er lächelte sie schwach an. In der Kapelle stand ich zwischen Dinah und meiner Mutter, aber ich war mir nur der Gegenwart von Jake bewusst. »Kämpfe den guten Kampf«, sangen die guten Freunde meines Vaters, »mit all deiner Macht, Christus ist deine Kraft, Christus hat es vollbracht …«

Jake stand da, mit den Händen in den Taschen. Ich fühlte, dass er Hände und Zähne zusammengepresst hatte und dass er schwitzte. Es hätte wie Trauer aussehen können, aber ich wusste, dass es Zorn war. »Schwanke nicht, noch fürchte dich«, sangen die Rotarier, »Christus holt dich zu sich …« Meine Augen brannten von Tränen, aber nicht für meinen Vater. Meine Mutter drückte meine Hand. Sie war froh, mich doch noch weinen zu sehen.

Die Türen öffneten sich, der Sarg und die Kränze sanken langsam in den gut funktionierenden unsichtbaren Verbrennungsofen. Dinahs Augen waren weit aufgerissen, ihre Lippen geöffnet, sie war erschüttert. Wir knieten nieder, und der Geistliche begann mit einem hergeleierten Gebet. »Oh, warum kann er nicht still sein«, flüsterte meine Mutter wild. Ich wünschte, dass Jake das gehört hätte. Ich fühlte, dass er mich ansah, und wandte mich schnell um. Er starrte mich an. Ich lächelte. Er drehte sich weg und bedeckte seine Augen mit der Hand. Bisher war ich besorgt gewesen, jetzt aber erschrak ich. Ich betete, aber nicht für meinen Vater im Feuer. Lass alles gut werden. Mach, dass alles gut wird. Mach, dass er mich nicht mehr so ansieht.

Kaum waren wir zu Hause angekommen, so fuhr er ab und nahm die verdutzte und lästerlich protestierende Dinah mit. Meine Mutter sagte: »Er scheint außer sich zu sein. Ich wünschte, ich könnte glauben, dass es wegen George ist. Aber ich befürchte, es ist etwas *ganz* anderes.«

16

Zu erklären, was zwischen Jake und mir vor sich ging, ist unmöglich, das weiß ich. Wir liebten uns nicht so, wie die meisten Leute sich lieben; und doch, in dem Augenblick, wo ich das ausgesprochen habe, denke ich an die Männer und Frauen, die ich gesehen habe, wie sie sich, die Augen voller Hass, umarmen; Männer und Frauen, die sich gegenseitig mit allen Waffen der Ergebenheit umbringen. Es gibt nichts Neues unter der Sonne, und selbst ich habe die »Ursprünge von Liebe und Hass« gelesen – wenigstens teilweise. Das ist etwas, was du nicht in deinen Zeitschriften finden kannst, Ireen, obwohl du es mittlerweile, wenn du noch lebst, vielleicht gelernt haben magst.

Einer der größten Unterschiede zwischen Jake und meinen früheren Männern ist, dass sie alle friedfertige Männer waren, dabei großer physischer Anstrengungen fähig. Jake dagegen ist ein gewalttätiger Mann, der seine körperliche Trägheit als Verkleidung trägt. Schläfrig, liebenswürdig, stets bemüht zu gefallen, faul, tolerant, vielleicht sogar in mancher Beziehung etwas dumm, das ist die Persönlichkeit, die er als Mann von Welt trägt. Seine unzerstörbare Energie, seine Angriffslust, seine Grausamkeit und sein Ehrgeiz sind gut versteckt.

Vielleicht hätte er sie mich nie sehen lassen sollen. In dem Augenblick, als mir klar wurde, wogegen ich liebend kämpfte, wusste ich auch, dass ich zwangsläufig am Ende verlieren musste. Ich verzichtete auf die Formalitäten der Zärtlichkeit, des Mitleids, der üblichen Schmeichelei, die einem wohldisziplinierten Massaker vorausgehen sollten. Ich kämpfte, nehme ich an, wie eine Frau: Ich stieß verwirrende Schreie aus, machte irreführende Bewegungen und versetzte dem Gegner Tiefschläge. Es war mir unmöglich aufzugeben, aber ich konnte auch nicht fliehen. Ich war einfach kein Gegner für Jake. Er fuhr fort, mich zu lieben, selbst als ich geschlagen war und mit weit klaffender Wunde dalag, leer, ohne Gedächtnis und ohne Hoffnung.

Meine Mutter fing an, meinetwegen nervös zu werden. Ich legte die Dinge an den falschen Platz, vergaß das Kamingitter, wurde verschwenderisch mit dem Waschpulver. Sie war außerdem in melodramatischer Stimmung wegen meiner Schwangerschaft und empfahl mir, doch mehr Gin zu trinken. Wie mir schien, hatte sie sich genügend erholt, um allein gelassen zu werden: Ich hatte seit der Einäscherung nichts mehr von Jake gehört, und obwohl ich jede Mitternacht zum Telefon ging, fest entschlossen, ihn anzurufen, konnte ich mich doch nie dazu bringen. Ich hatte nicht etwa Angst vor seinem Zorn, den hätte ich begrüßt. Ich hatte Angst, dass er nicht da sein würde.

Ich rief Dinah an und sagte ihr, dass ich zurückkäme. Sie sagte: Gott sei Dank, zu Hause sei alles ein Chaos.

Was denn für ein Chaos, fragte ich drängend. Sie wusste es nicht. Alles ging prächtig. Sie war Deistin geworden. Ja, seit der Einäscherung. »Allen geht's gut, aber komm schnell zurück, es ist ein absolutes Chaos.«

Es schneite in London. Das Haus war leer, als ich ankam. Ich ging durch die Räume auf der Suche nach Lebenszeichen.

Es gab sehr wenige. Die Puppen, Bären und Pferde waren ordentlich in Reihen gelegt, die Tagebücher und Kugelschreiber lagen säuberlich auf den Nachttischen, die Plattenspieler waren angeschlossen, die Bücher standen alle in den Regalen, wenn auch einige auf dem Kopf. In Dinahs Zimmer Bilder von brüllenden Gitarristen und Bücher von Tindal und Voltaire. Im Zimmer der Jungen: Gagarin und Glenn und eine nicht fertig gebaute Meccano-Windmühle. Im Zimmer der Kinderschwester brannte noch der elektrische Ofen, eine schmutzige Teetasse stand herum mit einem Zigarettenstummel auf der Untertasse. In Jakes Arbeitszimmer nichts: Die Schreibmaschine zugedeckt, Aschenbecher sauber, Papierkorb leer. Es war so, als ob man in das Haus eines Fremden käme oder in ein durch eine Seuche entvölkertes Haus. Was sind das für Leute? Wer sind diese Kinder verschiedenen Alters und Geschlechtes? Fühlen sie, denken sie, freuen sie sich auf etwas, können sie sich erinnern? Sind sie glücklich? Sie hatten draußen im Garten Schneemänner gebaut. Sie waren ein Heerbann, selbstständig und in sich geschlossen. Ich hatte plötzlich Angst vor ihnen. Angst, dass sie mich, wenn sie zurückkamen, hier auf verbotenen Wegen finden und kalt über mich ihr Urteil fällen würden. Auf der anderen Seite des Gartens konnte ich ein großes Feuer sehen, das die Männer vom Abbruchkommando angezündet hatten. Die Flammen schlugen hoch, gespeist von Kamineinfassungen und Türen. Das Feuer zermalmte sie und spie sie aus, voller Gier.

Ich ging zum Boden hinauf. Schnee hatte sich dick auf das Dachfenster gesetzt, und ich konnte ohne Licht nichts sehen. Ich kramte ein Feldbett heraus und eine Gummibadewanne. Das Gummi war brüchig und klebte zusammen. Ein hoher

Stuhl und eine Waage waren am anderen Ende des Bodens aufgestapelt, aber ich konnte nicht an sie herankommen, ohne erst ein Dutzend Koffer aus dem Weg zu räumen. Ich hörte unten im Haus die Haustür zuschlagen. Ich warf das Feldbett und die Gummibadewanne wieder in den Winkel des Bodens und schloss die Tür. Was würden sie denken, wenn sie mich hier oben beim Herumstöbern fänden? Sie würden denken, ich sei verrückt geworden.

Zuerst, als Jake und ich geheiratet hatten – nachdem die drei ältesten Kinder weggeschickt worden waren –, lebten wir beide nur an den Abenden richtig zusammen. Wie bei Schauspielern begann unser Leben erst, wenn der Vorhang gefallen war. Wir aßen, stritten und liebten, kochten und tranken und redeten die ganze Nacht durch, während das Publikum schlief. Dann, angefangen mit Dinah, begannen die Kinder länger aufzubleiben. Sie brauchten Hilfe bei den Schularbeiten. Sie brauchten Essen. Sie brauchten Unterhaltung. Sie nahmen mehr und mehr von unserem Leben in Anspruch. In einem aussichtslosen Versuch, noch etwas für uns zu behalten, gaben wir ihnen Wohnschlafzimmer, Fernsehapparate, neue elektrische Heizkörper. Aber erst um acht Uhr, dann um neun Uhr und dann um zehn Uhr saßen sie geduldig in einer Reihe auf dem Sofa, in der Erwartung, mit uns zu reden oder Spiele zu spielen, oder vielleicht einfach nur, um uns zu beobachten. Mit Augen, unruhig wie kleine Maden, warteten sie darauf, von uns erzogen zu werden. Die Atmosphäre war so geladen von meinem schlechten Gewissen und von Jakes Erbitterung, dass sie für mich unerträglich wurde. Aber die Kinder atmeten sie ganz friedlich ein. Es waren jetzt mehr Große, die abends gelangweilt länger aufblieben, als Kleine, die man mit geputzten Zähnen brav ins Bett schicken konnte. Die Kinderschwester entledigte sich ihrer Pflichten, wie sie es nannte, um halb acht, wobei sie es fast nie unterließ zu betonen, dass sie einen Zwölfstundentag hinter sich gebracht habe. Um allein zu sein, gingen wir aus – in die große schmutzige Kneipe an der Ecke, ins Kino, irgendwohin, wo uns niemand kannte und wo wir uns, wenn uns danach war, auch so benehmen konnten, wie es weder unserem Alter noch unserer Stellung entsprach. An diesem Abend, nach meiner Heimkehr, kam ein Ausgehen nicht in Frage. Wir warteten widerwillig und mit brennender Ungeduld, dass sie ins Bett gehen würden.

Endlich, zögernd, mit traurigem Rückwärtsblick auf den herrlichen Tag, zogen sie ab. Sie konnten sehr gut allein fertig werden, aber da ich doch weg gewesen war, ging ich mit, hob Socken auf, öffnete Fenster, bat sie, sich zu beeilen, und brachte sie zu Bett. Ermutigt hielten sie meine Hände fest, einer immer eifersüchtig auf den anderen, und wollten alles über Tod, Sex und andere Sachen wissen, die, wie sie hofften, mich interessieren könnten. Wenn eines von ihnen mich über Gebühr mit Beschlag belegte, forderte ein anderes, man solle mich in Ruhe lassen. Wenn eines von ihnen mich zurückrief, um mir noch etwas zu erzählen, sagte ein anderes vernichtend: »Du bist ein Biest, kannst du nicht sehen, dass sie müde ist.« Als ich endlich Dinah verließ, betäubt von der Möglichkeit der Existenz eines höheren Wesens, hatte sich mein Verlangen, mit Jake allein zu sein, abgekühlt und dem Wunsch Platz gemacht, zu vergessen, aufzuschieben, zu schlafen.

»Ich nehme an, du bist müde«, sagte er. Das waren die ersten Worte, die er seit beinahe zwei Wochen direkt zu mir gesprochen hatte.

»Ja, das bin ich.« Ich setzte mich, streifte meine Schuhe ab und streckte meine Zehen. Unter dem Schutz dieser nonchalanten Geste blickte ich zu Jake hinüber. Er spürte es und sah mich an. Wir drehten uns beide dem Feuer zu, wie zu einer dritten Person.

»Du siehst furchtbar müde aus«, sagte ich.

»Bin ich auch.«

»Du siehst – schrecklich aus.«

»Ich fühle mich auch schrecklich.«

Wieder Schweigen. Wie viele Nächte hatten wir in diesem Zimmer gesessen, hatten einander geprüft, einander aufgespürt und auf den Moment gewartet, um zuzuschlagen? Ein Jahr von Nächten zwischen Philpot und jetzt? Nein, mehr. Wir waren beide neun Jahre älter. Neun Jahre gewitzter und neun Jahre abhängiger.

»Es tut mir leid«, sagte ich. »Ich weiß, dass du außer dir bist. Ich weiß, dass du dieses Kind nicht willst.«

»Du weißt es?«

Ein solcher Hoffnungsstrahl erhellte sein Gesicht, dass er blinzelnd dasaß, als ob er davon geblendet sei. Tatsächlich hatte ich es nicht gewusst. Vielleicht hatte ich sogar gedacht, dass er durch irgendein Wunder jetzt froh sein würde. Ich fand mich wieder, wie ich neben ihm kniete, seine schlaffen Hände in meinen. »Es tut mir leid. Liebster, liebster Jake, es tut mir leid …«

Er sagte nichts.

Ich sagte: »Ich weiß jetzt, wie das ist, wenn man jemanden

in andere Umstände bringt. So muss man sich dabei fühlen. Ich habe dich in andere Umstände gebracht, nicht?«

»Da ist nichts zu ändern.«

Die lastende Resignation in seiner Stimme brachte mich zur Verzweiflung. Wenn er mich angeschrien, mich geschlagen hätte, dann hätte ich mich wehren können. Aber er schloss mich aus, zog sich in seine Lethargie zurück.

»Es wird alles gut werden«, sagte ich. »Ich verspreche es dir. Du wirst es gernhaben, wenn es geboren ist, das tust du doch immer. Vielleicht wird es ein Junge. Du hast noch lange nicht genug Buben, du hast noch nicht mal so viele wie Giles. Eins mehr wird keinen Unterschied machen, ich verspreche es dir. Der Turm wird fertig sein, und wir werden den Sommer dort verbringen. Wenn wir den Turm haben, können wir uns auch mehr ausbreiten, wirklich, und du wirst es bestimmt nicht merken, Jake, das verspreche ich dir …«

»Schon gut«, sagte er. »Es macht nichts.«

»Aber natürlich macht es was. Ich kann kein Kind haben, das du nicht willst.«

Er sah mich traurig an. Er war nicht da. Irgendetwas in ihm war stehen geblieben. »Daran hättest du vorher denken sollen«, sagte er und lächelte beinahe.

»Du meinst, du willst … du willst es *wirklich* nicht?«

»Nein.«

Ich richtete mich auf, berührte ihn und fühlte mich gedemütigt dadurch; ungeschickt kam ich auf meine Füße. Ich stand mit dem Rücken zu ihm und sah mich in dem mir vertrauten Zimmer um, bemerkte die Wände, Fotoalben aus der Zeit, die wir miteinander verbracht hatten, Bilder, Gegenstände, Dinge.

»Was … was willst du dann?«

»Es kommt wohl kaum darauf an, oder?«

»Oh … ich verstehe.«

Mit der Zeit hatte ich mich an Furcht gewöhnt. Sie verwirrte mich nicht mehr wie damals in der Nacht, als Philpot gegangen war. Klopfendes Herz, trockener Mund und nur den einen Gedanken im Kopf: Rette mich. Während sie kam und wuchs und ich sie erlitt, wusste ich, dass ich mich nicht vor dem fürchtete, was er gesagt hatte, sondern vor dem Grund, aus dem er es sagte.

»Warum?«

Er zögerte.

»Mach dir nicht etwas zurecht«, sagte ich. »Sag mir nur warum.«

»Weil ich nicht will, deswegen.«

»Gut, ich verstehe.«

Die Stille war die Stille eines Black-outs auf der Bühne, während der die Schauspieler leise zu ihren neuen Markierungen laufen. Sie dauerte länger als die Bilder dazwischen, in denen wir immer dasselbe taten, aber in verschiedenem Ausdruck. Ich drehte mich um und sah ihn an. »Aber … *warum*?«

Er seufzte, blickte mich an. Ich nehme an, ich sah lächerlich aus, ohne Schuhe, verwüstet, mit steifen Händen meine Antwort verlangend. Er klopfte auf die Lehne seines Sessels: »Komm her.«

»Nein.«

»Ich will dir die Wahrheit sagen.«

»Dann sag mir die Wahrheit.«

»Aber komm her.«

Ich ging langsam zu ihm. Nach einem Augenblick fing er an, mein Haar zu streicheln, als wäre ich ein Hund, der beruhigt werden musste.

Er beginnt damit, dass er sagt, er ist kein guter Mensch wie ich, aber er sagt nicht, was er mit gut meint. Er sagt, er ist schwach, ungeduldig, und man darf ihm nicht trauen. Er hat in der Vergangenheit sein Bestes getan, aber selbst da hat er bei mir versagt, schmählich versagt. Glaubt er das? Warum diese plötzliche Bescheidenheit? Ich möchte es glauben. Ich möchte meine Augen schließen und mich von Lügen einwickeln lassen. Jake ist demütig.

Er weiß, was bei mir nicht stimmt. Er hat mir immer das Falsche gegeben. Materielle Dinge. Er hat mich vernachlässigt. Vielleicht ist das wahr. Er hat niemals vorher so gesprochen: beinahe etwas feierlich, ein wenig hochtrabend. Er fühlt das so. Es ist ihm ernst damit. Jake versucht, etwas zu sagen, was ihm ernst ist. Wegen dieser seiner Kurzsichtigkeit bin ich dazu gekommen, mein Leben als sinnlos und leer zu empfinden. Und das mit Recht. So war es, ich hatte vollkommen recht, so zu fühlen. Und da er keine Hilfe für mich war, hatte ich den einzigen Ausweg genommen, den ich kannte: Ich hatte beschlossen, noch ein Kind zu bekommen.

Er gibt mir nicht die Schuld. Jake gibt sich selbst die Schuld. (Sagt er nicht, ich wusste es eben nicht besser? Nun, wenn er es sagt, ist es wahr.) Seine erste Reaktion war die, dass er sich hintergangen fühlte. Deswegen, sagt er, hat er sich bei der Einäscherung so schlecht benommen. Dann, nachdem er mich dort gesehen hatte, fing er an nachzudenken. Jake fing an zu denken. Er dachte nach, alles bis zu Ende, und es wurde ihm klar, dass er es war, der mich hintergangen hatte. Er hatte mich im Nichts gelassen, und ich hatte einfach nach dem gegriffen, was ich kriegen konnte, dem Einzigen, von dem ich glauben konnte, es werde mich wieder glücklich machen.

Gut. Gut, Jake, rede weiter. Die Angst ist leichter geworden, das Feuer ist warm, Liebe ist einfach. Jemand erklärt mir etwas, versteht mich. Ich ruhe jetzt aus. Ich will alles glauben.

Er will sich nicht selbst entschuldigen, aber die Aufgabe, uns alle zu erhalten, hat ihn immer in Angst gehalten. Jahrelang hat er, von Panik getrieben, schlechte Filmskripts angenommen, alles, was sich ihm bot, Sachen, die er gar nicht machen wollte. Wobei er so nach und nach sein eigenes Talent zerstört hat – aber darauf kommt es ja gar nicht an, wichtig ist, dass er uns durchgebracht hat und dass wir heil und lebendig davongekommen sind. Aber Ironie, die blutige Ironie dabei ist: Gerade in diesem Augenblick, wo ihm klar geworden ist, wie sehr er mich liebt, wo wir zum ersten Mal anfangen können, Pläne zu machen für ein glücklicheres und vernünftigeres Leben, gerade in diesem Augenblick, wo wir anfangen könnten, an ein bisschen *Freiheit* für uns zu denken – da bin ich wieder schwanger. Das Ganze fängt wieder von vorne an. Statt Liebe und einer guten Zeit – er meint selbstverständlich nicht eine gute *Zeit*, sondern eine *gute* Zeit –, statt der Möglichkeit, zusammen zu verreisen, etwas von der Welt zu sehen, unseren Horizont zu erweitern, unsere, wie er annimmt, besten Jahre zu genießen, statt all dem noch ein Kind. Für ihn ist es tragisch. Wir hätten so ganz anders leben können. Aber jetzt … es ist tragisch.

Nun hört er auf zu reden. Die Flammen im Kamin sehen durch meine Tränen wie Eiszapfen und Stalaktiten aus. Ich spreche nicht, denn er hat ja etwas noch nicht gesagt.

Selbstverständlich weiß er, mein Gott, und ob er das weiß, dass der Gedanke an Abtreibung für mich widerlich ist. Für ihn ja auch. Er würde es mir nicht im Traum vorschlagen – ich müsse zugeben, dass er das nie getan habe. Es ist nur so, der Doktor, dieser Psycho da, hat gesagt, ich solle kein Kind mehr haben. Ich bin mitten in der Behandlung, sagt Jake, gegen Depressionen. Eine Abtreibung wäre völlig legal. Nichts wäre heimlich, hässlich, nichts dergleichen. Trotzdem, meint er, wird es wohl das einzig Richtige sein, es zu riskieren, das Kind zu bekommen und sich eben wieder in die Arbeit zu stürzen. Sie wollen ihn für sechs Monate in Hollywood haben. Er hatte es ausschlagen und stattdessen den ganzen Sommer über Ferien machen wollen. Er hatte sich gewünscht, die Kinder wieder richtig kennen zu lernen, sagt er. Mit ihnen auszugehen, sie abzubürsten und ihre Gesichter abzuwischen. Und jetzt – nun ja, so ist das Leben. Reg dich nicht auf, Liebling, weine nicht. Ich will doch, dass du *glücklich* bist. Großer Gott, schließlich hätte er mich doch in alles hineingebracht. All die langweiligen Monate und die Schmerzen zum Schluss. Er wünschte ja nur, er könnte mich da wieder herausholen, solange es noch Zeit ist.

Ich sage immer noch nichts. Er hat recht. Ich glaube ihm. Aber ich kann es nicht sagen. Ich komme mir wie ein Sturzbach vor, der eingedämmt, mit Gewalt zurückgehalten, in neue Kanäle gelenkt wird. Ich bin ein totes Gewicht, wie Wasser.

Er fragt mich, ob ich ihn liebe. Ich nicke stumpfsinnig, eine

Stumme. Er wartet, streicht mir wieder übers Haar. Nach einer kleinen Weile werde ich ihm sagen, dass ich tun werde, was er will, dass das wichtiger für mich ist als das Kind. Aber noch nicht. Noch einige wenige Minuten wollen wir hier sitzen und uns wundern.

Heute früh bekam ich einen Brief. Er war mir von einer Zeitschrift nachgeschickt worden, die im vorigen Monat ein Bild von uns gebracht hatte und eine Geschichte über Jake, wie er angefangen habe, Filmskripte zu schreiben, um die schlimmste Not zu lindern. Er ist auf blauem Papier geschrieben und kam in einem, man nennt es, glaube ich, Manila-Umschlag – solche, wie man sie für Rechnungen benutzt.

> *»Liebe gnädige Frau«*, heißt es darin: *»Ich sah ihr Bild mit all Ihren wundervollen Kindern in einem Buch bei der Schneiderin, und ich las von dem Glück, das Sie im Leben hatten. Da kam mir der Gedanke, an Sie zu schreiben, denn vielleicht können Sie mir etwas sagen, was mir weiterhilft, weil ich Hilfe dringend nötig habe, und Ihr Gesicht sieht freundlich aus, sodass ich hoffe, Sie nehmen es mir nicht übel. Ich fühle mich so entsetzlich allein und so voll von falschem Selbstmitleid, dass ich an Sie schreiben musste, und wenn auch nur deswegen, um mir alles von der Seele zu reden. Vielleicht wird dieser Brief Sie nie erreichen, ich werde ihn vielleicht nicht aufgeben, aber mein Leben ist so schwer zu leben und so ein leerer Fleck, dass ich fühle, wie ich am liebsten jetzt Schluss damit machen möchte. Ich bin verheiratet und habe drei Kinder, alles reizende kleine Geschöpfe, die ich innig*

liebe. Vor vier Monaten wurde mir durch eine Operation die Gebärmutter entfernt. Ich stehe morgens um sechs Uhr auf und gehe abends um neun Uhr zu Bett. Meine wöchentliche Wäsche für uns alle, inklusive der eines Jungen, der bei uns wohnt, wasche ich in einem Kupferkessel, so einem, wo man Feuer drunter anmacht. Ich habe in der Woche zehn Zimmer und zwei Toiletten zu putzen, koche täglich das Essen für uns sechs und versuche auch, meine Kleinen glücklich zu machen. Ich gehe also nie abends aus oder mache Ferien. Mit meinen Abzahlungen für die Kreditanschaffungen bin ich im Rückstand; am Sonnabendmorgen werde ich ausgezahlt, am Sonnabendabend bin ich schon blank. Vielleicht geht's mir im Vergleich zu anderen gut, aber ich bin so unglücklich und weine so leicht. Mein Mann schläft nicht mehr mit mir, was mir alles noch der Mühe wert erscheinen lassen könnte. Bitte schreiben Sie mir, bevor ich etwas tue, was ich bereuen werde, denn meine Liebe für die Kleinen wird mich nicht zurückhalten, wenn sich die Dinge nicht ändern.
Ihre ergebene
Mrs. Meg Evans

PS Es tut mir leid, wenn ich Sie belästige, aber Sie haben es ja auch nicht immer so leicht gehabt, und so hoffte ich, Sie würden verstehen.«

Was sollte ich Mrs. Evans sagen?

»Liebe Mrs. Evans, in der Anlage ist ein Scheck über zehn Pfund. Da er selbstverständlich steuerfrei ist, ist er das Doppelte wert …«

»Liebe Mrs. Evans, ich stehe kurz vor einer Abtreibung, vielleicht können Sie mir ein paar Ratschläge geben.«

»Liebe Mrs. Evans, wir haben einen schönen Turm auf dem Land, bringen Sie alle Kinder mit und leben Sie dort …«

»Liebe Mrs. Evans, wir kriegen alle, was wir verdienen, ich selbst werde kein Kind mehr haben. Warum nicht Italienisch lernen oder sonst etwas Nützliches tun …«

Liebe Mrs. Evans, meine Freundin. Liebe Mrs. Evans, um Gottes willen, kommen Sie und lehren Sie mich, wie man lebt. Es ist nicht, dass ich es vergessen hätte, es ist, dass ich es nie gewusst habe. Ein Schoß ist nicht das allein Wichtige. Er ist nur der Sitz des Lebens, etwas, das den Mond vom Himmel zieht wie einen Drachen und das Meer hineintreibt und hinaus – hinein und hinaus –, das Atmen der Welt. Auf der Schule rief das Wort Schoß gewöhnlich Gekicher hervor. Frauen sind nicht wichtig.

Sie haben doch eine Stimme abzugeben, Mrs. Evans. Warum machen Sie keinen Gebrauch davon? Ich kann wählen. Wahrhaftig, man sollte meinen, dass die Emanzipation der Frauen nie stattgefunden habe. Liebe Mrs. Evans, lassen Sie uns zusammen zu unserem Hauptquartier am Ort marschieren, lassen Sie uns protestieren, und zwar mit aller Klarheit. Lassen Sie uns unsere Anträge vorlegen, unseren Sachverhalt zusammenfassen, unseren Fall präsentieren, unsere Rechte verlangen. Die Männer – natürlich sind sie logisch, tapfer, menschenfreundlich, schöpferisch, heroisch –, die Männer verhöhnen uns. Wie die Beleidigungen fliegen. Hören Sie, was sie sagen, während wir zwischen Schoß und Grab Spießruten laufen? »Hör auf, zu versuchen, ein Mann zu sein! Hör auf, so eine verdammte Frau zu sein! Ihr seid zu stark! Ihr seid zu schwach! Hinaus mit euch! Kommt zurück!« – Als wir jung waren, sagten wir: »Zum Teufel mit allem«, und benutzten unsere Brüste als Schilde. Aber Tränen fallen so leicht, wenn die Liebe weggenommen wird. Seien Sie ein Mann, Mrs. Evans! Das ist alles, was Ihnen noch übrigbleibt.

»Was ist das?«, sagte Jake. Er sah auf den Brief und nahm ihn mir weg. »Oh, so irgendeiner.« Er segelte in den Papierkorb. Er legte seinen Arm um mich. »Nicht wieder geweint?«

»Nein.«

»Ich war beim Doktor. Er meint, dass du völlig recht hast.«

»O gut.«

»Er sagt, du brauchst nicht zu ihm zu kommen, solange du nicht möchtest!«

»Ich möchte nicht.«

»Er wird an diesen … Frauenarzt schreiben. Ich habe für morgen eine Stunde für dich ausgemacht.«

»Danke.«

»Du bist so tapfer. So fabelhaft. Es wird bald vorbei sein.«

»Es macht mir nichts aus.« Ich hielt ihn fest. »Solange du glücklich bist.«

»Ich bin sehr glücklich.«

Während er mich, ziemlich steif, in seinen Armen hielt, hafteten meine Augen auf dem Papierkorb; dort lag das einzige Zeugnis, das ich auf der Welt dafür hatte, dass ich nicht allein war.

17

Sie beendeten nicht nur meine Schwangerschaft (wie sie es nannten). Sie machten mich auch unfruchtbar, sodass ich mir nie wieder Sorgen über das Kinderkriegen zu machen brauchte. Ich war mit allem einverstanden. Ich glaubte nicht nur an Jake, ich begann auch, wenn auch noch sehr behutsam, an mich zu glauben. Es war so, als betastete ich in der Dunkelheit mein Gesicht mit meinen Fingerspitzen.

Zuerst lag ich und starrte stundenlang auf das trübe, längliche Ding von Fenster zur Linken meines Bettes. Ich stellte mir all die anderen Patienten in der Privatklinik vor, wie sie in derselben Haltung dalagen, ihre Fenster Magneten für Augen, die in sich kaum bewegenden Köpfen saßen. Die Wunde schmerzte nicht, aber zum ersten Mal in meinem Leben konnte ich meinen Körper nicht frei bewegen. Aufgeschnitten und dann wieder zugenäht zu werden, macht einem klar, was alles noch unter der Haut und den Muskeln sitzt: Wir sind nur mit Leben voll gestopft und können leicht aufplatzen. Jake hütete sich, mich zu berühren oder zu viele Fragen zu stellen. Er kam jeden Abend auf dem Rückweg vom Studio vorbei und blieb, bis sie mir meine heiße Milch und die Pillen brachten. Gewöhnlich aß er mein Essen, da er seins immer versäumte und ich nicht hungrig war. Er hielt meine Hand, und wir sprachen ziemlich oberflächlich über seine Arbeit, den Turm, die Kinder. Wir sprachen nicht über die Zukunft. Er schien sich verausgabt zu haben. Ich war ziemlich scheu ihm gegenüber, so wie man es zu jemandem ist, mit dem man geschlafen hat, aber nur ein einziges Mal.

Nach ein paar Tagen sagten die Krankenschwestern, jetzt sei ich schon lebendiger. Jakes Blumenhändler schickte jeden Morgen Blumen. Das Zimmer war mit Blumen überfüllt. Da war eine blassrosa Azalee von den Conways – »herzlichste Grüße von Bob und Beth« – und ein japanischer Garten von John Hurst, komplett mit Brücken. Blumen kamen telegrafisch aus Hollywood, New York und Rom: Bei allen hieß es alles Liebe, mit herzlichen Grüßen, herzlichste Grüße, selbst von Leuten, die ich noch nie kennengelernt hatte. Ich hatte den Eindruck, dass Jakes Welt weit offen stand, erwartungsvoll bereit, mich aufzunehmen, während meine schon abgetan und erledigt war, mit dem Abfall verbrannt.

Jeden Morgen kam Jakes Sekretärin mit Zeitschriften, Büchern und Briefen. Ich durfte sie zum Einkaufen wegschicken, wenn ich etwas brauchte. Ich hatte sie vorher nie richtig kennengelernt, aber jetzt fing mir an klar zu werden, dass auch sie mit Jake lebte. »Oh, Mister Armitage würde mir den Kopf abreißen, wenn ich das täte ... Oh, bei Mister Armitage wissen Sie nie, was er als Nächstes tun wird ... Na ja, Mister Armitage weiß natürlich nicht, wie das ist, wenn man jeden Morgen so früh von Croydon wegmuss ...« Sie war ein blasses, blutarmes Mädchen, mit einem großen Bienenkorb von gelbem Haar und einem Freund bei einer Versicherungsgesellschaft. Ihre Mutter litt unter Schwindelanfällen, von denen sie nie wusste, wann sie kommen würden. Manchmal musste sie in ihrer Mittagszeit nach Croydon zurückrasen, nur um mit einem Schwindelanfall ihrer Mutter fertigzuwerden. »Wissen Sie, es ist niemand sonst da, der nach ihr sehen kann. Der beunruhigende Gedanke, dass sie mich nicht erreichen kann, das ist die eigentliche Sorge. Sie könnte zum Beispiel jetzt das Büro anrufen oder bei Ihnen zu Hause oder in Elstree. Ich denke immer, eines Tages komme ich nach Hause und finde sie tot. Sie verstehen das natürlich, aber sagen Sie es nicht Mister Armitage. Ich muss zusehen, meinen Job zu behalten. Aber ich weiß von einem Tag auf den anderen nicht, ob sie mich anrufen wird, ich soll heimkommen, oder ob sie mich am Ende nicht erreichen kann, und ich komme nach Hause, und sie ist tot.«

Dinah besuchte mich nach der Schule. Sie brachte ein kleines Sträußchen Veilchen mit, die Stiele in Silberpapier eingewickelt. »Du meine Güte«, sagte sie staunend, »neben all den anderen Blumen, die du bekommen hast …« Ich sagte ehrlich, dass ich die Veilchen lieber hätte. Ich wusste nicht, wie ich ihr erzählen sollte, warum ich hier war. Ich wusste nicht, was ich ihr erzählen sollte. Schließlich erzählte ich ihr gar nichts.

»Es ist irgendwas mit dem – Unterleib, nehme ich an, ja?«

»Ja«, sagte ich, »so ungefähr.«

»Passiert das allen?«

»Nein, natürlich nicht.«

»Mensch, weißt du, es ist verteufelt, eine Frau zu sein. Sieh dir die Männer an. Sie tun, was sie wollen. Es macht mich krank, wenn ich an Männer denke.«

»Ja, wirklich?«, fragte ich. Zum ersten Mal sah ich sie als ein ruhendes Ganzes, nicht mehr als Teil einer sich immer bewegenden Kette. Ich fragte mich, ob all die Kinder mir allmählich so erscheinen würden, ganz klar, mit scharfen und endgültigen Konturen: das Jüngste für immer das Jüngste, mit niemandem, der es tyrannisieren oder beschützen konnte. Sie schienen mir jetzt viel näher als die ganzen Jahre vorher. Ich sprach mit Dinah über sie. Wir analysierten jedes. Wo Dinah etwas auszusetzen hatte, verteidigte ich; wo ich kritisierte, sagte Dinah, das sei etwas Vorübergehendes. Sie war noch da, als Jake kam, und die Krankenschwestern sagten, sie müssten mich sofort verlassen, wenn ich in der Nacht stürbe, wären sie dran schuld.

»Hallo«, sagte Dinah, »ich hab dich ja Ewigkeiten nicht gesehen.«

»Nein«, sagte Jake. »Wie geht's? Was macht Trotzki?«

»Da kann man mal sehen, wie wenig du auf dem Laufenden bist. Wenn du mal früh aufstehen würdest, hätte ich Gelegenheit, dich zu sehen.«

»Und wenn du nicht schon um halb acht Uhr morgens das Haus verlassen würdest, damit du um neun Uhr in der Schule bist, hätte ich Gelegenheit, dich zu sehen. Was treibst du eigentlich? Es dauert doch wohl nicht anderthalb Stunden, von zu Hause nach South Kensington zu kommen?«

»Doch, das tut es«, sagte Dinah. »Wenn du nicht gerade einen Jaguar hast.«

Sie ging, und ich sagte: »Vielleicht solltest du nicht so oft hierherkommen. Du solltest sie öfter sehen. Du solltest nachsehen, ob alles in Ordnung ist.«

»Die wissen sich schon zu helfen«, sagte er. »Jedenfalls gehe ich immer sofort nach Hause, wenn ich von hier komme.«

»Warum siehst du dann Dinah nicht? Du gehst doch immer ziemlich früh, so gegen zehn.«

»Sie ist immer schon im Bett oder … rumort in ihrem Zimmer herum, oder was weiß ich.«

»Ach, tut sie das?«

»Ja«, schrie er mich plötzlich an. »Das tut sie! Habe ich dir das nicht erzählt?«

»Entschuldige …« Zum ersten Mal bewegten sich meine Hände unwillkürlich nach meinem Bauch hin. Sie lagen über dem heißen Verband der Wunde, die ich noch nie gesehen hatte. Ich beobachtete Jake, wie er die Blumen inspizierte.

»Es tut mir leid, dass ich geschrien habe. Ich bin müde.«

»Ist schon gut.«

»Hast du an die Conways geschrieben und dich für das hier bedankt?«

»Ja.«

»Gut. Leute wie Conway, weißt du, sind sehr empfindlich.«

Es war beinahe Zeit, wieder nach Hause zu gehen. Ich wusste jetzt, es war gut so, dass ich das Leben wieder meistern würde. Obwohl Jake und ich nie darüber sprachen, war ich voller Pläne. Den ganzen Tag lang, wenn ich allein war, machte ich Pläne. Ich hatte die Kinderschwester nie leiden können: Sie musste gehen. Ich würde die Kinder wieder zu mir heranziehen, und im Sommer würden wir im Turm leben. Ich würde mit Jake leben. Mir wurde klar, dass ich zum ersten Mal in meinem Leben mit ihm schlafen konnte ohne Gefahr. Gefahr? Zum ersten Mal in meinem Leben konnte ich wirklich mit einem Mann schlafen, aus reiner Lust. Es war ein bestürzender Gedanke, als sei mir plötzlich die Gabe, in allen Sprachen zu sprechen – die Fähigkeit zu fliegen gegeben. Ich konnte meine Liebe kaum zügeln, sie zuckte wie Blitze aus meinen Armen und meinen Augen. »Sei vorsichtig«, sagte Jake. »Du wirst dir wehtun.« Ich lachte, bis mir die Tränen kamen und es wirklich wehtat. »Du bist verrückt«, sagte Jake, »was ist los mit dir?«

»Nichts, ich liebe dich. Ich war ein solcher Narr.« Er legte mich in die Kissen zurück. »Nein«, sagte er, »ein Narr bist du niemals gewesen.«

Am nächsten Morgen zogen sie mir die Fäden. Sie kamen zu der Zeit, in der Jakes Sekretärin einzutreffen pflegte. Deshalb bat ich sie, ihr zu sagen, sie möchte warten. Ich sah zum ersten Mal die Wunde. Sie war größer, als ich erwartet hatte, ein langer, blutverklebter Schnitt zwischen meinem Nabel und meinem rasierten Schambogen. Sie war sehr hässlich. Sie klebten ein Pflaster darauf und sagten, sie werde bald verschwinden. Ich wusste, dass sie logen. Eine Narbe ist, was man ein besonderes Kennzeichen nennt. Sie verschwindet nie.

Jakes Sekretärin kam beinahe eine Stunde zu spät. Sie kam buchstäblich ins Zimmer gerannt, mit wippendem Bienenkorb; ihre Wimperntusche war ausgelaufen, und ihr Gesicht war wie mit kleinen schwarzen Fußspuren bedeckt. »Es ist passiert«, sagte sie, »ich war nicht im Büro, gerade fünf Minuten, als sie anriefen. Sie haben sie ins Krankenhaus gebracht.«

»Sie hätten nicht hierherkommen sollen. Beeilen Sie sich. Nehmen Sie ein Taxi.«

»Ach, ich wusste nicht, was ich tun sollte. Mister Armitage sagte mir, ich solle ihm seine Post ins Studio bringen, weil er heute nicht ins Büro kommt. Ich muss doch meinen Job behalten, ich kann es nicht tun, Mrs. Armitage. Ich dachte, ob Sie ihm wohl die Post heute Abend geben würden? Ich muss ihn natürlich anrufen, ich weiß nicht, was er sagen wird, wahrscheinlich wird er mich rausschmeißen.« Sie weinte in ein verknülltes Taschentuch und wühlte mit der freien Hand in der Aktentasche. Ich sagte, sie solle die Post, was es auch sei, auf dem Tisch lassen, gab ihr ein Pfund für das Taxi, versprach ihr, die Sache mit Jake in Ordnung zu bringen, und bat sie, mich anzurufen und zu sagen, wie es ihrer Mutter ginge. Sie lief weg, indem sie ihr Haar festhielt, ein Mädchen mit einem verzweifelten Problem. Ich rief Jake im Studio an. Er sagte: »Zum Teufel mit dem Weib.«

»Sie kann doch nichts dafür, Liebling, sei doch ein bisschen nett.«

»Hier ist ein Haufen Arbeit, der auf sie wartet. Was soll ich nun bitte machen?«

»Du musst dir eine andere ausborgen. Ist das so schlimm?«

»Eins von diesen Kamelen hat Schnupfen, und John geht herum und erzählt der gesamten Studiobelegschaft, dass Dough lieber Regie bei Werbefilmen im Fernsehen führen sollte. Dante hat mal wieder Launen, und Beth ist immer noch nicht zurück. Was meinst du mit – schlimm?«

»Noch nicht zurück, von wo?«

»Sie ist seit einer Woche weg. Weiß der Himmel, was mit ihr los ist. Also ich sehe dich heute Abend, wenn ich bis dahin noch am Leben bin.«

»Pass auf dich auf.«

Ich stand auf und ging im Zimmer umher. Ich kannte es schon so gut, dass ich es genau rekonstruieren konnte, wenn ich mit geschlossenen Augen im Bett lag: grünbemalte Möbel mit einem etwas verwaschenen Schablonenmuster, ein Rohrstuhl mit Kretonkissen, ein Riss in der Wand über dem Kleiderschrank (wozu brauchen kranke Leute Kleiderschränke?), flache Hähne am Waschbecken, die jeden Morgen geputzt wurden, ein Schränkchen mit Tintenflecken, eine viktorianische Kommode, zwei Kretonstreifen, die an Elfenbeinringen vorm Fenster hingen. Man konnte in diesem Zimmer nichts anderes tun als herumlaufen. Ich bürstete mein Haar mit dreihundert Strichen, gab der Azalee Wasser, kürzte die Stängel der Narzissen mit der Nagelschere, sah aus dem Fenster. Es war ein launischer März, sie sagten, es hätte über dreißig Grad. Dinah, immer auf dem Laufenden, erzählte mir, dass die Schildkröten aus ihrem Stroh herausgekommen wären. Ich konnte nur eine spitze Ecke blauen Himmels sehen und die Leute, die tief unten auf der Straße hutlos und mit offenen Mänteln gingen; in einer Woche würden die Arbeiter fertig sein, und dann konnten wir in den Turm ziehen. Ich war in Jake verliebt, es war die Liebe einer Bekehrten, voller Leidenschaft, und sie erfüllte mich. Ich sang, während ich im Zimmer herumwerkelte. Die Krankenschwester, die mir das Essen hereinbrachte, sagte: »Sie zwitschern ja schon ganz fröhlich, höchste Zeit, dass wir Sie loswerden.«

Am Nachmittag zogen sie die beiden Kretonstücke zusammen, nahmen mir die Kissen weg und sagten, ich müsse schlafen. An diesem Nachmittag war ich so aufgeregt wie ein Kind vor einer Party. Ich konnte nicht schlafen, ich konnte nicht ruhen. Ich machte eine Liste: Kindermädchen hinauswerfen, Sachen für den Turm heraussuchen, ausmisten, Spediteur anrufen, Leute zum Putzen suchen, Jakes Hemden, zum Friseur gehen, reinen Tisch machen. Ganz unten hin schrieb ich: Jake lieben. Als das erledigt war, entschloss ich mich zu packen, um am Morgen die Zeit dafür einzusparen. Es dauerte nicht lange. Ich war enttäuscht, dass ich dann müde war, und das Pflaster zerrte und brannte. Vom Nachmittag war erst eine halbe Stunde vergangen. Was jetzt. Bis vier Uhr war das Telefon außer Betrieb, die Schwestern ruhten sich gründlicher aus als die Patienten. Ich hatte alle Bücher für Jake auf dem Tisch aufgestapelt, damit er sie abends mit nach Hause nehmen konnte. Da musste doch eines sein, das ich noch nicht gelesen hatte. Ich stand auf und sah sie durch. Nein, ich hatte sie alle gelesen. Müßig und gelangweilt sah ich den Stapel von Jakes Briefen durch. Einige waren an Mister und Misses Jake Armitage adressiert, aber ich machte mir nicht die Mühe, sie zu öffnen. Dann war da ein malvenfarbener Umschlag mit einer großen, verschnörkelten Handschrift, auf dem »persönlich« stand. Ich warf ihn oben auf den Stapel und ging ins Bett zurück. Ich lag da und sah den malvenfarbenen Umschlag an. Nach einer Weile stand ich auf und öffnete die Briefe, die an uns beide adresssiert waren: Reklamesachen, Einladungen, nichts Interessantes. Dann riss ich den malvenfarbenen Umschlag auf, ich schlitzte ihn achtlos mit dem Daumen. Das malvenfarbige Papier trug einen malvenfarbigen Aufdruck: *Beth Conway*. Ein Pfeil von diesem Briefkopf deutete nach unten auf zwei Worte, die unterstrichen waren: *Braucht Armitage*. Ich dachte sehr klar, ich will das nicht lesen. Ich will das nicht lesen. Ich glaube, ich setzte mich irgendwohin, auf das Bett oder auf einen Stuhl. Jedenfalls hielt ich den Brief auf meinem

Schoß, weil es mir zu schwer schien, ihn hochzuhalten. Die Handschrift war die eines sorglosen Kindes.

»Jakebaby!
Wie geht es dir, mein Moniglämmchen? Kannst du es immer noch ohne mich aushalten? Es tut mir so schrecklich leid, armer Liebling, aber du weißt warum, und es lässt sich nicht ändern, ich hoffe nur, dass wir hinterher weitermachen können. Wie tapfer, mutig und stark du bist, das alles allein durchzumachen. Aber ich habe es ja immer gewusst, dass du das in dir hast. Sage dem alten B. und allen anderen, dass ich am Montag zurück sein werde, und wenn es auf einer Tragbahre sein müsste. In diesem Fall lass es besser eine doppelte sein, ha, ha!
Abgesehen davon, dass ich vor Angst beinahe verrückt werde, fängt es jetzt an, mir besser zu gehen. Aber sie sprechen davon, mich nächste Woche zum Psychiater zu schicken. Es ist nicht der Psychiater, den ich brauche, wie du am besten weißt. Ich schreibe dies draußen im Garten, und die Sonne brennt wie im Hochsommer herunter. Und ich denke an dich und an Tunis und den alten Sunset Strip, ob wir dort je wieder hinkommen? Es ist so süß von dir, zu sagen, wie sehr du mich gerade jetzt nötig hast, und es ist mir ganz schrecklich, dass ich dir noch mehr Sorgen mache, anstatt sie wegzustreicheln. Aber halt durch, Jakebaby, und lass deine Augen nicht auf eine der Zuckerpuppen fallen, die da im Studio herumstreichen; wenn es darauf ankommt, versagen sie, wie du sehr gut weißt. Ich spar mich für dich auf, wie du es mir gesagt hast, obwohl es ganz schön schwierig ist (du verstehst!).

Wenn du wieder schreibst, Liebster, sei bitte sehr vorsichtig (ich weiß, du bist es immer), aber manchmal kriegt Bob die Post vor mir, und er liest immer alle meine Briefe. Bis Montag also, und dann!!
Viele Liebe und Küsse
Beth.«

Ich ging zum Waschbecken und übergab mich. Ich konnte spüren, wie die Lippen meiner Wunde sich öffneten, als ob die Wunde mich auslachte.

18

Die Teestube hieß wie viele Teestuben »Kupferkessel«, obwohl ich bezweifle, dass sich in dem Laden überhaupt ein Kessel befand. Wenn man Tee bestellte, bekam man ihn schwarz, in einem Glas mit Bastbehälter, und süßte ihn mit braunem Zucker. Es wurde nur Schwarzbrot serviert. Es gab Musik, italienischen Twist von einem Tonband. Es war sehr dunkel, wofür ich dankbar war.

»Ich habe es mir zur Aufgabe gemacht«, sagte Bob Conway, »ein paar Tatsachen über Jake Armitage herauszufinden. Er treibt es schon seit Jahren. Aber ich nehme an, das wissen Sie.«

»Was heißt, er treibt es?«

»Nebenverdienst des Autors. Er kriegt die, die die Stars nicht wollen. Da ist so ein kleines Hotel ganz nahe beim Studio – na, ich nehme an, dass es ganz nahe bei jedem Studio so kleine Hotels gibt. Ziemlich teuer, würde ich denken, für ein paar Stunden, aber das spielt für ihn ja keine Rolle, oder?«

»Ich wollte doch bloß nicht … der einzige Mensch sein, der es weiß. Wäre ich die Einzige geblieben, würde sich Jake nichts draus machen.«

»Ganz bestimmt nicht. Er hat sie heute früh angerufen, wissen Sie das?«

»Ja, er hat es mir erzählt.«

»So. Und er hat ihr bis gestern jeden Tag Blumen ins Studio geschickt, wissen Sie das auch?«

»Das ist der Blumenhändler. Jake denkt nie daran, etwas abzubestellen. Er ist nie …«

»Seien Sie nicht blöd, Herzchen. Er ist verrückt nach ihr. Sie selbst hat es mir ja gesagt. Er ist ganz wild nach ihr.«

Wenn man in eine Folterkammer geht und verlangt, gefoltert zu werden, dann hat es keinen Sinn, sich über Schmerzen zu beklagen. Wenn man Sam's Lane mit Mister Simpkin hinaufgeht, kann man nur sich selbst die Schuld geben, wenn er einen überfällt. Der Schmerz und das Böse wollen nur gebeten sein, niemand wird einen davor beschützen. Gardinenpredigten auf Musterstücken, Traktätchen über Tatbestände, Legenden einer sterbenden Seele aufgeprägt – das kannte ich alles.

»Er liebt sie nicht«, sagte ich.

»Liebe? Was ist Liebe? Davor war es Dante; wie's scheint, schmusten sie dauernd im Studio herum, bis sie ihn sattbekam. Wie ich höre, taugt er nicht viel im Bett. Bisschen klein, was?«

Ich warf den Stuhl um, als ich aufstand. Er packte mein Handgelenk, stand auf, wobei er es festhielt, kam um den Tisch herum, hob den Stuhl auf und zwang mich, mich wieder hinzusetzen. Meine Wunde schrie, und ich krümmte mich, wobei mein Arm quer über den Tisch gezerrt wurde.

»Ich bin krank …«, sagte ich, »Bitte …«

»Sie hatten eine Abtreibung, nicht wahr?«

Ich nickte.

»Wissen Sie auch, warum Sie eine Abtreibung hatten? Weil Beth im Grunde ihres Herzens ein gutes Mädchen ist, sie hätte ihn verlassen. Er brachte Sie dazu, damit er Beth behalten konnte. Eine entzückende Idee, nicht wahr?«

»Lassen Sie mich gehen, lassen Sie mich gehen!«

»Seien Sie doch nicht kindisch. Lassen Sie uns die Sache vernünftig besprechen. Wir sitzen beide im gleichen Boot, wir müssen zusammenhalten.«

Ich zog meine Hand zurück, sie fühlte sich wie gebrochen an.

»Also«, sagte Conway, »wollen Sie sich von ihm scheiden lassen?«

Ich schüttelte den Kopf.

»Gut. Freut mich zu hören. Armitage geht mich einen Dreck an, aber Beth geht mich was an. Ich liebe sie nämlich. Das mag für Sie verrückt klingen, ist aber wahr. Ich beabsichtige nicht, sie zu verlieren. So, und von jetzt ab werde ich mit jeder Frau schlafen, die mir über den Weg läuft, und jedes Mal, wenn ich es getan habe, werde ich es Beth erzählen. Ich werde sie leiden lassen, bei Gott, sie wird alles zu hören kriegen: wann, wo, wie, wie oft. Und ich kann Ihnen sagen, ich bin kein Eierkopf mit Miniaturmaßen, ich weiß, was ich imstande bin. Aber mit Beth, nein, Beth lasse ich links liegen. Die würde ich nicht einmal mit der Feuerzange anfassen, und wenn sie sich ihre Schlüpfer auszöge und angekrochen käme ...«

»Ich gehe jetzt.«

»O nein, noch nicht. Wir sind noch nicht fertig. Wenn er sie jemals wieder anruft oder trifft, dann haue ich ihn in die Pfanne, verstehen Sie? Ich zerreiß ihn in der Luft. Das können Sie ihm sagen.«

»Nein.«

»Besser, Sie täten es. Der ist ja noch nicht einmal erwachsen. Kein Erwachsener, Ihr Mann, er ist ein Rotzjunge. Er kann noch nicht mal mit einem Mädchen schlafen, ohne dass die ganze Welt davon erfährt. Beth sagt, er hat sie mit seinem Gequatsche krank gemacht. Ich habe sie beim Kopf ihres Kindes schwören lassen, dass sie die Wahrheit sagt. Ich habe das Baby hereingeholt und habe ihr gesagt, sie soll bei seinem Kopf schwören. Sehen Sie, das ist mein Standpunkt. Wenn er versucht, sich wieder mit ihr in Verbindung zu setzen, werde ich es erfahren, verstehen Sie? Also sagen Sie ihm, dass er's sein lassen soll.«

»Das müssen Sie ihm selbst sagen.«

»Ich will nicht mit ihm sprechen. Ich mag seine weibische Stimme nicht hören.«

»Ist das alles? Ich will jetzt gehen.«

»Nur noch eines. Ich werde Beth genau beobachten, verstehen Sie? Sie schwört, dass sie die Wahrheit sagt, aber ich werde sie beobachten. Wenn sie in einer Sache lügen kann, kann sie es auch in einer anderen. Ich könnte natürlich auch ins Studio gehen und all die kleinen Mädchen ausfragen. Aber da Sie nun mal da sind ...«

Ich starrte ihn an. Seine Hand kroch über den Tisch und kam wie ein kleines heißes Tier über die meine.

»Ist es wahr, dass er im Bett mit Vorliebe ...«

Ich rannte und weinte, die Arme fest an meinen Bauch gepresst. Es war eine Einbahnstraße, und der Bürgersteig sehr eng. Jake, o Jake, wo bist du? Rette mich, ich sterbe. Ich bog in eine breite Straße ein und hörte auf zu rennen. Ein dunkler Streifen breitete sich auf der Vorderseite meines Rockes aus.

Ich zog meinen Mantel darüber zusammen, machte kleine Schritte und versuchte, meinen Körper steif zu halten. Es ist meine Schuld, meine eigene Schuld. Alles ist meine eigene Schuld. Ich wusste, dass ich drauf und dran war, meinen Verstand zu verlieren, weil dies sinnlos nagende Bewusstsein, dass es meine eigene Schuld sei, in irgendeinem Teil meines Kopfes, der gar nicht da war, fortbestand. Jetzt sagte etwas meinen Namen. Ich ging weiter und trug meinen Verstand wie einen hohen, zerrenden Luftballon. Es ist deine eigene Schuld. Und dann hörte ich meinen Namen. Jemand nahm meinen Arm und zwang mich stehen zu bleiben. Ich sah ganz nah in das Gesicht eines Mannes, und der sagte meinen Namen.

»Giles«, sagte ich.

Seine Hand lag noch auf meinem Arm. Er starrte mich an. Ich sah, wie Freude sich in Verwirrung wandelte, Verwirrung in Besorgnis. Er war freundlich und gut, das war er immer gewesen. Wo seine Hand meinen Arm berührte, floss Leiden herüber und hinüber, eine gegenseitige Übertragung von Schmerz. Er begann zu sprechen, aber ich ließ ihn mitten in einem Satz stehen, weil ich das bei ihm aufsteigende Mitleid nicht ertragen konnte.

19

»Es ist nicht wahr. Was kann ich denn noch mehr sagen? Der Mann ist verrückt, er will dich doch nur verletzen. Es ist deine eigene Schuld. Du hast diese ganze verdammte Sache von Anfang an selbst auf dich gezogen.«

»Hast du mit Philpot geschlafen?«

»O Gott, warum diese alten Sachen wieder ausgraben? Es ist Jahrhunderte her. Es ist bereits Geschichte.«

»Hast du?«

»Ja, natürlich habe ich.«

»Aber du sagtest mir … du hättest nicht.«

»Jawohl, ich habe dich angelogen. Was hättest du denn sonst von mir erwartet?«

»War es hier? Im Haus?«

»Wahrscheinlich. Ich kann mir nicht vorstellen, wo ich sonst mit ihr geschlafen haben sollte.«

»Oft?«

»Warum quälst du dich selbst immer weiter? So oft wir konnten, nehme ich an. Zum Teufel, es kommt doch jetzt nicht mehr darauf an.«

»Es kommt jetzt auf nichts mehr an, denke ich. Und doch, auf etwas kommt es noch an.«

»Natürlich. Auf die Zukunft.«

»Nein. Nicht auf die Zukunft, auf die Wahrheit.«

»Siehst du denn nicht ein, dass wir glücklich waren, ehe

du die Wahrheit wusstest? Zu was ist es schon gut, immerfort die Wahrheit aufzuspüren? Sie ist immer unerfreulich.«

»Also nur Lügen sind erfreulich?«

»Gewöhnlich ja. Deswegen erzählen die Leute sie ja. Um das Leben erträglich zu machen.«

»O ja, ich verstehe.«

»Die Geschichte ist erst dadurch zum Albtraum geworden, dass du dich mit Conway getroffen hast. Vorher war es ein Nichts. Ich nehme an, du bist dir klar darüber, dass ich das Mädchen heiraten muss, wenn er sich scheiden lässt?«

»Warum?«

»Ich muss zu ihr stehen.«

»Und was ist mit all den anderen? Musstest du nicht zu denen stehen?«

»Es gab keine anderen!«

»Wie viele?«

»Ich hab's dir doch gesagt! Keine!«

»Wie viele?«

»Ein halbes Dutzend, ein Dutzend, ich weiß nicht. Was macht es denn schon aus, wie viele?«

»Als du weg warst, oder als du hier warst?«

»Ich nehme an, als ich weg war! Beruhigt dich das?«

»Ja, wenn es wahr ist.«

»Dann war es, als ich weg war. Mir ist das verdammt egal.«

»Warum hast du mich geheiratet, Jake?«

»Weil ich dich liebte.«

»Warum hast du mich geheiratet?«

»Ich habe ein … Milieu geheiratet, nehme ich an.«

»Was denkst du über die Ehe?«

»Ich glaube nicht, dass sie in Wirklichkeit existiert. Es gibt nur menschliche Wesen in Situationen, die sie sich selbst schaffen. Was denkst *du* über die Ehe?«

»Was denkst du über menschliche Wesen?«

»Dass sie traurig sind und einsam.«

»Ist das alles?«

»Weiß Gott, alles … Giles rief heute an, während du weg warst. Du weißt … dein Gatte. Giles. Er sagte, er hätte dich gesehen.«

»Ja, wir haben uns auf der Straße getroffen.«

»Er fragte, ob es dir auch gut ginge. Er sagte, du wolltest nicht mit ihm sprechen.«

»Ja, das stimmt. Ich habe nicht mit ihm gesprochen.«

»Warum?«

»Ich … ich wusste nicht, was ich sagen sollte.«

»Also, ich finde es etwas merkwürdig, wenn er nach Gott weiß wie vielen Jahren anruft …«

»Dreizehn.«

»Um zu fragen, ob es dir auch gut geht. Ich hätte gedacht, du würdest dich in seine Arme stürzen und ihn bitten, dich zurückzunehmen, wenn ich bedenke, wie sehr du mich hasst.«

»Ich hasse dich nicht.«

»Natürlich tust du das. Sonst hättest du's Conway nicht erzählt.«

»Ich habe nicht an dich gedacht. Ich habe an mich selbst gedacht.«

»Immerhin, das ist ehrlich. Das ist die Wahrheit.«

»Warum bist du mit ihr ins Bett gegangen?«

»Oh, um Himmels willen.«

»Warum?«

»Aus Neugier, Eitelkeit. Um jung zu bleiben.«

»Hast du sie geliebt?«

»Ich fand sie … anziehend.«

»Aber hast du sie geliebt?«

»Ich liebe dich. Ich weiß nicht, was das bedeutet, Liebe.«

»Hast du niemals, in irgendeinem Fall mal versucht … es nicht zu tun?«

»Du weißt, ich habe keine Selbstbeherrschung.«

»Als ich in der Klinik war … hat dir das nichts ausgemacht?«

»Aber natürlich hat es mir was ausgemacht. Ich habe dich doch jeden Abend besucht, oder?«

»Und manchmal gingst du hinterher zu ihr. Manchmal hatte sie eine Ausrede für Conway und traf dich, nachdem du von mir weggegangen warst.«

»Das ist nicht wahr.«

»Wo hast du sie getroffen? Irgendwo in der Nähe der Klinik? Wartete sie da auf dich?«

»Es ist einfach nicht wahr.«

»Wie oft?«

»Nur ein paar Mal. Sie war auch krank. Sie konnte nicht viel ausgehen.«

»Wo habt ihr euch getroffen?«

»In einem Hotel natürlich. Wo, glaubst denn du, hätten wir uns treffen sollen?«

»In der Nähe der Klinik?«

»Nicht weit davon. Ich weiß nicht mehr, wo. Jedenfalls passierte nie etwas. Was willst du? Was soll das?«

»Hast du dich eingetragen?«

»Nein!«

»Du meinst, es gibt Hotels, wo man für ein paar Stunden hingehen kann, ohne dass man sich eintragen muss.«

»Ja, wenn du bezahlst. Großer Gott, warum findest du all das nicht selbst heraus, wenn du es unbedingt wissen willst? Warum fragst du von allen Leuten ausgerechnet mich?«

»Du hast ihr gestern Blumen geschickt.«

»Ja, ich habe ihr gestern Blumen geschickt. Ab heute habe ich den Auftrag abbestellt. Warum hörst du nicht auf? Warum stirbst du nicht?«

»Wieso sollte ich sterben?«

»Ich weiß es nicht. Es ist mir egal. Warum verlässt du mich nicht?«

»Wir können einander wohl nicht verlassen.«

»Nein, ich wünschte bei Gott, wir könnten es.«

»Wenn du mich das Kind hättest haben lassen …«

»Das war dein Entschluss. Du hast aus eigenem freiem Willen entschieden.«

»Aber es hat keinem von uns beiden geholfen. Oder? Wir hatten beide unsere Gründe, wir haben beide versagt.«

»Ich weiß nicht, wovon du redest. Red nicht mehr darüber. Ich halte das nicht mehr aus.«

»Was sollen wir also tun?«

»Vergiss es. Ich liebe dich, ich habe dich immer geliebt. Vergiss es.«

»Er sagte, dass du sie liebst. Er sagt, dass du sie krank machst mit deiner … Liebe.«

»Also das ist nicht wahr. Was kann ich mehr sagen? Der

Mann ist verrückt, er will dich bloß elend machen. Es ist deine eigene verdammte Schuld – Briefe aufzumachen, zu den Leuten darüber zu reden. Du hast dir die ganze Geschichte selbst zuzuschreiben.«

»War Philpot die Erste, oder gab es noch andere davor?«

»Nein. Natürlich gab es keine anderen.«

»Wie viele? Wer waren sie?«

Und so waren wir wieder da, wo wir begonnen hatten. Es gab kein Ende. Man lernt nichts dadurch, dass man andere verletzt; man lernt nur, wenn man selbst verletzt wird. War ich früher lebenstüchtig gewesen, unwissend, stürmisch und liebend, so war ich jetzt eine vollendete Megäre, die eine Leere um sich schuf, in der die eigene Leere vielleicht überleben würde. Solange dies andauerte, hätten wir eingesperrt werden sollen, oder man hätte uns erlauben sollen, einander physisch umzubringen. Aber wenn man uns die Wahl gelassen hätte, hätten wir einander nicht umgebracht, sondern jeder sich selbst.

20

Jetzt wurde mir klar, wie ausschließlich ich mit Jake beschäftigt gewesen war. Ich brauchte die Außenwelt, aber ich hatte keine Ahnung, wo sie zu finden war. Zum ersten Mal brauchte ich Freunde, es waren keine da. Allzu starke Hingabe an unser sexuelles Leben und an die Familie hatte uns jungfräulich gelassen, was jede andere Art von Bindungen betraf. Wir sagten, wir hätten Freunde, so wie Schulkinder – vollauf beschäftigt mit Noten, Herzen und Andenken – sagen, sie hätten Liebhaber. In einem randvollen Adressbuch stand nicht eine Person, mit der ich hätte sprechen oder an die ich hätte schreiben können. Wenn du dich je in einer solchen Lage befunden hast, Ireen, und wenn du deiner Überzeugung gefolgt bist, dann wirst du selbstverständlich einen Halbtagsjob angenommen oder einen Kochkurs absolviert haben, oder du hast dich in Bridge oder Spiritismus gestürzt. Denk nicht, dass ich dich verachte. Im Gegenteil. Jetzt endlich beneide ich dich. Ich hatte nur eins verstanden: mich selbst ganz hinzugeben. Nun war nichts mehr übrig, was ich geben konnte. Es ist eine moralische Geschichte, die beweist, dass es besser ist, das Leben mit kleinen Schritten zu nehmen und in kleinen Schlucken zu trinken anstatt, wie ich, zu glauben, dass es einen Reichtum gibt, der sich unablässig erneuert.

Die Wunde wollte nicht heilen. Ich bekam Spritzen und Pillen, ich wurde gestopft und untersucht. Mein Körper, der bisher immer genau das getan hatte, was ich von ihm wollte, begann boshaft zu werden. Ich fing an, mich krankhaft zu schämen, ich vermied es, mich nackt zu sehen, und zog mich im Verborgenen aus. Die Idee, dass ich eine Art von Monstrum sei, wuchs und wuchs in mir, nur manchmal gehemmt durch die schwachen Attacken meiner eigenen Vernunft. Jake schlief mit mir, zum Trost, nach den schrecklichen abendlichen Kämpfen. Danach, wenn er eingeschlafen war, waren meine Gedanken so abscheulich, dass ich mich, wenn sie zu Tränen wurden, ganz bewusst erleichtert fühlte und wie in Narkose zu mir selbst sagte: Das ist ja nur ein Traum.

Ich wollte nach Hause fahren, aber jetzt, da mein Vater tot war, gab es kein Zuhause mehr, wohin man gehen konnte. Nur ein Haus, wo meine Mutter trauerte und Gott dankte, dass ich zu guter Letzt doch noch zur Vernunft gekommen war. Jake erzählte mir, er habe gehört, dass Conway Nacht für Nacht stockbetrunken durch London torkele. Ich wusste es, weil er mich eine Woche lang nach unserem Treffen jeden Tag mit so gemeinen Beschimpfungen angerufen hatte, dass ich nicht mehr ans Telefon ging und, wenn ich allein zu Hause war, den Hörer von der Gabel nahm. Ich fing an zu trinken, weil der Gedanke, dass ich trank, mir eine Art von Persönlichkeit gab. Jedes Mal, wenn ich mir am einsamen Nachmittag einen Cognac einschenkte, konnte ich zu mir sagen: »Ich bin eine Frau, die trinkt.« Es war mehr die tatsächliche Handlung als der Cognac selbst, die mir Mut gab. Zur Teezeit konnte ich dann am Kopfende des Tisches sitzen und einigermaßen ruhig den Kindern zuhören, obwohl ich sie nicht verstand. Sie lärmten wie eine Einquartierung, stopften sich mit Brot und Schokolade voll, tranken große Becher voll Milch und gesüßten Tee hinunter, ein Wunder an Unschuld und Indifferenz. Der Gedanke, dass diese halbe Tonne von hungrigem, wachsendem, fühlendem Fleisch und Gehirn aus meinem Leib gekommen war, hätte mich vielleicht befriedigen sollen. Aber da mir meine eigenen Instinkte, Werte und Überzeugungen abhandengekommen waren, hatte ich nichts, was ich ihnen anbieten konnte. Und was sie mir anboten – Abhängigkeit, Liebe, Vertrauen –, schien mir eine ungeheure Verantwortung, die ich nicht länger tragen konnte.

Der Turm war fertig geworden. Als wir hinkamen, sah er traurig und albern aus, wie ein Denkmal für einen in Ungnade gefallenen Helden, eine Narretei, erbaut für eine Feier, die abgesagt wurde. Immerhin, wir füllten ihn pflichtgemäß mit Möbeln, mit jungen Katzen, die die Kinder in einer Hecke gefunden hatten. Wir brachten ihn in Gang, weil wir Geld hatten. Zu Hause in dem schäbigen, sterbenden Haus, in dem mein Vater uns etabliert hatte, wurde die Vergangenheit nie ganz vergessen. Im Turm gab es nur die Zukunft. Wir verließen ihn und sagten, wir würden im Sommer wiederkommen. In der Zwischenzeit stellten wir Frauen an, ihn sauber zu halten, wie man Leute für ein Grabgewölbe anstellen könnte, in dem man in Frieden zu ruhen hofft.

21

»Wir dachten uns, es wäre sicher ganz lustig«, sagte der junge Mann, »wenn Sie uns erzählten, was Sie über die Bombe denken. Ich meine, Sie haben doch all die Kinder, nicht wahr?«

»Ja«, sagte ich.

»Das ist fabelhaft.« Er setzte sich etwas bequemer auf dem Sofa zurecht. Ich hatte das Gefühl, dass er nicht ganz sicher war, ob er auch im richtigen Haus wäre. »Es tat mir so leid, zu hören, dass es Ihnen nicht gut gegangen ist.«

Ich nahm eine Zigarette aus der Dose auf dem Schreibtisch, las den Firmennamen rund um das Mundstück – Jake rauchte jetzt Gauloise – und machte den Deckel sorgfältig wieder zu.

»Wo haben Sie das gehört?«

»Die Sekretärin Ihres Mannes hat es mir gesagt, am Telefon.«

»Sie haben telefoniert?«

»Um eine Verabredung auszumachen. Die Sekretärin sagte …«

»Dass ich nachmittags immer zu Hause bin?«

»Ja, das ist richtig. Sie sagte, Sie wären nachmittags immer hier.«

»Haben Sie ihr gesagt … was Sie wünschen?«

»Aber natürlich.«

Ich steckte die Zigarette an und sah aus dem Fenster. Im

übernächsten Garten hängte eine Frau Wäsche auf; von dem teilweise abgerissenen Haus auf der anderen Seite würde Staub auf ihre Wäsche geblasen werden. Vor zwölf Jahren gab es hier herum viele Ruinen, Weidenbüsche wuchsen in den Esszimmertrümmern. Dann wurden die Häuser neu aufgebaut, ihre Risse geflickt, Fußleisten, Bögen, Stufen und Treppen wurden gewaschen, zurechtgemacht und gestrichen, Fensterrahmen und Verzierungen erneuert, Sofitten, Schwellen und Fensterbretter neu verputzt, Schieferplatten ersetzt und Lichtleitungen repariert. Alle Gartenmauern wurden neu hochgezogen, sodass die Nachbarn sich wieder gegen sie lehnen und die Kinder wieder darüberspringen konnten, auf die neugepflanzten Kletterrosen und den wilden Wein. Noch letztes Jahr, wenn ich zum Fenster hinausschaute, sah ich nichts als Gärten, Pakistanis, die ihre Hemden trockneten, Kinder auf Schaukeln und Stenotypistinnen, die sich sonnten. Als ich jetzt hinunterschaute, geriet gerade eine ganze Mauer ins Schwanken und stürzte in sich zusammen. Die Frau an der Wäscheleine zögerte einen Moment, ehe sie nach einer neuen Wäscheklammer in ihrer Schürzentasche griff.

Ich fragte mich, ob es sich lohnte, dem jungen Mann zu erzählen, dass da, wo diese rechtschaffenen Häuser gestanden hatten, die auf jedem Stock Familien, Cellospieler und alte erschöpfte Juden beherbergt hatten, jetzt Villen für Fabrikdirektoren mit verglasten Haustüren und schmiedeeisernen Schuhabstreifern gebaut wurden. Würde er das lustig finden? Ich sah ihn an, und er sagte: »Jedenfalls hoffe ich, dass es Ihnen jetzt besser geht.«

»Danke, ja.«

»Seit wann sind Sie aus dem Krankenhaus heraus?«

»Ungefähr seit sechs Wochen. Aber ich war in einer Frauenklinik.«

»Das klingt viel beruhigender.« Er lächelte, indem er sich ganz umdrehte, hoffnungsvoll über die Rückwand des Sofas, da ich hinter ihm stand.

»Es tut mir leid«, sagte ich, »ich habe gar nicht gefragt, ob Sie rauchen …«

»Nein, nein, ich rauche nicht. Danke schön.«

Ich ging zum Kamin hinüber, sodass er sich wieder gerade hinsetzen konnte. Er war wirklich sehr jung: wahrscheinlich so alt wie mein ältestes Kind. Er streichelte seine Kamera einen Augenblick zärtlich und sagte dann: »Also, nach meiner Ansicht tut es uns ganz gut, in ständiger Unsicherheit zu leben. Ich bin ganz dafür.« Er wartete, wie mir schien, voller Eifer, aber ich antwortete nicht. Sein Gesicht bewölkte sich wie das eines kleinen Jungen, dessen Feuerwerk nicht hochgegangen ist. »Ärgert Sie das nicht?«

»Wenn ich fünfzehn Jahre jünger oder Sie fünfzehn Jahre älter wären, würde es mich ärgern. Aber so …« Ich versuchte zu lächeln, aber er war bitter beleidigt und bockte kindisch. Also schön. »Freilich«, hätte er gern gesagt, »wenn Sie *so* denken!« Es tat mir leid, dass ich ihn gekränkt hatte; er hatte mir ja schließlich nichts getan. Ich setzte mich und kratzte etwas Plastilin, das am Stuhl klebte, mit meinem Daumennagel ab.

»Ich habe große Angst«, sagte ich. »Nicht um mich. Meinetwegen mache ich mir keine Sorgen.«

»Um Ihre Kinder?«

»Natürlich.«

»Warum?«

»Warum?«, fragte ich. Aber er gab meinen Blick mit vollkommener Ruhe zurück, ohne zu lächeln, die Hände zwischen seinen schmalen Schenkeln, die Fußspitzen nach außen gesetzt, den Oberkörper vorwärtsgebeugt, entspannt wie ein Landstreicher auf einer Bank im Park. »Nun«, sagte ich, »für sie wird es … für sie … wenn sie überleben …«

»Sie meinen Strontium neunzig«, sagte er, »und diesen ganzen Klimbim.«

»Ja.«

»Aber Sie *wissen* doch, dass das alles wild übertrieben wird. Wissen Sie noch, diese Aufregung im vorigen Jahr? Ich meine, Sie machen sich doch keine Sorgen wegen der Milch oder so etwas, oder doch?«

Ich nickte. Ich machte mir Sorgen um die Milch, um meine Kinder, wenn sie das erste Mal lieben würden, um die Geschöpfe, die durch das Dunkel auf uns zukrochen, um ihre Vorfahren, um ihre liebenden Mörder, deren gehauchtes »Warum?« wie ein kalter Wind über uns strich. »Ja«, sagte ich, »ich mache mir etwas Sorge wegen der Milch.«

»Und was tun Sie dagegen?«

»Nichts«, sagte ich.

Er machte ein befriedigtes Gesicht. Ich hörte auf, ihn anzusehen, und sagte, während ich weiter am Plastilin arbeitete: »Es ist damit wie mit allem, nicht wahr? Wenn Sie Christ sind, können Sie … Ihre Angelegenheiten in Ordnung bringen. Ich nehme an, man kann zu jedermann freundlicher sein. Liebevoller. Versuchen, jeden glücklicher zu machen.« Ich sah zu ihm hinauf, ohne den Kopf zu heben. Sein Gesicht war ausdruckslos. »Aber wenn Sie es nicht sind, dann können Sie entweder essen und trinken und fröhlich sein, oder eben nur … einfach damit weiterleben. Aber Sie müssen sich ändern.«

»Tun Sie das?«

»Selbstverständlich. Es ist ein anderes … Klima. Man muss sich ändern.«

Jetzt konnte er mich nicht ausstehen. »Und wie haben Sie … sich verändert?«

Ich warf ein Körnchen Plastilin auf den leeren Rost hinter dem elektrischen Kamin. »Sie sollten sich mit Dinah unterhalten«, sagte ich. »Sie malt auf alles ›Weg mit der Bombe‹.«

»Dinah?«

»Meine … eine meiner Töchter.«

»Wie alt ist sie?«

»Siebzehn.«

»Na ja«, sagte er, »in dem Alter …« Er war ungefähr dreiundzwanzig. »Ich nehme an, sie macht dauernd Sitzstreik?«

»Nein, sie malt nur ›Weg mit der Bombe‹ und trägt natürlich das Abzeichen. Sie war Deistin, aber dafür gibt es keine Abzeichen. Das macht einen gewissen Unterschied.«

»Sie müssten mit ihr einverstanden sein, so wie Sie fühlen.«

»Ich bin auch mit ihr einverstanden. Wenn es Abzeichen gäbe gegen … die Todesstrafe oder den Rassenwahnsinn, oder Protestzeichen, weil es nicht genug Häuser gibt, in denen die Menschen leben können …«

»Sie würden sie alle tragen, nehme ich an.«

»Sicher.« Ich hatte seine unerschütterliche Jugend satt.

»Sie gehört auch noch zu einer Anzahl von Filmclubs.«

»Ach wirklich?«

Er hob seine Kamera, zielte und knipste. Ich hörte Josephine, die neue Kinderschwester, die Treppe herunterkommen. Sie klopfte an die Tür, und erst als ich »herein« gerufen hatten, durfte mein jüngstes Kind, mein letztes Kind, hereinkommen. Es ging zwei Schritte, so weit wie das Gängelband reichte, und die Kinderschwester sagte von draußen: »Sag Mami Auf Wiedersehen.« Diese Kinderschwester kam nicht unaufgefordert in den, wie sie es nannte, Salon. Das kleine Mädchen sah den jungen Mann an, und sein Geschirr klingelte wie Weihnachtsglocken. Er schwenkte sich herum und knipste es über die Rückenlehne des Sofas. Es blinzelte und sah sich nach der Kinderschwester um, die es behutsam nach hinten zog.

»Und wie alt ist diese?«, fragte der junge Mann.

»Vier Jahre.«

»Wir sind gerade vier, gerade vier sind wir, sind wir nicht gerade vier«, sang die unsichtbare Kinderschwester.

Das Kind zappelte am Ende seines Gängelbandes und kratzte mit dem behandschuhten Fäustchen an seiner Angoramütze. Was es auch immer tun wollte, laufen oder kratzen oder still sein oder zu ungehöriger Stunde Pipi machen, es wurde daran gehindert. Meine Mutter fand, es sei ein langweiliges Kind. Aber es war gar nichts an ihm auszusetzen, nur die Art, wie man es aufzog, und die Tatsache, dass es glaubte, ich sei immer krank.

»Auf Wiedersehen«, sagte ich, »mach einen schönen Spaziergang.«

»Wo sind all die anderen?«, fragte der junge Mann.

»In der Schule.«

»Aber da sind doch welche … die schon älter sind?«

»Ja.«

»Wo sind die?«

»Sie sind … auswärts.«

»In Anbetracht Ihrer Ansichten über die Bombe – entschuldigen Sie, aber es ist ein wichtiger Punkt –, wollen Sie noch mehr haben? Kinder, meine ich?«

»Da ist ein Foto vom Turm«, sagte ich. »Wir haben einen – Turm auf dem Land gebaut.« Ich nahm die Fotografie vom Kaminsims und gab sie ihm, befahl ihm, sie zu nehmen. Da stand er, ein bleibender, unzerstörbarer Turm auf eigenem Grund, für unsere Enkel gebaut, damit sie als reife Menschen darüber lachen konnten. Im Vordergrund lagen Haufen von Schutt, wir wollten ihn zu Kies für die Wege zerkleinern lassen. Der Turm schien gegen die vorbeijagenden Wolken zu fallen, aber auf dem Foto waren sie zu weißen Flecken erstarrt, und der Turm stand aufrecht, in sich geschlossen, vollendet, wie ein ungeöffneter Krokus. Er warf einen kurzen Blick darauf.

»Sehr interessant. Wie kamen Sie darauf, einen Turm zu bauen?«

»Ich weiß nicht. Wir konnten nicht viel Land kaufen, und wir hatten eine Menge zu … Es geht immer höher hinauf, sehen Sie.«

»Ihre Ortsbehörden müssen sehr vorurteilsfrei sein.«

»Ach, es gibt eine ganze Menge Türme dort herum. Glockentürme, Wachttürme und so weiter. Es ist gar kein Grund zu besonderer Vorurteilslosigkeit.«

»Sie verbringen dort immer Ihre Wochenenden, nehme ich an?«

»Ja, das werden wir. Er ist gerade erst fertig geworden. Wir werden den ganzen Sommer dort sein.«

Ich stellte das Foto auf den Kaminsims zurück. Ich wollte nicht, dass er mir noch mehr Fragen stellte. Das Telefon begann zu läuten, sein Gesicht leuchtete auf, und er sah gespannt auf den Apparat, als ob er zu ihm spräche.

»Ihr Telefon«, sagte er.

»Bedaure.«

»Nein, gehen Sie nur ran, gehen Sie ran, ich mache ein paar Aufnahmen.«

Wenn ich allein gewesen wäre, wäre ich nicht ans Telefon gegangen. Langsam nahm ich den Hörer ab. Der junge Mann saß auf dem Boden und schoss Bilder von mir.

»Hallo?«

»Mrs. Armitage bitte.«

Panische Angst packte mich. Die Kamera klickte und surrte. »Nein, sie ist nicht da. Ich fürchte, sie ist ausgegangen.«

Nach ganz kurzem Zögern: »Sie sind es doch, nicht wahr?«

»Ich weiß nicht, was Sie meinen.« Der junge Mann starrte mich an, mit hängendem, offenem Mund. »Mrs. Armitage ist …«

»Schon gut. Richten Sie ihr etwas aus. Sagen Sie ihr, dass Beth Conway schwanger ist.«

Ich starrte in das kleine schwarze Loch des Hörers; es war voll von Tabakresten und Staub. Ich hörte Conways rasselndes, regelmäßiges Atmen.

»Ich … werde es ihr ausrichten.«

»Es ist nicht von mir. Ich dachte, es könnte Sie interessieren.«

Ich setzte mich und hielt den Hörer mit beiden Händen fest. Der junge Mann stand auf dem Fensterbrett.

»Sie werden es loswerden«, sagte ich.

»O nein, Mrs. A. O nein. Das Vergnügen werde ich ihr nicht machen.«

»Was?«

Der junge Mann sprang vor und hielt mir einen Lichtmesser vors Gesicht.

»Sie wird dieses Kind in einem öffentlichen Hospital bekommen. Und wenn es eine Möglichkeit gibt, sie davon abzuhalten, den Gashahn aufzudrehen, werde ich sie finden. Sie wird seinen Hintern wischen und für den Rest ihres jungen Lebens in seine hässliche Fratze starren. Keine Filme mehr, kein Champagner, keine tollen Frisuren, keine verführerischen Kleider mehr für meine kleine Beth. Dieses Kind, das ist ihr Tod. Das habe ich ihr auch gesagt. Dieses Kind wird sie Jake Armitage für den Rest ihres Lebens verfluchen lassen. Ich werde dafür sorgen, dass dieses Kind sie zu einer alten Hexe macht. Und wenn Sie sie jetzt sehen könnten, würden Sie wissen, dass das gar nicht so schwer sein wird.«

»Nein«, sagte ich. »Nein, Sie können nicht …«

»Ach, Sie möchten wohl, dass sie ungestraft davonkommt? Ja? Sie hauen im Haus Armitage in die Kerbe: vergeben und vergessen. Nun, ich bin kein Narr. In einigen Wochen wäre sie wieder mit ihm zusammen.«

»Nein …« Der junge Mann eröffnete ein Maschinengewehrfeuer auf mich von der anderen Seite des Zimmers. Über das Telefon gekauert drehte ich ihm den Rücken zu.

»Oder mit irgendjemand anderem. Ich werde es schon so

einrichten, dass sie unschädlich wird. Sie wird tippen lernen und für das Kind arbeiten. Sie wird es beinahe so hassen wie ich. Wie scheint Ihnen das als gerechter Ausgleich?«

»Gibt es irgendetwas … Wünschen Sie, dass wir irgendetwas tun?«

»Sagen Sie nur Ihrem verdammten Mann, er soll mir nicht in die Quere kommen, oder bei Gott …« Ich legte den Hörer wieder auf. Der junge Mann fragte überlegen: »Ist irgendetwas?«

»Nein, nein. Selbstverständlich nicht.« Ich konnte ihn nicht ansehen. Ich konnte nicht atmen. Zum ersten Mal verstand ich, was das bedeutet: Unmöglichkeit.

»Möchten Sie mich noch irgendwas fragen?«

»Ich weiß wirklich nicht.«

»Dann vielleicht …«

Es fiel ihm gerade noch zur rechten Zeit ein: »Würden Sie Blausäurekapseln in Ihrem Medizinschrank aufbewahren?«

Ich wandte mich ihm zu. Ich konnte mich nicht mehr erinnern, wovon er redete. Ich schüttelte den Kopf.

»Dann würden Sie wirklich lieber erleben, dass Ihre Kinder leiden, als sie tot sehen?«

»Niemand … würde Blausäurekapseln in einem Medizinschrank aufbewahren.«

»Aber würden Sie sie töten«, fragte er ungeduldig, »wenn sie mit Gewissheit fürs ganze Leben Krüppel werden müssten?«

»Krüppel?«

»Geistig oder körperlich verstümmelt. Fürs Leben.«

»Ich denke, dass jedes Kind … jedes Kind … besser tot wäre als …«

»Das dachte ich«, sagte er, »dass Sie das würden.« Er schnappte seine Kamera zu. »Und teilt Ihr Mann diese Ansicht?«

»Welche Ansicht?«

»Ihren Pessimismus.«

»Ich verstehe nicht.«

Er schlang sich den Riemen der Kamera um die Faust. »Ihre Haltung der Bombe gegenüber«, krächzte er und räusperte sich.

»Nein«, sagte ich. »Jake glaubt, dass wir unter der Voraussetzung leben müssen, dass wir weiterleben werden. Jake glaubt an die Unabwendbarkeit des Lebens.«

Einen Augenblick starrte er mich offen an. Dann füllten sich seine leeren Augen langsam mit Gedanken. Er sah sich auf dem Weg zurück in seinem Mini-Minor durch den Park rollen, alten Damen an den Zebrastreifen herzlich zulächeln; wahrscheinlich pfeifend, um in guter Laune zu bleiben. Die Kamera in beiden Händen haltend, kam er mit einem athletischen Sprung auf die Füße.

»Nun«, sagte er, »es war außerordentlich freundlich von Ihnen, mich zu empfangen.«

»Glauben Sie, dass das Leben unabwendbar ist?«.

Jetzt war er es, der sagte: »Ich weiß es wirklich nicht.« Dabei lief er hinaus, weil er dachte, ich sei verrückt. Ich stand auf und folgte ihm in die Halle. Er öffnete die Haustür und rannte seitwärts die Stufen hinunter.

»Glauben Sie, dass das Leben unabwendbar ist?«, fragte ich. Er stand schon draußen vorm Gitter und sprang kopfüber in seinen kleinen roten Wagen.

»Glauben Sie, dass das Leben unabwendbar ist?«, schrie ich.

Der Wagen zischte davon wie eine rote, heiße Rakete. Ein kleiner Junge blieb am Gartentor stehen; er sah mich unverwandt an, ruhig, wie eine Katze. Ich blickte von der obersten Treppenstufe zu ihm hinunter. Er hatte blassblaue Augen und rotes Haar und trug eine braune Einkaufstasche; seine kurzen Hosen saßen wie zwei Röcke über seinen fetten Knien. Ich machte eine plötzliche Bewegung, als ob ich ihn angreifen wollte. Sehr schnell rannte er weg, wie ein Feigling die leere Straße entlangheulend.

22

»Ich bin so froh, dass du zu mir gekommen bist.«

»Mein lieber Giles, es gab niemand anderen, zu dem ich hätte gehen können. Wie gefällt dir das? Vierzehn Jahre und niemand, zu dem du hingehen kannst, wie jemand, der aus dem Gefängnis kommt. Jetzt tue ich dir leid, aber nicht für lange. Ich weiß es … Ich wette, dass ich spätestens nach einer halben Stunde aufhören werde, dir leidzutun. Nein, ich will dir sagen warum. Ich will's dir sagen. Weil dir auf die Dauer Menschen nicht leidtun können, die gar nicht wissen, was vor sich geht. Und ich weiß es selbst *jetzt* nicht. Dinge geschehen. Ich sehe zu. Ich fühle mich elend oder fürchte mich oder bin zornig. Aber hier oben, in meinem Kopf, weiß ich nicht, was es *ist,* was da geschieht. Ich kann nicht *glauben,* was geschieht. Da ist immer eine Stimme, die sagt, das ist alles nicht wahr, die Menschen sind gut, freundlich, vernünftig, liebevoll, all das andere ist nur ein Traum, ich brauche es nicht zu akzeptieren, ich werde imstande sein aufzuwachen. Wenn du nicht an Tatsachen glauben kannst, dann kümmern sie dich nicht, und wenn du dich nicht um sie kümmern kannst, kannst du sie auch nicht ändern. Aber was dich dazu bringt, nicht mehr zu glauben … muss solch eine Selbstgefälligkeit sein, solcher Eigendünkel.«

»Wenn du nicht glaubst, dass das alles wirklich geschehen ist, warum bist du dann hergekommen?«

»Wenn ich es geglaubt hätte, wäre ich nicht gekommen.

Dann wäre ich imstande gewesen, es auf irgendeine Weise zu ändern. Was wir hier tun, ändert gar nichts.«

»Nichts?«

»Nein, natürlich nicht. Ich bin … dir sehr dankbar. Aber weißt du, selbst das kann ich nicht glauben, Giles. Ich weiß, dass es wahr ist. Ich verließ das Haus, nachdem der Junge weggerannt war, nachdem ich ihn zum Heulen gebracht hatte. Ich bin dann hierhergefahren und habe zwei Stunden im Wagen gewartet, bis du zurückkamst. Ich erinnere mich daran, aber es ist so, wie man sich an eine Frau erinnert, die man in einem Wagen sitzen gesehen hat. Dann kamen wir hier herauf, und du gabst mir einen Drink …«

»Ja.«

»Ich habe eine Menge getrunken.«

»Ja.«

»Und ich erzählte dir … ich nehme an, ich erzählte dir von …«

»Du erzähltest mir von den Conways und von deiner Operation.«

»Ja, natürlich. Du siehst, ich kann mich nicht erinnern, was ich dir erzählte. Ich erinnere mich nur noch an das, was wir getan haben. Ich bat dich, mit mir ins Bett zu gehen.«

»Glaubst du das auch nicht?«

»Ich glaube es, aber ich glaube nicht daran. Es geschieht gar nicht wirklich, sagte ich unaufhörlich zu mir selbst. Es ist nicht wirklich wahr. Als ob es mich, solange ich mir das sagte, gar nicht wirklich anginge. O Giles … es tut mir leid. Kannst du mich nicht dazu bringen, zu glauben, dass irgendwas wirklich ist? Kannst du das nicht?«

»Offensichtlich nicht.«

»Ich habe meine Wette gewonnen.«

»Ich habe keine Wette angenommen. Mach, was du willst, du wirst mir weiter leidtun.«

»Aber ich will nicht, dass ich dir leidtue. Das demütigt mich.«

»Dann tust du mir deswegen leid. Ich bin kein guter Kämpfer. Ich war es nie. Ist es das, was du jetzt brauchst?«

»Ich weiß nicht. Vielleicht ist es das, aber auch daran kann ich nicht glauben. Ich fühle … ich wünsche … ich brauche, was wir in den Jahren hatten, als wir in der Scheune lebten … Und dabei war sie immer am Einstürzen, und der Lärm. Du bist niemals böse geworden. Die Kinder machten den Lärm, aber wir waren still. Manchmal versuche ich, mich an die Abende zu erinnern, aber was haben wir eigentlich gemacht? Haben wir miteinander gesprochen?«

»Ich denke schon.«

»Worüber?«

»Ich weiß nicht mehr. Worüber Leute halt so reden.«

»Ich kann mich nicht erinnern. Haben wir uns gezankt?«

»Nein. Du hast doch gerade gesagt, dass ich nie böse wurde.«

»Warum? Bist du so gut?«

»Nein. Ich bin faul, ziemlich schüchtern. Du hattest immer in allem deinen eigenen Willen.«

»Ist das wahr?«

»Natürlich.«

»Aber hat dir das denn nichts ausgemacht? Hast du nicht manchmal gedacht, ich hätte unrecht?«

»Manchmal. Aber du glaubtest so fest an deine Unfehlbarkeit, dass das bedeutet hätte … also, ich hatte einfach nicht den Mut.«

»Es scheint mir immer, als wären wir sehr glücklich gewesen.«

»Das waren wir auch. Zumindest ich. Dein Glauben an dich selbst machte mich glücklich. Er war wie eine große Flut, die mich mittrug. Stark und selbstverständlich und, wie mir schien, rein.«

»Aber wenn sie in falscher Richtung flutete? Wenn sie in Wirklichkeit … nur Chaos war?«

»Eine Flut in falscher Richtung? – Das ist unmöglich.«

»Ich meine, du hast mich in dem Glauben gelassen, das Leben sei so leicht? Du wusstest, dass das nicht dauern konnte. Ich musste es herausfinden, früher oder später. Wir waren so allein dort, aber eines Tages musste die Außenwelt hereinbrechen …«

»Sie tat es – Jake.«

»Es musste irgendjemand oder irgendetwas sein. Die Kinder wären groß geworden und hätten aufgehört, an mich zu glauben. Und du auch, an einem gewissen Punkt, weil … jedenfalls, es gab auch andere Sachen.«

»Ich war nicht fähig, dich zu halten, das ist alles. Du brauchtest mich nicht. Schließlich hat Jake es fertiggebracht, dich bis jetzt zu halten. Doch Gott weiß …«

»Was? Was ist los?«

»Nichts. Tut es noch weh, wenn ich sie berühre?«

»Nein.«

»Aber dass *das* wahr ist, das glaubst du doch?«

»Ja, das tue ich. Wenn ich auch das nicht glaubte, müsste ich ja wirklich verrückt sein, nicht?«

»Du musst verrückt gewesen sein, als du sie es tun ließest.«

»Aber ich dachte, es sei das erste wirklich Vernünftige, was ich je getan hätte. Ich tat es nur aus einem falschen Grund, dachte ich … Wie kann man das über irgendetwas sagen? Was man tut, darauf kommt es an, der Grund ist eben … nichts. Der Grund, warum Jake und Beth zusammen ins Bett gingen … ob er nun gut oder schlecht war, darauf kommt es gar nicht an. Gründe haben keine Folgen, nur Taten. Sie ist schwanger, und ich bin steril. Ich liege mit dir im Bett, und wer kümmert sich darum, ob es berechtigt oder unberechtigt ist? Ich liege mit dir im Bett, und Jake und die Kinder wissen nicht, wo ich bin. Ich könnte sie anrufen und ihnen sagen, warum, aber was für einen Unterschied würde das schon machen. Du kannst dich im Recht oder Unrecht fühlen, wenn du jemand umbringst, das Resultat ist jedenfalls, dass er tot ist.«

»Zieh dir meinen Schlafrock an. Du wirst dich erkälten.«

»Soll ich Tee oder sonst was machen?«

»Nein, ich werde ihn machen.«

»Ich würde es gerne tun.«

»Vielleicht solltest du besser nach Hause gehen.«

»Möchtest du das?«

»Ich möchte dir nur helfen. Es ist Zeit, dass dir jemand hilft.«

»Du meinst, du willst mir einen guten Rat geben?«

»Ich weiß nicht. Du denkst an die Kinder.«

»Nein, das tue ich nicht. Die sind ausgezeichnet versorgt.«

»Sprich nicht so!«

»Du hast mich beinahe angeschrien. Warum? Glaubst du mir nicht?«

»Nein. Man hat dich verletzt, du bist durcheinander. Aber du liebst die Kinder.«

»Du redest daher wie jemand, der eine Art Glaubensbekenntnis ablegt. Nimm mal an, ich sagte dir, dass ich die Kinder nicht liebe, dass ich mir einen Dreck aus den Kindern mache? Es könnte wahr sein, weißt du. Aber jahrelang hast du dich darauf verlassen, dass ich sie aufziehe und sie mit Liebe versorge und ihre Fingernägel schneide und sie lehre, die Wahrheit zu sagen, als ob es darauf ankäme. Du bist frei gewesen. Nehmen wir mal an, ich will jetzt frei sein.«

»Das war es, was du damals wolltest. Ich glaube nicht, dass du dich so sehr geändert hast.«

»Dann bist du so wie ich. Du glaubst nicht, was du hörst und siehst, nicht einmal das, was du fühlst.«

»Das Wasser kocht.«

»Du hast dich auch auf Jake verlassen. Er hat sie erhalten, er hat sie sogar gern. Kein Wunder, dass du mir sagst, ich soll zurückgehen. Ich kann mir nicht vorstellen, warum du mich überhaupt hierbleiben lässt.«

»Der Tee ist fertig. Bring du ihn herein, ich mach das Feuer im Kamin an.«

»Einmal muss eine Zeit in deinem Leben kommen, nicht wahr, wo es das Wichtigste ist, herauszufinden, wer du wirklich bist, was du wirklich bist. Dieser Doktor, zu dem ich ging … er machte mich wütend, er wollte, dass ich mich ändere. Weißt du, er wollte meine … Haltung allen Dingen gegenüber sterilisieren. Zugegeben, es war eine idiotische Haltung, nämlich, dass du eine Art von Pflicht hast, das … das Böse zu meiden. Ich konnte ihm nicht einmal sagen, was ich unter ›das Böse‹ verstand. Ich erzählte ihm immer nur vom Staub … Ich weiß nicht, was ich tun soll, Giles. Meinst du, ich sollte zurückgehen?«

»Nicht, wenn du nicht willst.«

»Ich weiß nicht, wer ich bin, ich weiß nicht, was ich bin, wie kann ich wissen, was ich will? Ich weiß nur eines, ob ich nun gut oder schlecht bin, ob ich eine Dirne bin oder nicht, ob ich stark oder schwach, verächtlich oder eine jammervolle Märtyrerin bin – ich meine, ob ich dick oder dünn, groß oder klein bin, weil ich es einfach nicht weiß: Ich möchte glücklich sein. Ich möchte einen Weg finden, um glücklich zu sein, ganz gleich, welcher es ist. Du siehst, alles was ich sage, klingt absurd, wie Kindergeschwätz. Ich glaube es nicht einmal selbst. Weißt du, bevor all dies passierte, war ich einmal nachts allein im Haus.«

»Allein?«

»Jake war nicht da, vielleicht war er noch auswärts. Ich weiß es nicht mehr. Jedenfalls war ich allein.«

»Aha.«

»Es war ungefähr halb neun. Die Köchin hatte Ausgang – ich meine, es war der Abend, an dem sie nicht kommt, weil sie nicht bei uns wohnt. Und Dinah war erkältet, oder so was. Jedenfalls lag sie im Bett, und ich kochte Lauch. Ich weiß es noch, weil das ganze Haus danach roch. Du kennst doch den Geruch von Lauch, kräftig und durchdringend, aber süßer als Zwiebeln, ganz ähnlich wie Schweiß. Es stinkt mehr, als es riecht. Ich mag es sehr gern. Egal. Ich fragte mich, wie ich den Abend herumbringen sollte. Der Lauch kochte, die Kinder waren in ihren Zimmern, und die Kinderschwester – ach ja, die hatte mal wieder gekündigt, sie tat das einmal im Monat, aber zum Schluss habe ich sie hinausgeworfen und eine andere bekommen. Obwohl dazwischen einmal … es gab eine kurze Zeit dazwischen, wo ich dachte, ich würde keine andere bekommen. Sie war jedenfalls auch ausgegangen. Diese Kinderschwester ging zu allen neuen Theaterstücken, weil sie einen Freund hatte, der in einer Vorverkaufsstelle arbeitete. Sie fand immer alles erstaunlich. ›Ich finde es erstaunlich‹, pflegte sie zu sagen, ›dass Leute in so was reingehen.‹ Als ob es meine Schuld wäre. Jedenfalls war ich allein, und da es nicht darauf ankam, sprach ich ein bisschen mit mir. Am Ende des Tages, wenn Jake weg ist, vergesse ich, wie Worte klingen. Ich glaube, ich schenkte mir noch einen Drink ein, sagte mir, wie viel Uhr es war, und fragte mich, was es im Fernsehen geben würde. Ich weiß es nicht mehr, aber das weiß ich, dass ich … dass ich am Verzweifeln war. Das war, ehe ich dich wiedertraf. Weißt du, wie still London sein kann? Beim Turm ist gewöhnlich Lärm – ich weiß nicht, die Krähen, die Lämmer, die Kühe, die vollführen den größten Radau, auch wenn es dunkel ist. Aber in London, da wo wir wohnen, wird es plötzlich lange Zeit ganz still, wenn die Abbrucharbeiter aufgehört haben. Dann fährt einmal ein Lastwagen eine Seitenstraße hinauf oder ein Auto, oder ein Zug, irgendwo kilometerweit entfernt. Du weißt, Leute fahren irgendwohin. Du versuchst dir vorzustellen, wohin sie fahren. Du versuchst dir die Leute vorzustellen, aber sie haben leere Gesichter, nur dass sie sich alle in der gleichen, begierigen Haltung nach vorn beugen, und alle scheinen sie jung zu sein.

Du stellst sie dir vor, wie sie von einem Platz zum andern jagen, niemals ruhig, niemals allein. Sie lärmen um das Haus herum, und dann sind sie weg, und wieder ist es ganz still. Es war gar keine außergewöhnliche Nacht, ich meine, es war nichts geschehen, was sie besonders unerträglich gemacht hätte.«

»Ich dachte, du müsstest Freunde haben, eine Unmenge Freunde!«

»Es klingelte, ich ging im Dunkeln durch die Halle und machte das Licht an, und durch die Glastür sah ich diesen Mann aus Jamaika. Er trug einen Kamelhaarmantel, er sah ganz gut aus, ungefähr vierzig, mit einem Bart. Als ich die Tür öffnete, sah ich, dass er auf die Vorderseite seines Mantels etwas mit roter Farbe geschrieben hatte. Er sagte, er sei froh, mich nicht beunruhigt oder erschreckt zu haben, und es würde mich vielleicht interessieren zu hören, dass er der neue König von Israel sei, von Jehova selbst gesalbt, dem ewigen Herrn und Gott, und dass er gekommen sei, mir seinen Segen zu erteilen. Ich dankte ihm, und er sprach eine Weile über die ›Bewusste Bibel‹ und dass der Name Jehova in der ›Bewussten Bibel‹ über siebentausendmal vorkomme, und dass er auserwählt sei, die Prophezeiungen Hesekiels zu erfüllen. Und das komme zweiundsiebzigmal vor, glaube ich. Ich hörte nicht wirklich zu, aber ich dachte mir, warum sollte er nicht der König von Israel sein? Warum nicht? Und warum sollte Jehova ihn nicht gesalbt haben, und warum sollte er mich nicht segnen? Ich gab ihm fünf Schillinge zum Bau einer Radiostation in Jerusalem, und er sagte: ›Die Menschen sind unglücklich, weil sie das Geschenk ihrer Liebe an wertlose Männer und an wertlose Frauen geben.‹«

»Und dann?«

»Dann ging er. Ich nehme an, um sich für die fünf Schillinge etwas zu essen zu kaufen.«

»Aber er war doch ein Irrer.«

»Mir kam er nicht wie ein Irrer vor. Ich will nicht sagen, dass er normal war. Aber das war ich auch nicht. Ich sage noch nicht einmal, dass er an sich selbst glaubte, aber das tat ich ja auch nicht. Er bekam fünf Schillinge von mir, und ich … ich war getröstet. Ich habe dir schon gesagt, dass ich nicht weiß, wer ich bin oder was ich bin, aber ich weiß, dass es dafür keine Regeln gibt. Vielleicht glauben Menschen meiner Art an Jehova. Vielleicht brauchen dieser König von Juda aus Jamaika und ich ein und dasselbe. Möglich ist alles. Als ich jung war – du erinnerst dich ja –, dachte ich, Trost zu brauchen sei demütigend, und es genüge, lebendig zu sein, miteinander schlafen zu gehen, Kinder zu haben und sich so gut wie möglich zu benehmen. Es genügte ja auch. Jetzt sind mir diese Dinge weggenommen worden, aber nicht auf natürliche Weise. Ich weiß es nicht, und jetzt werde ich es nie mehr erfahren, aber ich stelle mir vor, dass der natürliche Weg der ist, dass es auch nach und nach geschieht, dass dir Zeit gegeben wird, bis du alt genug bist, dich damit abzufinden, sogar mit Erleichterung. Was mir geschehen ist, war plötzlich und künstlich, und es wurde mir von Menschen angetan und von mir selbst natürlich auch. Ich habe mir ganz gewiss etwas angetan, was ich irgendeinem anderen nie antun würde. Aber solche grausame Wahrheit sagen Menschen dann, wenn sie jemand trösten sollen. Das Kindermädchen hört nicht auf, den Kindern zu sagen: ›Es ist deine eigene Schuld‹, wenn sie von einer Mauer fallen oder etwas verlieren, was sie lieben, oder mit dem Taschengeld nicht auskommen. Das ist natürlich viel schlimmer, als jemand anderem die Schuld geben zu können. Das ›nur du selbst‹ ist schrecklich. Und das ist es, was Conway ihr sagt. Ich weiß. Wie ein Folterknecht, immer und immer wieder, für den Rest ihres Lebens. ›Es ist deine eigene Schuld.‹ Wozu sind solche Urteilssprüche gut, wenn etwas nun einmal geschehen ist?«

»Sie ist am schlimmsten dran, Beth Conway. Ihr geht's am schlimmsten.«

»Ja, ich weiß. Aber … es gibt eine Art von Hoffnung für sie. Vielleicht wird sie … das Kind lieben, wenn es geboren ist. Vielleicht wird sie sich von Conway trennen. Mein Gott, warum sollte sie mir eigentlich leidtun?«

»Gestern … gestern Nacht schienst du …«

»Was er ihr antut, ist abscheulich. Aber …«

»Du hörtest nicht auf zu weinen und sagtest ›armes Mädchen, armes Mädchen‹.«

»Da war ich betrunken. Ich habe Mitleid – Mitleid mit jedem. Sogar mit Jake, jetzt, wo ich hier und weg von ihm bin. Aber sie tut mir nicht leid. Ich würde nichts tun, um ihr zu helfen … Also gut, das stimmt nicht. Wie lange können wir hier sitzen und reden?«

»So lange du magst, es ist Sonnabend.«

»Wie spät ist es?«

»Acht Uhr.«

»Deine Uhr muss stehen geblieben sein.«

»Nein, es ist acht. Schau, du bist die ganze Nacht wach geblieben. Warum gehst du jetzt nicht schlafen?«

»Sonnabend?«

»Ja.«

»Sie werden alle zu Hause sein. Siehst du … was als kleine Liebelei von Jake angefangen hat – ganz unwichtig vielleicht … vielleicht war sie wirklich unwichtig –, ist so gewachsen, hat so viele Menschen mit hineingezogen …«

»Ich würde nicht sagen, dass es gerade unwichtig war, wenn er sich damit beschäftigte, sie zu schwängern, während du aufgeschnitten wurdest.«

»Ich habe niemals gesagt, dass es gerade zu dieser Zeit passiert ist. Das habe ich dir nie erzählt.«

»Aber es ist ziemlich eindeutig, nicht wahr? Vielleicht packte ihn die plötzliche Reue – dass er nie wieder Vater sein würde.«

»Nicht! Sag sowas nicht. Das bist nicht du … das ist Conway.«

»Du sagtest, sie täte dir nicht leid. Aber das war nicht wahr. Nun, mir tut Jake Armitage nicht leid, und das ist die volle Wahrheit. Also was willst du tun? Bleibst du hier?«

»Du meinst, ich habe mich damals wie Jake benommen. Aber du hast es geschehen lassen, du hast dich nicht gewehrt, du schienst noch nicht einmal unglücklich zu sein.«

»Das ist vorbei, um Himmels willen. Wirst du hierbleiben?«

»Du liebst mich nicht, nicht wahr?«

»Ich weiß es nicht. Ich habe nicht die Fähigkeit, dich oder irgendwen zu lieben. Ich habe dir nichts zu bieten. Ich hatte es nie. Das Glück, von dem du redest, kam alles von dir. Das war deine große, tatkräftige Überzeugung, die uns alle wie Pingpongbälle auf einem Luftstrom auf- und niederschnellen ließ. Ja, und nun bist du so geworden … was kann ich tun? Bleib hier. Schlafe. Ich werde dir zu essen geben, ich werde dir zuhören, werde tun, was ich kann. Aber respektiere meine Unzulänglichkeit, wenn ich dich bitten darf. Ich weiß, wer ich bin und was ich bin. Ich möchte nicht, dass du mich für jemand anderen hältst.«

»Aber das tue ich doch nicht …«

»Weine nicht. Dein Mann aus Jamaika mag gesagt haben, dass wir das Geschenk unserer Liebe wertlosen Männern und Frauen geben, aber er hat dir nicht gesagt, wie man es zurückbekommen kann. Einmal gegeben, kannst du es nicht wieder zurückbekommen. Alles, was du dem Jehova geben kannst, ist der siebentausendste Teil eines Ersatzes, denn du fühlst dich leer und tot, da du so viel von dir selbst hergegeben hast, dass du nun versuchen musst, dich zum Narren zu halten und zu glauben, dass du fähig bist, *irgendetwas* zu tun. Gut, versuch es, und halte dich selbst zum Narren. Lauf eine Weile herum und sage, dass du nicht weißt, wer du bist oder was du bist oder was du willst. Du weißt es. Du willst dich bloß nicht damit abfinden. Es macht nichts, du hast eine Menge Zeit.«

»Nein, die habe ich nicht. Ich kann nicht bleiben, Giles.«

»Geh jetzt ins Bett und schlafe. Später werde ich sie anrufen. Ich werde ihnen sagen, dass du hier bist.«

»Aber …«

»Überstürze nichts, schlafe erst einmal. Ich werde Jake anrufen und ihm sagen, dass du bei mir bist.«

»Bei dir?«

»Ich werde ihm sagen, dass ich mich um dich kümmere. Fürs Erste.«

23

Ich wachte im Dunkeln auf – ein schmales Bett, sonderbar kalte Luft. Zuerst dachte ich, aber nicht länger als eine Sekunde, ich wäre wieder in der Frauenklinik. Aber dann erinnerte ich mich sogar, wohin ich Giles' Morgenrock getan hatte. Während ich vom Bett aufstand und mich zum erleuchteten Türschlitz vortastete, zog ich mich an. Giles las. Er ließ das Buch auf den Boden fallen und begrüßte mich mit ausgestreckten Händen.

»Hast du sie angerufen?«, fragte ich.

»Ja, ich habe mit Jake gesprochen. Ich habe ihm gesagt, dass du hier bist und dass er sich keine Sorgen machen soll. Weißt du, dass du elf Stunden lang geschlafen hast?«

»Was sagte er? War er …? Hat er gefragt, warum? War er … ärgerlich?«

»Nein. Nur besorgt. Er dachte, du könntest dich vielleicht in den Fluss gestürzt haben oder so etwas. Das sagte er jedenfalls. Es schien ihn sehr zu erleichtern, zu wissen, dass du hier bist.«

»Nun ja – ich nehme an, das … das ist ganz natürlich.« Ich wusste nicht, was Jake unter solchen Umständen sagen würde. Es war durchaus wahrscheinlich, dass er gesagt hatte: »Ich glaubte schon, sie hätte sich in den Fluss gestürzt – oder so was.« Ich konnte es ihn sagen hören, so, als ob es sich um alte Teeblätter oder Orangenschalen handelte, die man aus einem vorbeifahrenden Boot geworfen hat. »Und die Kinder?«

»Alles in Ordnung. Dinah hat ihnen gesagt, dass du zu deiner Mutter gefahren bist, sie hat ihnen erzählt, deine Mutter sei krank. Sie ruft deine Mutter an und sagt ihr, dass sie krank zu sein hat. Du siehst – es ist alles ganz einfach. Ich habe den Badeofen schon vor ein paar Stunden angestellt. Wenn du möchtest, kannst du ein Bad nehmen. Dann gehen wir aus, und du bekommst etwas zu essen.«

»*Dinah* hat ihnen das gesagt?«

»Das sagte er.«

»Was denkt denn Dinah, wo ich bin?«

»Sie weiß es jetzt. Kinder sind zäh. Du hast ein Recht, wegzugehen, wenn du willst. Mach dir keine Sorgen.«

»Hat er gefragt … wann ich zurückkomme?«

»Nein.«

»Ach … fragte er … Hat er nicht gefragt, warum?«

»Nein.«

»Gar nichts?«

»Nein, ich habe gesagt, du würdest dich mit ihm in Verbindung setzen, wenn du dich … danach fühltest.«

»Du meinst, er sagte *gar nichts*?«

»Nein.«

»Oh … kann ich etwas zu trinken haben? Hast du etwas zu trinken da?«

»Aber natürlich. Ich sitze hier schon stundenlang herum, lese dies dumme Buch und werde langsam blau.«

»Du hast doch nie getrunken.«

»Du auch nicht.«

»Hörte es sich an, als ob er aus der Fassung wäre oder zornig, oder – war es ihm egal?«

»Warum rufst du ihn denn nicht selbst an?«

»Nein. Das kann ich nicht.«

»Nun, er kann sich jederzeit mit dir in Verbindung setzen. Er hat die Nummer und die Adresse. Jetzt liegt es an ihm, nicht wahr?«

Ich badete in der engen, abgestoßenen Badewanne, schrubbte mich mit einer harten Seife ab. Ich lebe mein eigenes Leben, Gott helfe mir. Ich habe jetzt einen Schlussstrich gezogen, so weit bin ich gegangen und nicht weiter. Jake, Jake, was tue ich hier? »Du musst ihm nicht so zuwinken! Er könnte sich sonst einbilden, du willst ihn sehen.«

»Nun ja, ich will ihn ja auch sehen.« Ich möchte zu einem Fenster hinausfliegen und durch die Luft strömen, wie ein Liebeswind, um durch sein Haar zu streichen und mich in seine Handflächen zu schmiegen. Aber es liegt bei ihm. Meine liebe Ireen, was macht es schon aus, bei wem es liegt? Nun, wenn es dir schon nichts ausmacht – dass es *mir* nichts ausmacht, weiß ich gewiss. Ich würde nur gern fragen, wohin es dich gebracht hat, das ist alles. Du hast da eine sehr hässliche Narbe, meine Liebe, wenn du mir erlaubst, das zu sagen – und es ist nicht gerade sehr erfreulich, wenn der einzige Mensch, an den du dich nach so vielen Jahren wenden kannst, dein Gewesener ist. Ich möchte wissen, ob das Baby so aussehen wird wie Jake. Natürlich wird er es sehen müssen, es wird für immer ein Band zwischen ihnen sein, Jakes jüngstes Kind …

»Du hast schon wieder geweint«, sagte Giles. »Ein Bad ist zum Singen da und nicht zum Weinen, warum tust du nie etwas richtig? Hier, da ist dein Drink.«

»Ich diskutiere mit mir selbst.«

»Worüber?«

»Die Seite in mir, die an die Dinge glaubt, streitet mit der, die es nicht tut.«

»Und welche gewinnt?«

»Mal die eine, mal die andere.«

»Dann hör auf zu diskutieren. Pudere deine Nase, und dann wollen wir gehen.«

Als wir nach dem Essen in die Wohnung zurückkamen, war ich überzeugt, dass eine Nachricht, irgendein Zeichen von Jake da sein würde. Es war nichts da. Giles zeigte mir sein Hi-Fi, selbstverständlich Eigenbau, und spielte Platten, Giles, der da saß, den Kopf an meine Knie gelehnt, mit geschlossenen Augen. Ich glaubte, dass jeden Augenblick die Türglocke oder das Telefon läuten würde. »Du streitest wieder«, sagte Giles. »Du bist nicht müde. Komm, wir gehen aus.«

»Wir könnten mit dem Wagen irgendwohin fahren, wenn du möchtest.« Ich dachte, ich möchte vielleicht dorthin fahren, wo ich die Lichter des Hauses sehen könnte.

»Nein, wir wollen laufen.«

Wir gingen zum Fluss, am Fluss entlang, über Brücken, vorbei an hell erleuchteten Möbel- und Textilgeschäften, an verschlossenen Häusern, Kneipen, Kirchen, Kilometern von Eisenbahnschienen, Korridoren von Ziegelsteinen, Straßen und Querstraßen. Giles redete, und ich bewegte meine Beine, eines nach dem anderen, links, rechts, links, rechts, mit ihm Schritt haltend. Wir gingen zu Bett und schliefen. Wieder war es, als ich aufwachte, beinahe Abend. Nein, sagte Giles, niemand hatte angerufen. Niemand war gekommen. Wir gingen in das gleiche Restaurant, aber ich bezahlte das Essen. Danach schlug Giles vor, ins Kino zu gehen, aber ich gab vor, dass Film und alles, was mit Film zusammenhing, mich quälte. Stattdessen kaufte ich Cognac, und wir gingen in die Wohnung zurück.

»Ich habe keine Kleider, keine Schminksachen, überhaupt nichts. Was soll ich machen?«

»Ich gehe morgen früh und besorge dir die Sachen.«

»Morgen kannst du das doch nicht. Du musst doch zur Arbeit gehen.«

»Ich werde morgen nicht gehen.«

Er folgte mir nicht wirklich überallhin, aber er beobachtete mich ständig, er war immer da. Er beobachtete mich beim Denken. Er hörte meine Gefühle. Ich sagte, ich könne diese Nacht im Lehnstuhl schlafen, aber er bestand darauf, dass ich ins Bett ging, und nahm sich aus dem Schrank eine extra Decke für den Lehnstuhl. Ich hatte ein so schlechtes Gewissen ihm gegenüber und fühlte mich so einsam, dass ich nach einer Weile aufstand und ihn holte. Er kam mit derselben klaglosen Bereitwilligkeit, mit der er alles tat. Aber im Bett brach er plötzlich in Tränen aus und presste sich so fest an mich, als träumte er. Ich drehte meinen Kopf hin und her, ballte meine Fäuste, rief immer wieder und wieder nach Jake, bestürzt, dass mein Körper keinen Widerstand leistete. Auf meiner Haut wuchsen keine Sporen, Stacheln und Dornen, um ihn zu beschützen, ich hatte keine Muschelschale, in die ich mich verkriechen konnte – warum auch, wenn alles Übrige von mir doch nur ein verwüstetes Schlachtfeld war. Schließlich schrie er laut meinen Namen, und ich wusste, dass er in diesem Augenblick dachte, er wäre allein. Dann kam ihm langsam wieder zum Bewusstsein, dass ich da war. Es gab nichts zu sagen. Wir schämten uns beide, waren beide still. Er rückte von mir weg. Ich sagte: »Ich muss am Morgen gehen.«

»Ja, ich weiß. Wohin wirst du gehen?«

»Ich weiß noch nicht. Vielleicht zum Turm. Vielleicht … ich weiß nicht.«

Eine lange Zeit schwieg er. Dann stand er vom Bett auf, er stand irgendwo im dunklen Zimmer. Ich fragte, ob ich das Licht anmachen solle.

»Nein, nein. Ich muss dir etwas sagen.«

»Also? Was ist es?«

Er zögerte. »Ich habe in meinem ganzen Leben nur zwei Gefühle gehabt«, sagte er endlich. »Liebe für dich …«

»Ja?«

»Und Hass. Ich wusste nicht, dass es das gibt. Hass.«

»Natürlich gibt es das. Warum machst du nicht das Licht an, ich kann dich nicht sehen.«

»Ich hasste Jake.«

»Ja.«

»Du verstehst nicht. Ich habe nur zwei Gefühle in meinem Leben gehabt.«

»Doch. Ich verstehe.«

»Ich bin leer. Du, die Kinder … ihr seid mir von Jake weggenommen worden. Danach war ich leer.«

»Wir sind nicht weggenommen worden …«

»Doch, das seid ihr!«, schrie er wild und heftig.

»Lass mich das Licht anmachen, bitte.«

»Nein, lass es. Warte, bis ich fertig bin … Diese erbarmungswürdige Vorstellung, der du gerade beigewohnt hast –

Gott weiß, du konntest keine Rolle darin spielen –, das war ich. Ich. Ich selbst. So wie ich jetzt bin. Verstehst du?«

»Schau doch, Giles, du bist gut. Du bist freundlich. Es gibt niemanden wie dich. Nur weil …«

»Gut? Freundlich?«

»Es ist dir gegenüber nicht fair, wenn ich hierbleibe. Das ist alles.«

»Das meinst du doch nicht wirklich.«

»Also gut, ich will nicht bleiben.«

»Diese Unterhaltung hatten wir schon einmal.«

»Ja. Was wolltest du mir sagen?«

Langes Schweigen. Es war mir egal, was er mir zu sagen hatte. Im Dunkeln bedeckte ich mein Gesicht mit den Händen, ich presste sie gegen die Stirn und das Kinn und wünschte mir, ich könnte einen Knochen zerbrechen. Nichts, was ich mir antun konnte, würde genug schmerzen. Alles war nur Befriedigung, Mut und Feigheit, Strafe und Verbrechen, Anständigkeit und Betrug. Alles war verderbt – nichts, keine Reue, keine Gewissensbisse, keine Buße, die nicht durch Lust befleckt würde. Ich könnte ebenso gut bei Giles bleiben, in Ekel schwelgen, ich könnte mich ebenso gut aufgeben. Böses meiden? Aber es gibt ja nichts anderes. Nichts anderes in meinem eigenen Kopf. Nichts anderes in mir.

»Ich habe dich über Jake angelogen«, sagte Giles.

»Was?« Ich sah auf, über meine Hände weg in die Dunkelheit. »Was hast du gesagt?«

»Ich habe dich angelogen, über Jake. Er hat angerufen – oh, mindestens ein halbes Dutzend Mal.«

Ich hastete nach dem Licht, machte es an. Er war nackt

und drehte mir den Rücken zu, suchte verzweifelt nach etwas zum Anziehen.

»Was willst du sagen? Wann hat er angerufen? Wann?«

Er versuchte, in seinen Anzug zu kommen. »Als du geschlafen hast. Gestern. Heute. Jedes Mal habe ich ihm gesagt, du wolltest nicht mit ihm sprechen. Ich ging vom Telefon weg, wie um dich zu fragen, und ging zurück und sagte, du wollest nicht mit ihm sprechen. – Ich tröstete ihn, kannst du dir das vorstellen? Ich lachte mich halb tot: Ich ihn trösten ... Selbst *er* denkt, ich bin gut, freundlich, aufopfernd – der arme, idiotische Giles, der nur helfen will. – Aber du bist zu mir zurückgekommen, das bist du doch? Du bist doch zu mir zurückgekommen? Du bist zu mir zurückgekommen?«

»Nein!«

Er sackte in sich zusammen. Ich zerrte meine Kleider über, riss an ihnen, zerriss sie. In dem großen, stockfleckigen Spiegel mit dem Mahagonirahmen sah ich sein zusammengefallenes, verwüstetes Gesicht. Ich zog meinen Mantel an, schloss den Gürtel und fuhr mir mit den Fingern durch die Haare. »Lebe wohl, Giles.«

»Du gehst nach Hause? Du wirst Jake dort nicht finden.«

Ich ging durch das Zimmer. Als ich bei der Tür angekommen war, wiederholte er: »Jake ist nicht da.«

»Denkst du, ich glaube dir?«

Er stand auf und ergriff meinen Arm. Einen Augenblick lang hielt er ihn fest, dann fiel seine Hand herunter.

»Er ist weggefahren ... zu seinem Vater. Gestern. Er hat dich von dort aus angerufen.«

»Er wollte, dass ich dorthin komme?«

»Ja.«

»Du hast ihm gesagt, ich würde nicht kommen?«

»Ja.« Er hob den Kopf. Die Spur eines Schattens von Befriedigung, beinahe ein Lächeln, glitt über sein Gesicht. »Jedenfalls … es ist jetzt zu spät. Sein Vater ist gestorben. Heute Morgen.«

24

»Lass mich dahingehen und mein Leben zu Ende bringen in einem beschwerlichen, einem unbequemen und kargen Gefängnis, und so meine Schulden mit meinen Gebeinen bezahlen und die Verschwendungssucht meiner Jugend erstatten durch die Bettelarmut meines Alters. Lass mich dahinsiechen im Sumpf bitterer, garstiger und schmählicher Gebrechen, und so die Ausschweifungen meiner Jugend wieder gutmachen mit den Widerwärtigkeiten meines Alters. Doch wenn Gott seinen Segen, seine Gnade und seine Geduld nicht von mir wendet, wenn ich meine Leiden seinen Willen nennen kann, meine Pein sein Werk, so ist alles dies, was zeitlich ist, nur eine Raupe in der Ecke meines Gartens, nur ein Mehltau, gefallen auf ein Stück meines Kornackers.

Der Kern des Ganzen, das Wesen ist heil, solange die Seele heil ist. Wenn es sich aber begeben wird, dass ich auf das vertrauen möchte, was wir einen guten Geist nennen, und es Gott gefallen wird, diesen Geist zu beugen, ihn bettelarm zu machen, ihn ganz und gar zu verlassen; wenn ich bauen werde auf sittliche Unerschütterlichkeit und es Gott gefallen wird, an dieser Unerschütterlichkeit zu rütteln, sie zu schwächen und entkräften, zu zerstören und zu vernichten; wenn es mir beifallen wird, mich zu erfrischen in der ruhigen Heiterkeit und dem reinen Hauch eines guten Gewissens, und Gott wird die Dünste und Dämpfe der Hölle selbst aufrufen und wird

Wolken des Selbstzweifels und einen undurchdringlichen Panzer der Verzweiflung um mein Gewissen legen; wenn Gesundheit mich fliehen wird, und ich werde meine Hand ausstrecken nach den Reichen, dass sie mir beistehen und mich trösten möchten in meinem Siechtum, und die Reichen mich fliehen werden – und ich werde nach Güte und Wohlwollen haschen, dass sie mich in meinem Elend trösten sollten; wenn dann auch dies Wohlwollen mich verlassen wird, und Verleumdung und falsches Zeugnis obsiegen werden; wenn ich des Friedens bedürfen werde, weil da niemand ist außer dir, o Herr, der für mich einsteht – und wenn ich dann erkennen muss, dass alle meine Wunden von deiner Hand kommen, alle Pfeile, die in mir stecken, aus deinem Köcher, wenn ich dann begreifen muss, dass, weil ich mich der Verderbtheit meiner Natur überlassen habe, du die deine gewandelt hast; und weil ich in allem übel an dir gehandelt habe, du es aufgegeben hast, mir Güte zu erweisen; wenn es bis dahin kommt, dass das Fieber nicht nur die Körpersäfte, sondern die Lebensgeister ergriffen hat, dass mein Feind nicht ein eingebildeter Feind ist – das wechselnde Schicksal – und nicht ein vorübergehender Feind – die Bosheit der Großen –, sondern ein wirklicher und unerbittlicher und unwiderstehlicher und ewiger Feind, nämlich der Herr der Heerscharen, der Allmächtige Gott selbst –, dann weiß nur der Allmächtige Gott selbst um das Gewicht dieser Heimsuchung; und wenn er nicht das *Pondus Gloriae*, dieses äußerste Gewicht seiner ewigen Herrlichkeit, mit eigener Hand in die andere Waagschale wirft, so werden wir hinuntersinken, werden verschlungen werden, unabwendbar, unwiderruflich – unwiderruflich, unumstößlich …«

Die volltönende Stimme des Schauspielers versank in Schweigen. Der alte Mann, der in seiner Trauerkleidung und mit seinem Silberhaar wie ein Prophet aussah, kam langsam die Stufen der Kanzel herunter und trat seitlich in die vorderste Bankreihe. Nach einer kurzen Pause erklang das Air auf der G-Saite auf Tonband von der Orgelempore herunter durch das bedrückte Schweigen. Es sammelte die erhabenen und verzweifelten Worte, vereinte sie zu einem vollkommenen Kegel und hängte sie wie eine Kapsel der Ewigkeit über dem einsamen Sarge auf. Ich saß neben Jake und litt, ich litt körperlich, in Schultern, Hüften und Schenkeln, mit ihm in dem Gefühl, dass er verraten worden war. Er war ein Kind, zum Besten gehalten von seinem Vater, der immer wie ein Kind gespielt hatte und jetzt, im Tod, feierlich den Erwachsenen zugekehrt, ihn allein gelassen hatte.

Sein Vater war der Begründer von Jakes ganzer Welt gewesen, ihr wichtigstes Vorbild: skeptisch, lau, misstrauisch jedem Gefühl gegenüber, voller Verachtung für die Gesetze, die er peinlich genau hielt, ein Anhänger des Erfolgs und ein Feind des Versagens. Wenn er Gewissen je anerkannt hatte, so hatte er es abgeschüttelt; das Einzige, was ihn je gequält hatte, war Langeweile. Warum hatte er sein Leben mit diesem qualvollen Schrei nach Hilfe beendet? Jakes erste Worte an mich, seit ich da war, waren ein Ausbruch: »Warum wollte er, dass das gelesen wird? Er hat nichts davon geglaubt!«

Ich sagte schüchtern: »Es ist … wunderschön.«

»Wunderschön? Er war ein verdammter Lügner.«

»Das macht nichts.«

»Er hatte kein Vertrauen zu mir.«

»Er liebte dich«, sagte ich sinnlos.

»Ich dachte, er sei wie ich gewesen. Ich dachte wirklich, er wäre … ich. Nun stellt sich heraus, dass er ganz anders war.«

»Nein.«

»Ich habe niemals versucht, ihn zu verstehen. Ich habe niemals gedacht, dass es da etwas zu … verstehen gab. Eben ein liebenswerter alter Halunke, geizig mit seinem Geld … mochte Whisky, mochte Zigarren, hat gern gut gegessen. Und seine Schreiberei … die war nicht gut … gekonnt, ja. Erfolgreich. Ich dachte, er wollte nichts anderes als leben. Was wollte er denn mehr? Was denn noch *mehr*?«

»Ich weiß es nicht, Jake. Ich weiß es nicht.«

»Es gibt kein Mehr.«

Nichtsdestoweniger war jeder ungereimte Wunsch beachtet worden. Der Pfarrer, der sich in das Chorgestühl verkrochen hatte, sah tief unglücklich aus. Ein Gefühl von Blasphemie beunruhigte ihn. Die Freunde, fünf alte Männer, nur einer von ihnen mit Frau, saßen friedlich da und genossen die Musik, die Frühlingssonne und den Duft der Lilien. Als die Musik zu Ende war, erhoben sich vier der alten Männer, der Schauspieler ging nicht mit. Sie stellten sich erwartungsvoll an den Ecken des Sarges auf. Vier kräftige Leichenbestatter schoben die alten Männer beiseite, hoben den Sarg und ließen ihn auf ihre schwachen Schultern nieder. Ein Kranz kippte vom geneigten Ende des Sarges herunter, und der Pfarrer legte mit einem schnellen Gebet die Hand vor die Augen. Es gab eine eilige Beratung zwischen den Leichenbestattern, und flink wie Kinder, die Gänseblümchen pflücken, befreiten sie den Sarg von allen Blumen, während die alten Männer zitternd warteten und hoffnungslose Blicke den Chorgang entlang zur offenen Tür warfen. Jake umklammerte die Vorderlehne des Kirchenstuhls, er lehnte sich vorwärts auf die Arme und sah aus, als ob ihm schlecht werden könnte. Ich konnte seinen Vater sagen hören: »Völlig zwecklos, Jake zu bitten, die Kiste zu tragen. Er würde sie bestimmt fallen lassen ...«, und dann würde er ihn anlächeln, seine Hand nehmen, ihm Liebe geben, aber niemals Verantwortung. Es gab nichts, was ich tun konnte. Ich war eine Fremde.

Endlich, nach einigem Geschiebe, krochen zwei von den Leichenbestattern unter die Seiten des Sarges und beugten sich so weit herunter, dass ihre Schultern auf gleiche Höhe mit denen der alten Herren kamen, die sich vorsichtig dem Rand der Stufen näherten und dann endlich vorwärtskamen. Der Pfarrer folgte ihnen, mit gespanntem Gesicht, die Augen halb geschlossen, in Erwartung der unvermeidlichen Katastrophe. Aber die alten Herren schritten tapfer aus, obwohl ihre Füße kaum den Boden zu berühren schienen und sie mehr am Sarg hingen, als dass sie ihn trugen. Die zwei Leichenbestatter atmeten schwer und versuchten den Ausdruck düsteren Mitleids beizubehalten, während sie das Gewicht eines Ebenholzsarges trugen und dazu fünf Schulfreunde, von denen einer tot war. Jake und ich folgten. Der Schauspieler, die einzelne Ehefrau und die Wirtschafterin schlossen sich uns an. Wir gingen in die warme Luft hinaus. Zwei Kinder, die Haschen zwischen den Grabsteinen gespielt hatten, hielten inne, starrten uns an, zogen sich zurück und fingen zu rennen an, als sie jenseits des Gitters waren.

Jake wollte nicht mit zum Grab gehen. Der Pfarrer machte

ihm Zeichen, aber er wandte dem Grab seinen Rücken zu, dem tiefen Loch mit seiner smaragdfarbenen Umrandung, die viel besser zu einer Ausstellung für Rasenmäher und Gartengeräte gepasst hätte als zur Verkleidung der festen Wände eines Grabes: Diese Wände aus Erde, Stein, Würmern und Wurzeln, gastlich und lebendig, wirkten anstößig durch das grausig kitschige Bastzeug. Die alten Herren standen gefährlich nahe am Rande und starrten mit der Faszination von Menschen hinunter, die in den Krater eines Vulkans sehen. Wie lange noch, und sie würden selbst hinunterfahren? Ihre abgetragenen schwarzen Kleider waren Schatten, ihre Gesichter krank vor Furcht und Neugierde. Ich blieb bei Jake, obwohl er nicht bemerkte, dass ich da war. Er war allein. Er brauchte mich nicht mehr.

Der Pfarrer, dem es endlich vergönnt war, zu sprechen, tat es mit einer Stimme, die die Krähen krächzend von den Ulmen scheuchte und eine Kuh, die die Kirchhofsecke abweidete, den Kopf sanft fragend emporheben ließ. »Erde zu Erde!«, donnerte er, so als ob er ein Urteil verkündete. »Asche zu Asche! Staub zu Staub! … Aber wenn er nicht dies äußerste Gewicht seiner ewigen Herrlichkeit mit eigener Hand in die andere Waagschale wirft, so werden wir hinuntersinken, werden verschlungen werden …« Ich fühlte mich vernichtet, verloren, so ohne jeden Zusammenhang mit Wirklichkeit und Sinn, wie eine Baumwollflocke, die an einem Zweig hängt, wie ein Porzellansplitter im Gras. Wer war ich, dass ich mit dem Bösen einen Vergleich schließen wollte? Welche Anmaßung. Aber es ist Anmaßung, die uns am Leben erhält: der Glaube, dass man wählen kann, dass diese Wahl wichtig ist, dass man nun sich selbst verantwortlich ist. Was wären wir ohne Anmaßung? Jetzt sehnte ich mich danach, zu wissen, was Jakes Vater wirklich gedacht hatte, wirklich gefühlt und gelitten hatte hinter dieser freundlichen Fassade. Aber es war zu spät. Er hatte sich gut vergewissert, dass die eine große Aussage seines Lebens erst nach seinem Tode gemacht werden würde, ihn also in nichts mehr hineinziehen konnte. Ich berührte Jakes Hand, aber er drehte sich nicht um, noch sah er auf. Ich wollte ihn bitten, mir zu verzeihen, so wie ich, wenigstens in diesem Augenblick, ihm verzieh. Aber es war unmöglich. Ich ging langsam fort, quer durch den Kirchhof. Als ich mich am Gitter umdrehte und zurückblickte, sah ich die fünf alten Männer mit gebeugten Köpfen beieinanderstehen, und der jüngere Mann stand allein, einsam, wie er es sich gewählt hatte.

25

Ich ging zum Turm. Dort, in einer Zelle aus Backstein und Glas, saß ich und betrachtete die Himmelswand, die sich drei Meter vor meinem Aussichtsfenster erhob. Nichts sonst existierte. Niemand sonst lebte. Ein dicker Nebel füllte die umliegenden Täler bis zum Rand, und Regen, feiner Nieselregen, fiel unablässig und ließ die Welt noch mehr im Dunkel verschwinden. Man hörte den Flügelschlag der Vögel, ohne sie zu sehen; manchmal glitten sie auch wie verbranntes Papier am Fenster vorbei, wurden hinauf- und wieder fortgetragen, auf ihren Flügeln ruhend, wie halb im Schlaf.

Ich schien allein auf der Welt zu sein. Meine Vergangenheit war endlich vorbei. Ich hatte sie aufgegeben, sie in Freiheit gesetzt, sie dorthin zurückgeschickt, wo sie hingehörte, in das Leben anderer Menschen, wohin sie passte. Denn die Vergangenheit kann anwachsen bis zu einem Punkt, wo sie einem die Zukunft verschlingt, dann wird sie eine Last, die zu schwer ist zu tragen. Ich hatte einen neutralen Punkt gefunden, oder hatte ihn erschaffen, einen neutralen Punkt zwischen der Vergangenheit, die ich verloren hatte, und der Zukunft, die ich fürchtete: eine endlose Stunde, die unter meinen Füßen wie der Schatten einer Rolltreppe vorbeiglitt – jede Stufe, immer und immer wiederkehrend, machte sich flach, um in die nächste zu münden. Ein vollendeter Kreis der Einsamkeit, eingefangen zwischen gestern und morgen, zwischen zwei Illusionen. Gestern war nie gewesen. Morgen würde nie kommen. Dunkelheit und Licht folgten einander. Der dicke Baumstamm auf dem Kaminrost wurde zu einem Haufen Asche. Bedeutete das, dass die Zeit weitergeht? Ich glaubte es nicht. Der hohe Turm, der sich wie ein Leuchtturm aus einem Nebelmeer erhob, war der Wirklichkeit unzugänglich. Selbst die Vögel schossen umher, als gäbe es keine Bäume und keine Erde, um sich niederzulassen.

Ich war vierundzwanzig Jahre verheiratet gewesen, mehr als mein halbes Leben lang. Die Kinder, die gezeugt wurden, als ich meine erste Hochzeitsnacht feierte, liefen jetzt schwerfällig herum, grübelten vor sich hin, suchten in abgetragenen Handtaschen nach Wechselgeld, ihre Kleider fingen an alt zu werden, und manche von ihnen mussten schon aufgehört haben, sich zu verlieben. Ich fand es schwer, das zu begreifen, so wie ich es schwer fand, den Begriff Entfernung zu erfassen, oder wie ich es immer schwer fand, an die Tatsächlichkeit des Lebens anderer Menschen zu glauben. Als weiterer Beweis waren meine eigenen Kinder da, die ich bis vor kurzem geliebt und für die ich gesorgt hatte. Manche waren noch im Wachsen. Manche wurden bloß noch dünner oder dicker, aber die Größe ihrer Füße, die Länge ihrer Arme, der Umfang ihrer Handgelenke oder ihrer Fesseln würde sich nicht mehr ändern, es sei denn durch Krankheit. In ihnen, in ihren Erinnerungen und Träumen, existierte ich klar genug, wenn ich mich auch selbst nicht erkannte. Ich stand am Herd, rührte Essen im Kochtopf, ich bückte mich, hob Sachen vom Boden auf, ich ging von einer Seite zur anderen beim täglichen Bettenmachen. Ich rannte zum Garten, rief: »Es regnet«, ich reckte mich nach den Wäscheklammern, stopfte sie mir in eine Faust und rannte ins Haus zurück mit der Wäsche auf dem Kopf, wie ein Beduine. Ich schüttelte Thermometer, verabreichte löffelweise Medizin; mein Gesicht hing rosarot über der Badewanne, von Dampf eingehüllt, während ich das bloße, feste Fleisch über einem Knie schrubbte, um die Schmutzflecken zu entfernen. Ich machte ein schrecklich finsteres Gesicht, dann wieder ließ ich mich gehen, sackte ab und brach unter der unerträglichen Montagsarbeit zusammen. All das und mehr sah ich mich in den Erinnerungen meiner Kinder darstellen, aber obwohl ich wusste, dass es einmal so gewesen war, konnte ich mich nicht erkennen. Meine Kinder erinnerten sich an Geschichten aus meiner eigenen Kindheit, obwohl sie sie langweilig fanden; ich aber war abgeschieden von diesen alten, klaren Bildern, die doch, wie ich früher einmal gedacht hatte, alles bestimmen. Die Bilder meiner Kindheit waren verschwunden.

Aber auf dem Hügel, in dem Turm, gab es keine Kinder, die mich hätten identifizieren oder das Chaos der Zeit hätten ordnen können. Es war sehr hell, der Schimmer des Nebels war deutlicher als Sonnenschein. Ich hatte den Telefonhörer von der Gabel genommen: Er lag wie eine ungeformte Leibesfrucht auf dem Tisch, die Schnur in dicken Knoten verdreht. Kein Briefträger, kein Milchmann, Bäcker oder Fleischer kam über den Kiesweg gegangen. Das Geräusch ihrer Schritte oder der Lärm des Herunterschaltens an der beschwerlichen Steigung des Wegs wäre in jedem Fall gedämpft worden, und ich hätte ihr Kommen nicht bemerkt, bevor sie geläutet hätten. Aber ich war sicher. Ich hatte weder Milch noch Brot bestellt, keine Cornflakes, Mehl, Butter, Kakao, Katzenfutter, gemischte

Marmeladen, Biskuits, Schinken, Honig, Kuchen, Salatsauce, Zucker, Tee, Rosinen, Chutney, Tomatenketchup, Gelatine, Weinessig, Seife, Reinigungsmittel, Salz, Schuhcreme, Käse, Würste, Reis, Backpulver, Margarine, Orangensaft, Brombeersirup, Suppen oder Bohnen oder Lachs in Büchsen, Desinfektionsmittel oder Pulverkaffee. Die Frauen, die in ihren Arbeitskitteln und Stulpenstiefeln zum Saubermachen kamen, die Eheringe tief in die Finger eingebettet, die dick und glänzend waren wie kandierte Früchte, saßen zu Hause vor ihrem Kaminfeuer und versorgten ihre Familien. Nur die wilden Katzen wussten, dass ich da war. Sie lagen oben, hatten sich auf den verschiedenen Betten ausgebreitet, mit dicken Bäuchen und gekreuzten Pfoten. Sie schliefen, als ob sie müde wären.

Von Zeit zu Zeit legte ich ein neues Holzscheit ins Feuer. Ich war mir der Behaglichkeit bewusst. Die Hitze im Turm verursachte kleine, unregelmäßige Geräusche: ein plötzlicher Knall in den Rohren, ein Knacken, das langsame Zischen eines verbrennenden Holzscheites. Ich setzte mich wieder ans Fenster. Ein Mensch, der sein »lebenslänglich« absitzt, wird nie mehr Kinder haben. Leistungsfähig, kräftig, zur Liebe bereit, starrt er von seinem Turm hinunter und kann seinen Körper nicht daran hindern zu altern. Sein Körper ist ein unbewohntes Haus, und die Außenmauern sind das Letzte, was zerbröckeln wird. Ich war allein mit mir selbst, und wir beobachteten uns gegenseitig mit unbeweglichen, kalten, nach innen gerichteten Augen: die Vergangenheit und ihr Ergebnis, die Wirklichkeit und ihr unbotsamer Traum.

Ich blieb drei Tage lang im Turm, bis sie mich holen kamen. Natürlich, wenn ich nicht gewusst hätte, dass sie kommen würden, wäre ich vielleicht woandershin gegangen, das ist wohl ziemlich klar. Ich dachte nicht daran. Mein einziges Gefühl war … ich wollte fort. Die meisten Menschen, die ich kenne, haben diesen Einfall. Eines Tages gehen sie zur Tür hinaus, durch die Gartenpforte und … dann? Dann was? Tatsache ist, dass man nicht nur Geld, Gepäck, eine Fahrkarte und einen Plan braucht, man hat auch eine gewisse Geistesverfassung nötig, um an all diese Dinge zu denken. Und ebendiese Geistesverfassung ist es, die einen zu Hause hält, es ist nicht die Geistesverfassung, in der man sich befindet, wenn man weglaufen will. Natürlich gibt es auch Leute, die ihre Guthaben abheben, Leitern und Stricke zurechtlegen, Abschiedsbriefe auf dem Kaminsims hinterlassen und sich eine sorgfältig durchdachte Verkleidung besorgen; aber ich stelle mir vor, dass die von der Existenz einer besseren Zukunft überzeugt sind. Ich war davon durchaus nicht überzeugt. Ich wollte die Zukunft aufschieben, wollte die Dinge, die mir geschahen, aufhören machen. Ich hätte nicht zu einer Bank gehen können – sie wäre sowieso geschlossen gewesen – oder mir Kleider zusammensuchen oder auf einer Karte nachsehen. Hätte ich das alles gekonnt, so hätte ich nicht zu gehen brauchen. So ging ich zum Turm, von dem ich wusste, dass er leer war. Und einmal dort, blieb ich dort. Das Benzin war alle, ich hätte gar nicht weggekonnt, das heißt, nicht ohne einen Plan.

Sie glauben, dass Männer sich nicht so benehmen? Vielleicht stimmt das. Ein Mann muss betrunken oder verrückt oder von Natur aus unausgeglichen sein, ehe er sich wie eine Frau benimmt. Aber ich habe Männer gekannt, die geweint haben und versucht haben zu beten, ich habe Männer gekannt, deren Leidenschaft für Trivialitäten meine eigene weit übertraf; ich habe Männer gekannt, die sich leichter und williger zu Opfern der Umstände machen ließen als ich. Selbst die Liebe, von der man uns besessen glaubt, kann manche Männer so völlig in Anspruch nehmen, dass sie aufhören, erfolgreich zu kämpfen, gut zu arbeiten und genügend Geld zu verdienen. Sie meinen, ausgeglichene und nützlich beschäftigte Frauen würden sich nicht so benehmen? Sicher nicht. Sie haben keine Zeit dazu. Jeder Mensch – Männer, Frauen, selbst Kinder – hat eine große Neigung zu Furcht, Unglücklichsein, Feigheit, Mangel an Vertrauen; aber das sind ganz und gar keine wünschenswerten Eigenschaften, und sie müssen durch Beschäftigung verdrängt werden. Wenn ich eine Beschäftigung angenommen hätte, als … was? Als Empfangsdame, Köchin, Verkäuferin, als Frau, die Umfragen über Seifenpulver anstellt? Wenn ich so etwas getan hätte, anstatt zum Turm zu gehen, wäre ich dann glücklich gewesen? Also gut. Möglicherweise. Und so wäre es möglicherweise auch Mrs. Evans gewesen, die, im Gegensatz zu mir, überarbeitet war. Erinnern Sie sich noch an sie? Schließlich und endlich habe ich ihr doch nie geschrieben. Ich nehme an, sie wird gedacht haben, es sei mir gleichgültig gewesen. Es tut mir leid.

Ich wollte, ich könnte sagen, dass ich während dieser Zeit im Turm zu irgendeinem Entschluss über irgendwas gekommen wäre; dass ich den Turm aus eigenem freiem Willen verlassen hätte, nachdem ich vorher ganz vernünftig angerufen und sie gebeten hätte, etwas Benzin zu bringen; und dass ich zu den Kindern heimgegangen wäre, weil ich entdeckt hätte, dass sie wichtiger für mich seien als … Aber das habe ich nicht getan. Ich blieb dort sitzen, und ich blieb allein, das erste Mal in meinem Leben. Und ich wartete auf Jake.

Oh, ich wartete nicht auf ihn, wie man auf einen Liebhaber wartet, auf jemanden, der zurückkommt, auf jemanden, der einen aus Gefahr erretten wird. Ich erwartete nicht, dass Jake irgendetwas für mich tun würde. Ich wartete auf ihn, wie man auf einem Berg, in einem Turm, im Nebel auf einen Feind wartet. Er hatte mich bereits kampfunfähig gemacht, mich ausgeplündert, mir die meisten meiner Illusionen und einen Teil meiner Unwissenheit genommen. Er hatte mich bereits so geschwächt, dass ich auf Fabeln, Sprüche und Wunder zurückgriff, um zu ersetzen, was ich verloren hatte. Ich wusste, er würde es dabei nicht belassen. So wartete ich auf ihn. Und anfangs fühlte ich mich ruhig und leer, so als ob alles einerlei wäre, als ob beides, Vergangenheit und Gegenwart, bedeutungslos wären. Dann dachte ich an Jake, wie er allein auf dem Friedhof gestanden hatte, mit dem Rücken zum Grab seines Vaters, und ich fing an mich zu fürchten. Ich verriegelte die Türen und stieg zum höchsten Zimmer im Turm hinauf. Es ist ganz aus Glas, dieses Zimmer, aber es war ganz von Wolken umgeben, und ich konnte noch nicht einmal unten den Boden sehen. Ich öffnete eines der Fenster und schaute hinunter, konnte aber nur eine Nebelbank sehen. Tot zu sein wäre die beste Lösung für mich, dachte ich. Aber ich konnte den Gedanken an Schmerz nicht ertragen, an die Möglichkeit, dass ich als Haufen gebrochener Gliedmaßen auf dem Weg liegen und nach Hilfe jammern würde. Früher war ich körperlichen Schmerzen gegenüber immer sehr tapfer gewesen, aber jetzt konnte ich nicht hinschauen, wenn ich mich nur in den Finger gestochen hatte. Ich schloss das Fenster und ging wieder hinunter. Es fing an, dunkel zu werden. Ich fragte mich, ob er in der Nacht den Berg heraufkommen würde, wenn ich ihn nicht sehen konnte, oder am Tag, wenn der Nebel den Klang seiner Schritte dämpfen würde.

Dies waren die letzten Stunden, in denen ich Jake so liebte, wie ich ihn seit jener Nacht geliebt hatte, in der ich Philpots ganze Habe genommen und in den Garten gefeuert hatte. Wie lange war das her … neun Jahre? Dies waren die letzten Stunden, in denen ich mit ihm durch Furcht und Zorn und sexuelles Bedürfnis verbunden war. Dies war das letzte Mal, dass ich von ihm forderte – von ihm? von wem? –, er solle sich ändern, wenn auch nur heimlich, wie sein Vater sich geändert hatte, das letzte Mal, dass ich glaubte, das könnte möglich sein. Sie kennen Jake nicht. Sie kennen nur mich. Deswegen scheint es Ihnen vielleicht absurd, dass ich jemals so viel von einem Mann erwartet habe, der Ihnen höchst normal, begrenzt und verständlich vorkommen muss – einem Mann, der, soweit Sie es beurteilen können, alles in allem, sein Bestes getan hat. Für Jake bedeutet Leben notwendigerweise etwas Unvollkommenes, Verderbtes, Gleichgültiges, eine unvermeidliche Zeit der Aktivität zwischen zwei Toden. Für ihn ist die Welt ein kleiner, sich drehender Sandhaufen, auf dem traurige und einsame menschliche Wesen sich aneinanderdrängen auf der Suche nach Wärme, sentimental, aber gefühllos, immer optimistisch, sich aber jeder wirklichen Hoffnung schämend. Das ist die Basis, auf der er arbeitet und liebt und schließlich auch sterben wird. Ihm genügt es. Dies waren die letzten

Stunden – in dieser Nacht, als ich wartete –, während deren ich zu glauben versuchte, dass es Jake war, der sich getäuscht hatte, und dass ich … Es ist erstaunlich, wie einem die Eitelkeit bis zum Schluss anhängt, man öffnet seine toten Augen, um in den Spiegel zu sehen, den sie einem vor den Mund halten. Ich glaubte immer noch, dass ich recht hatte. Ich war immer noch darauf aus, das Böse zu vermeiden, einer Zusammenrottung auf der Straße zu entgehen, dem Staub, der eigenen Bösartigkeit, der Befleckung durch andere. Ich glaubte immer noch, dass wir mit ein klein wenig Bemühen zu einem sicheren Ort entkommen könnten, wo alles geordnet, gut und unzerstörbar sein würde, wo Simpkin und Conway uns nie bedrohen könnten; einem Ort, wo wir darauf vertrauen dürften, dass die Bäume nicht niederfallen und uns erschlagen würden, dass die Vögel uns nicht zu Tode hacken, die Erde nicht unter unseren Füßen aufbrechen würde. Dieser Glaube war keineswegs mehr stark, aber er haftete doch noch an mir, suchte mich die Nacht hindurch zu trösten. Ich war schon jetzt davon überzeugt, dass es nicht wahr sei. Jakes Schlacht war so gut wie gewonnen, wenn er es nur gewusst hätte.

Aber er wusste es nicht. Am Morgen saß ich am Fenster und schaute hinaus. Der Nebel hatte sich etwas gehoben, so wie eine zurückgehende Flut, und die Spitze des Hügels, auf dem der Turm stand, war frei. Der Garten – das, was eines Tages der Garten sein würde – senkte sich zum Abhang des Hügels, und dort lag der Nebel noch genauso dick wie an den vorhergehenden Tagen. Es gab keine Hecke und keinen Zaun, uns von den Feldern unten zu trennen. Ich sah gerade in den Nebel hinein, der mich blendete.

Sie kamen den Abhang des Hügels herauf, ausgeschwärmt wie die Treiber. In der ersten Sekunde sah ich nur ein Kind; dann klommen sie von allen Seiten des engen Horizontausschnittes herauf, kamen durch den Nebel heran, zerteilten ihn, kletterten langsam den steinigen Hügel herauf, mit gesenkten Köpfen, ihre kurzen, kräftigen Beine bewegten sich wie Kolben. Ich muss mich verstecken, dachte ich … verstecken. Wo? Zur Hintertür hinaus? Und dann? In den Sträuchern mich verbergen – und dann? … Aber sie breiteten sich fächerförmig aus, einige nahmen den rückwärtigen Weg, sie umzingelten mich. Wo ist Jake? Ich dachte, Jake würde es sein, der kommt. Ich konnte sie jetzt hören, wie sie über den Kiesweg kamen. Ich lief zum Fuß der Treppe, wo keine Fenster waren. Ich lief die Wendeltreppe hinauf, immer zwei Stufen auf einmal, in das obere, oberste Zimmer. Sie schwärmten um den Turm herum und rüttelten an den Türen.

»Es hat keinen Sinn, auf den Schlüssel zu warten, du Idiot. Sie sind verriegelt.«

»Dann lass uns ein Fenster aufbrechen. Es muss doch ein Fenster geben.«

Ich hatte auf Jake gewartet. Mit ihm hätte ich verhandeln können. Ich hätte es mit einiger Anstrengung fertiggebracht, mich zu verteidigen, wenn es auch sinnlos gewesen wäre. Aber was konnte ich gegen meine Kinder tun? Ihnen sagen, sie sollten weggehen, mich in Ruhe lassen? O kluger Jake, listiger Jake …»Um Himmels willen«, sagte ich laut, »sie brechen ein …« Es gab einen splitternden Krach, und eine hohe, kühle Stimme sagte: »Nun hast du es geschafft.«

»Bist du in Ordnung?«

»Alle Achtung … er hat das Fenster eingeschlagen.« Eine Stimme im Innern des Hauses sagte: »Wartet ein bisschen. Ich riegle die Tür auf.« Ich fing an zu lachen; ich lachte – das Handgelenk gegen meinen Mund gepresst, versuchte ich, das Lachen, das mich von innen her überfiel, zu unterdrücken und zu zügeln.

»Also, wo ist sie?«

»Vielleicht ist sie noch im Bett.«

»Ich suche erst mal die Katzen.«

Einige von ihnen waren bereits halb die Treppe herauf. Sie blieben stehen und sahen zu mir hinauf. Ich lachte immer noch, aber sie fragten mich nicht, warum. Ich sah jedes an und zum Schluss Dinah. Sie lächelte.

»Also …«, sagte ich, »wie kommt *ihr* denn hierher?«

»Er ist im Dorf geblieben, er sagte, wir sollten vorausgehen.«

»Aber … ihr alle? Wo ist Josephine?«

Sie warfen einander rasche Blicke zu. Einige hielten sich die Hand vor den Mund und machten große Augen. Die älteren wendeten sich zu Dinah. »Sie ist gegangen«, sagte Dinah.

»Gegangen? Wann?«

»Am Mittwoch.«

»Aber … warum?«

»Sie sagte, sie könne so nicht weitermachen.«

»Aber dann … wer hat sich denn um euch gekümmert?«

»Dinah ist nicht zu Schule gegangen.«

»Wir sind ganz gut fertiggeworden.«

Ich ging die Treppe hinunter. Sie traten zurück, um mich

durchzulassen, dann rasten sie die Stufen hinauf, von Zimmer zu Zimmer, und riefen nach den Katzen.

»Er sagte, wir sollten herkommen«, sagte Dinah.

»Ja, natürlich.«

Ich ging nach draußen. Die Luft war viel wärmer, als ich angenommen hatte.

»Er kauft Brot und all das Zeug«, sagte Dinah. »Falls du nichts dahast.«

Ich sah Jake, wie er durch den Nebel heraufstieg. Als er ihn hinter sich hatte, hielt er an, sah zum Turm hinauf, dann kam er heran. Ich fürchtete mich nicht mehr vor ihm. Ich brauchte ihn nicht mehr. Endlich akzeptierte ich ihn, weil er unvermeidlich war.

»Ich habe die Kinder hergebracht«, sagte er. »Ich dachte, ich möchte für eine Weile bei dir bleiben.«

Ich habe versucht, ehrlich zu sein, obwohl ich annehme, dass Ihnen mehr an meiner Unehrlichkeit gelegen gewesen wäre. Einige dieser Dinge sind geschehen, und einige waren Träume. Sie sind alle wahr, so wie ich Wahrheit verstand. Sie sind alle wirklich, so wie ich Wirklichkeit verstand.

Ich habe mich immer als Drilling gefühlt

Penelope Mortimer und ihr Roman *Lieben und lügen*

Nachwort von Manuela Reichart

1964 wurde Penelope Mortimers fünfter Roman *Lieben und lügen* (Originaltitel: *The Pumpkin Eater*) vom britischen Regisseur Jack Clayton verfilmt. In Deutschland lief der Film unter dem faden, den Liebesbetrug verniedlichenden Titel *Schlafzimmerstreit.* Besser traf es da der Titel der ersten deutschen Übersetzung von 1965: *Kann man Jack lieben?*

Der Originaltitel geht auf einen alten Kindervers zurück:

Peter, Peter, pumpkin-eater,
had a wife and couldn't keep her;
he put her in a pumpkin shell,
and there he kept her very well.
Peter, Peter, pumpkin-eater,
had another and didn't love her;
Peter learned to read and spell,
and then he loved her very well.

Nach der Lektüre des 1962 erschienenen Romans von Penelope Mortimer könnte man den Vers so lesen: Der Mann kann seine Frau nicht zähmen, nicht beherrschen, er sperrt sie in ein leeres (Kürbis-)Haus, er betrügt sie mit einer zweiten, die er nicht liebt, am Ende lernt er, das Alphabet der Gefühle zu buchstabieren, er lernt zu lieben.

Im Film spielt die wunderbare Anne Bancroft neben Peter Finch die Hauptrolle. Von Anfang an sehen wir hier eine statuarisch Leidende, eine Haltung, die der Romanheldin fremd ist. Auf der Leinwand fehlt ihr das, was die irische Schriftstellerin Edna O'Brien beim Erscheinen des Buchs vor allem an der Protagonistin begeisterte: ihre souveräne Selbstironie. Die Filmheldin ist das elegant gekleidete Opfer eines mittelmäßig brutalen Mannes, eine Frau, die sich in der Ehe unterordnet und das Schlachtfeld der Liebe als angepasst Verwundete verlässt. Im Roman gewinnt sie den Liebeskampf zwar ebenso wenig, aber sie weiß nicht nur um ihre Verletzungen, sie schätzt auch den Gegner richtig ein: »Einer der größten Unterschiede zwischen Jake und meinen früheren Männern ist, dass sie alle friedfertige Männer waren, dabei großer physischer Anstrengung fähig. Jake dagegen ist ein gewalttätiger Mann, der seine körperliche Trägheit als Verkleidung trägt. Schläfrig, liebenswürdig, stets bemüht zu gefallen, faul, tolerant, vielleicht sogar in mancher Beziehung etwas dumm, das ist die Persönlichkeit, die er als Mann von Welt trägt.«

Trotz aller klugen Einsicht, trotz aller Lügen und Blessuren wird Mrs. Armitage (im Roman und im Film) weiter mit Jake leben, obwohl sie angesichts seines Betrugs über Trennung und Selbstmord nachdenkt. Aber: »Ich war vierundzwanzig Jahre verheiratet gewesen, mehr als mein halbes Leben lang.« Wie sollte sie sich da befreien? Ihre Lage hat sich trotzdem geändert, sie hat begriffen, dass sie ihren Ehemann nicht wirklich braucht, dass sie auch allein leben könnte. Wenn sie denn genügend Geld hätte. Und weil er das wahrscheinlich auch verstanden hat, strengt er sich an, damit sie ihn nicht verlässt. Er schickt die Kinder vor, die sein größter Trumpf sind im Kampf um diese Ehe. Im Film kommt er dagegen frohen Mutes gemeinsam mit der Kinderschar: ein Detail, das Penelope Mortimer ärgerte.

Als der Regisseur Jack Clayton mit ihr über den Roman sprach, fragte er sie, worum es ihr in der Geschichte vor allem ginge. Und sie antwortete: »Geld.« Der Mann verdient es, die Frau kann es im besten Fall ausgeben. Sie kann jedoch nicht einfach weggehen, weil ihr die Mittel für ein eheloses Leben fehlen. Im zweiten Band ihrer Autobiographie *About time too* äußert sie sich 1993 kritisch über den Film (und wundert sich über den Erfolg des Romans und des Films): »Die fantastischen Kinderhorden wurden auf drei schlichte, korrekt gekleidete, wohlerzogene Püppchen und ein stummes Kleinkind reduziert. Die Protagonistin bekam einen Namen, Couturierkleidung und kunstvolle Beleuchtung. Da sie die tapfere Anne Bancroft war, verheiratet mit dem durch und durch anständigen, pfeiferauchenden Peter Finch, konnte ich nicht verstehen, worüber sie sich zu beklagen hatte.«

Harold Pinter, mit dem sie befreundet war, den sie bewunderte und der gemeinsam mit ihrem zweiten Ehemann John Mortimer damals zu den angesagten britischen Theaterautoren gehörte, schrieb das Film-Drehbuch. Auf der ersten Seite des fertigen Manuskripts, das er ihr schickte, stand: »Es tut mir leid.« Er hatte den selbstbewusst-humorvollen Grundton der Erzählerin zugunsten eines dramatisch-traurigen eleminiert. Allerdings schrieb er auch diesen einen kurzen Dialog, der das Verhältnis der Frau zu ihrem Ehemann prägnant erfasst:

»Mögen Sie ihn?«

»Nein.«

»Lieben Sie ihn?«

»Ja!«

*

Am Anfang des Romans gibt es ein langes Gespräch über die Liebe und die Ehe, übers Kinderkriegen und Kinderhaben. Die Frau, Mrs. Armitage, soll einem Therapeuten Rechenschaft ablegen über ihre Gefühle und die Gründe für ihre »Verwirrung«, für ihr endloses Weinen. Ihr Mann hat sie geschickt, er kann ihren Zustand nicht mehr ertragen, vor allem will er auf gar keinen Fall ein weiteres Kind. Jedenfalls keines von ihr, wie sich später herausstellen wird. Aber sie sei doch freiwillig da, meint der Arzt, weil sie sich nutzlos fühle und deprimiert sei. So ginge es doch nicht weiter. Sie müssten den Grund finden, damit man sie behandeln, sie wieder zu einer funktionierenden Frau machen könne. So drückt er das natürlich nicht aus. Stattdessen stellt er sinnlose Fragen. Ob sie Kinder gernhabe, ob sie ihre früheren Ehemänner gemocht habe. Ob sie Jake möge.

Nein, sie mag ihn nicht wirklich. Aber sie liebt ihn zweifellos. Der Anfang war natürlich auch in dieser Liebe schön und vielversprechend. Er ist mutig und heiratet eine Frau, die aus drei anderen Beziehungen schon einen »Sack voller Kinder« hat. Sein Vater versteht nicht, warum sie ihn nimmt, ihr Vater nicht, warum er sie nimmt. Sie ist mutig, weil sie sich einlässt auf diesen erfolglosen Drehbuchautor. Sie ist jedoch ganz und gar nicht mutig, als sie zulässt, dass ihre älteren Kinder in Internate gesteckt werden, damit sie die junge Ehe nicht stören. Diese Kinder werden den neuen Mann der Mutter hassen und sie werden ihre Mutter dafür hassen, dass sie dem Arrangement zugestimmt, dass sie sich gegen die Entscheidung vom Vater und dem zukünftigen Mann nicht gewehrt hatte. Es ging auch da um Geld. Und dann bekommt sie noch ein Kind. Immer hat sie von den Männern, mit denen sie zusammen war, Kinder bekommen.

Anders als die Protagonistin ihres im Jahr 1958, vier Jahre zuvor, erschienenen Romans *Bevor der letzte Zug fährt* (2023 bei Dörlemann erschienen, Originaltitel: *Daddy's Gone A-Hunting*) ist Mrs. Armitage darüber froh. Kinder sind ihr keine Fußfessel, kein Gewicht, das an ihr zieht. Trotz aller Alltagsarbeit und Sorge, um die es hier auch geht. Es scheint, als würde sie im Kinderkriegen geradezu einen Akt der Auflehnung sehen. Gebären als Provokation, als weibliche Kraftbehauptung gegen männliche Dominanz. Männer können keine Kinder bekommen. In dem Moment, in dem man ihr diese weibliche Potenz raubt, sie davon überzeugt, dass das nötig sei, bricht sie zusammen. Dass sie von Jake betrogen und belogen wird, dass er sogar noch mit einer anderen Frau ein Kind zeugt, als sie im Hospital liegt und sterilisiert wird, das ist ein besonders verbrecherischer Akt des Mannes, dessen Herz gerade »anderswo zu tun« hat.

Aber Penelope Mortimer schreibt keine feministische Anklageschrift, es geht hier auch nicht (wie in *Bevor der letzte*

Zug fährt) um die traurige Geschichte verpasster Möglichkeiten, nicht um die kalte Ehe zwischen zwei Fremden. Die Heldin dieses Romans verfügt über eine enorme Vitalität und Sinnlichkeit. Dass sie nach Jakes Betrug in das Bett ihres Ex-Mannes flüchtet, das ist Anfang der 1960er Jahre eine ziemlich skandalöse Volte. Sie heult eben nicht nur. Sie sucht und findet Kraft in der genauen Beobachtung des Schlachtfelds, auf dem sie sich bewegt. Die Liebe als Kampf: »In dem Augenblick, als mir klar wurde, wogegen ich liebend kämpfte, wusste ich auch, dass ich zwangsläufig am Ende verlieren musste. Ich verzichtete auf die Formalitäten der Zärtlichkeit, des Mitleids, der üblichen Schmeichelei, die einem wohldisziplinierten Massaker vorausgehen sollten.«

*

Penelope Mortimer war wie ihre Heldin eine erfahrene Kämpferin in der Liebesarena.

Lieben und lügen ist ein autobiographisch grundierter Roman. Wie Mrs. Armitage (die im Roman, anders als im Film, keinen Vornamen hat) heiratet die Autorin früh. Sie ist neunzehn Jahre alt und wird mit ihrem Mann Charles Dimont, einem Journalisten, zwei Töchter bekommen. Sie ist noch verheiratet, als sie zwei weitere Töchter auf die Welt bringt – von zwei verschiedenen Männern. Sie ist schwanger, als sie sich in den schillernden Juristen und angehenden Schriftsteller John Mortimer verliebt, der unzweifelhaft die Vorlage für den ziemlich unerträglichen Jake liefert. Gemeinsam bekommen sie zwei weitere Kinder. Die beiden sind ein glamouröses Paar in den 1950er und 1960er Jahren, er hat Affären, sie kämpft mit Depressionen. Und hat auch Affären, wenn auch nicht so viele wie er: »Während der ersten vierzehn Jahre unserer Ehe war ich selten untreu, und wenn, dann nur, wenn ich weit weg war.«

Eine Ehe, die sich nicht nur durch dramatische Wendungen auszeichnet, vor allem liefert sie beiden literarischen Stoff. Sie schreibt erfolgreiche Storys über das Familienleben, er wird zum gefragten Drehbuchautor und Dramatiker. 1962 ist Penelope Mortimer erneut schwanger. Sie ist dreiundvierzig Jahre alt, hat sechs Kinder und ihr Ehemann will kein weiteres Baby. Er überredet sie nicht nur zu einer Abtreibung, sondern auch zur Sterilisation. Und wie im Roman erfährt sie während ihrer Genesung von der Operation, dass er eine Affäre mit einer Schauspielerin hat. Dass aus dieser Liebesgeschichte ein Sohn entstanden ist, das weiß zu dem Zeitpunkt niemand, der Roman nimmt da vorweg, was erst Jahrzehnte später herauskommt.

1971 lassen sich Penelope und John Mortimer scheiden. Er heiratet eine fünfundzwanzig Jahre jüngere Frau, die auch Penelope heißt, und bekommt mit ihr zwei weitere Kinder. Als er ihr von seiner neuen Liebe erzählt, bricht ihr das Herz, »aber zum ersten Mal habe ich versucht, es nicht zu zeigen. Nicht, weil ich Angst vor einem zweiundzwanzig Jahre alten Mädchen habe, sondern wegen John. Angst davor, für immer ohne ihn zu sein.« John Mortimer wird seine beiden Ehefrauen später als »Penny One« und »Penny Two« bezeichnen.

Penelope Mortimer wird nach der Trennung in ihr Tagebuch schreiben: »Finde einen Job. Bettel nicht, überstürze nichts. Beobachte das Leben anderer Leute. ARBEITE.« Und das tut sie. Sie schreibt Stories, Filmkritiken, 1971 erscheint ihr Roman *The Home*: Eine Frau wird nach zwanzigjähriger Ehe verlassen und bleibt mit den halbwüchsigen Kindern zurück. Ihr Ex-Mann kommt und geht. Sie lernt, allein zu leben. 1974 erscheint der Roman *Long Distance*, der in voller Länge im *New Yorker* abgedruckt wird. 1983 veröffentlicht sie ihren neunten und letzten Roman *The Handyman* und 1986 die Biographie *Queen Elizabeth – A Life of the Queen Mother*. Eine Auftragsarbeit. Sie habe keine Ahnung von Queen Mum und der königlichen Familie gehabt, als sie vom Verleger mit der Biographie beauftragt worden sei, schreibt sie in ihrem Vorwort zu diesem Buch, das so gar nichts mit herkömmlichen königlichen Lebensgeschichten zu tun hat. Sie porträtiert die Königinmutter als einen ziemlich normalen Menschen, dessen Leben auch anders hätte verlaufen können. Der *Guardian* erinnerte 1999 in seinem Nachruf auf Penelope Mortimer an den Skandal, den diese – später enorm erfolgreiche – Biographie machte: »Als sie das Manuskript in den Händen hielten, waren die Herausgeber so entsetzt, dass sie es ablehnten. Sie hatten zweifellos erwartetet, dass es so unterwürfig sein würde wie die meisten königlichen Biographien; und sie hatten möglicherweise keine Ahnung von Mortimers literarischer Arbeit. Kein anderer Verleger wollte das Buch herausbringen, bis 1986 Tony Lacey von Viking es veröffentlichte. *Queen Elizabeth: A Life Of The Queen Mother* war die scharfsinnigste Biographie eines Royals seit Lytton Strachey.« (Er hatte 1921 über Queen Victoria geschrieben.)

Der erste Band ihrer Autobiographie erschien 1979 (und hatte den renommierten Whitebread Prize gewonnen): *About Time: An Aspect of Autobiography*. Das Motto dieses Buchs, in dem sie von ihrer Kindheit und Jugend, ihrer Herkunft erzählt, stammt von W. H. Auden: »Obwohl man sich nicht immer / genau erinnert, warum man glücklich war, / kann man nicht vergessen, dass man es war.«

*

Geboren wurde Penelope Mortimer am 19. September 1918 in Wales als jüngste Tochter eines anglikanischen Geistlichen, eines selbstquälerischen Mannes, der sich mit Glaubenszweifeln herumschlug, und einer kränkelnden Mutter, die sich in einer kalten Ehe gefangen sah. Das Paar zog oft um, der Vater musste immer neue Arbeitsstellen suchen, die Kinder wechselten häufig die Schule. Das Geld war knapp.

Jede ihrer Großmütter hatte elf Kinder geboren: Das sei eine der wenigen Gemeinsamkeiten ihrer Eltern gewesen.

Sie schreibt ebenso konkret wie seltsam verzeihend von den sexuellen Übergriffen ihres Vaters: »Ich glaube wirklich, dass er darunter mehr gelitten hat, als ich es tat. Ich hatte wenigstens eine Zukunft, er hatte nicht einmal eine Vergangenheit.« Ihre deprimierte (wie sie betont: frigide) Mutter ist ihr keine Hilfe. Eine frohe Zeit verbringt sie später im Internat. Dass Mädchen weniger gut ausgebildet, dass ihre Erziehung weniger wichtig ist, dass man sie vor allem beschützen, also einengen muss: Das sind die fraglosen Bedingungen, unter denen sie aufwächst. Sie beschreibt einen Ferienaufenthalt bei einem Onkel als großartige Ausnahmezeit: Er nimmt sie ernst. Sie kann selbst entscheiden, was sie wann tun will. Bei ihm begreift sie zum ersten Mal, was Freiheit bedeutet. Dass und wie sie sich diese Freiheit später erkämpft, davon erzählt sie vor allem in diesen »Aspekten einer Autobiographie«. Da geht es etwa um ihre Defloration, die ersten Erfahrungen mit körperlicher Liebe, die detailreich vorbereitet werden, »es war eher wie eine anstrengende Prüfung«. Das Buch endet mit ihrem einundzwanzigsten Geburtstag und einem Toast auf die Zukunft, nicht auf die Vergangenheit. Sie ist eine verheiratete Frau, eine junge Mutter. Der Zweite Weltkrieg ist gerade ausgebrochen.

Vierzehn Jahre nach dem ersten Band, im Jahr 1993, erscheint die Fortsetzung ihrer Autobiographie, in der sie sich an die Jahre zwischen 1940 und 1978 erinnert. Sie widmet das Buch ihren fünf Töchtern und dem Sohn, erzählt vom Leben als Mutter und Schriftstellerin, als weiblicher Teil eines komplizierten Paares, berichtet von den Liebeleien der inzwischen erwachsenen Töchter, und sie charakterisiert sich selbst als eine Zerrissene:

»Ein Mensch hat nicht nur ein Alter Ego, sondern mehrere, wenn sie auch nur schemenhaft in Erscheinung treten. Ich habe die meiste Zeit meines Lebens so gelebt, als wäre ich ein Drilling. Die drei teilten sich ein angemessenes, aber nicht ausgebildetes Gehirn, und was das Verhalten anbelangt, waren die drei sich sehr ähnlich.

Da war die Tochter meines Vaters, die zwischen romantischem Optimismus und fassungsloser Verzweiflung hin und her schwankte; eine Puritanerin, qualvoll schüchtern, aber intolerant, rebellisch, trotzdem sehnsüchtig nach Anerkennung, eine, die alles aufschrieb und in ihrem Schreiben versuchte, all das zu erfassen: leidenschaftliche Unzufriedenheit, wilde Spekulation.

Dann war da noch die junge Frau, bewundert von meiner Tochter Madelon, die die Texte aller populären Songs kannte, die tanzte wie Ginger Rogers, sich unverschämt benahm und immer schön war. Vielleicht hatte dieses Ich seinen Ursprung in der Flatterhaftigkeit meiner Mutter. Ein Ansatz von Frivolität fand sich schon in den Reihen meiner mürrischen Vorfahren. Es stimmt, einige von ihnen waren ›auf die schiefe Bahn geraten‹ – ein Alkoholiker, ein paar Diebe, ein Selbstmörder. Die Ginger-Rogers-Imitatorin hätte vielleicht den gleichen Weg eingeschlagen, wäre da nicht das lästige Gewissen ihres Alter Egos gewesen.

Das dritte und vielleicht stärkste Ich war die Tochter meiner Mutter: kompetente Hausfrau, hingebungsvolle Mutter, erfolgreiches Opfer. Von nun an werde ich diese verschiedenen Persönlichkeiten in einen Topf werfen und sie, wenn auch etwas ungenau, als mich selbst bezeichnen.«

*

Am 19. Oktober 1999 starb Penelope Mortimer. Sie hat neun Romane, Kurzgeschichten, Drehbücher, eine Biographie geschrieben. Der dritte Teil ihrer Autobiographie ist unveröffentlicht geblieben.

Der Roman *Lieben und lügen* gehört in England längst zum Kanon der wichtigen Bücher des zwanzigsten Jahrhunderts. Als 2015 eine Neuausgabe in der Reihe Penguin Classics erschien, hieß es in einer klugen und kenntnisreichen Kritik im *Guardian*, es gäbe keinen anderen Autor, keine Autorin, der oder die so gut über Gefühlsstimmungen, über »emotional weather« schreiben könne.

Man denkt an den Song von Tom Waits, »Emotional Weather Report« aus dem Jahr 1975, »… things are tough all over«, wenn man liest, wie das Ehepaar Armitage sich voller Schmerzen im Kreis dreht, nachdem sie von seinem Betrug erfahren hat und nun wissen will, wie oft er sie vorher schon betrogen hat, und wo und warum. Klug und mit einem genauen Gespür für die Zerstörungslust schreibt Penelope Mortimer vom Liebeskampf, der heute noch genauso tobt wie damals: »Man lernt nicht dadurch, dass man andere verletzt; man lernt nur, wenn man selbst verletzt wird. War ich früher lebenstüchtig gewesen, unwissend, stürmisch und liebend, so war ich jetzt eine vollendete Megäre, die eine Leere um sich schuf, in der die eigene Leere vielleicht überleben würde. Solange dies andauerte, hätten wir eingesperrt werden sollen, oder man hätte uns erlauben sollen, einander physisch umzubringen. Aber wenn man uns die Wahl gelassen hätte, hätten wir einander nicht umgebracht, sondern jeder sich selbst.«

Zur Autorin und zu ihrem Übersetzer

Penelope Mortimer, geboren 1918 im walisischen Rhyl, studierte in London und arbeitete als Kummerkastentante für die *Daily Mail*. Ihre Kurzgeschichten erschienen regelmäßig im *New Yorker* und in der *Sunday Times*, ihr Debütroman *Johanna* wurde 1947 veröffentlicht. Es folgten u.a. *Bevor der letzte Zug fährt* (1958) und *Lieben und Lügen* (1962), der 1964 erfolgreich verfilmt wurde. Daneben schrieb sie Drehbücher, eine Biographie der Queen Mother und erhielt für ihre Autobiographie *About Time* 1979 den Whitbread Prize. Sie war zweimal verheiratet, zuletzt mit dem Schriftsteller John Mortimer, und hatte sechs Kinder. Penelope Mortimer starb 1999 in London.

F. G. U. Glass übersetzte neben Penelope Mortimer auch Alistair MacLean.

Zum Buch

Mrs. Armitage will mehr. Sie ist mit Anfang dreißig in den besten Jahren, hat eine beträchtliche Anzahl von Kindern, ihr vierter Mann ist erfolgreicher Drehbuchautor, und doch fehlt etwas.

Vielleicht noch ein Kind? Ihr Mann ist strikt dagegen und schickt sie zum Psychiater, um ihr diesen Wunsch ausreden zu lassen. Nach und nach entfaltet sich dort die Geschichte einer Frau, die sich als Mutter, Partnerin und Hausfrau an den großen und kleinen Zumutungen des Alltags abarbeitet, bis ihr schließlich nach einem Zusammenbruch bei Harrod's die Erkenntnis dämmert, dass Ehe und Familie nicht die Antwort auf alle Fragen des Lebens sind.

Mit Scharfsinn, unerschrockenem Humor und großer Offenheit führt Penelope Mortimer in die Abgründe eines ganz normalen Frauenlebens.

Dieses Buch wurde klimaneutral gedruckt.

Der Dörlemann Verlag wird vom Bundesamt für Kultur
für die Jahre 2021–2024 unterstützt.

23.– 24(10)